只是有点小倔强

MU LANLAN WORKS
木懒懒 著

江苏凤凰文艺出版社
JIANGSU PHOENIX LITERATURE AND ART PUBLISHING, LTD

图书在版编目（CIP）数据

只是有点小倔强 / 木懒懒著 . — 南京 : 江苏凤凰文艺出版社 , 2019.11
ISBN 978-7-5594-3823-2

Ⅰ. ①只… Ⅱ. ①木… Ⅲ. ①中篇小说 - 中国 - 当代
Ⅳ. ①I247.5

中国版本图书馆 CIP 数据核字 (2019) 第 115002 号

只是有点小倔强

木懒懒 著

出版人　张在健
责任编辑　白　涵　刘洲原
策划编辑　胡佳莹
责任印制　刘　巍
出版发行　江苏凤凰文艺出版社
　　　　　南京市中央路 165 号，邮编：210009
网　　址　http://www.jswenyi.com
印　　刷　三河市金泰源印务有限公司
开　　本　880mm × 1230mm　1/32
印　　张　8.5
字　　数　200 千字
版　　次　2019 年 11 月第 1 版　2019 年 11 月第 1 次印刷
书　　号　ISBN 978 - 7 - 5594 - 3823 - 2
定　　价　36.80 元

目 录

第一章

做梦迎新年

除夕夜倒计时钟声响起的时候，整座城市被数之不尽的烟花爆竹轰炸得如同置身炮火弥漫的电视剧，所有具备正常消化功能的活物们都睁大眼睛或主动或被动地迎接新年，只有一个人十分不合时宜地呼呼大睡，这个人就是蒋听听。

她实在是太累了，为了回家过年，她熬了三个通宵，做了八个方案，然后在年三十的早上火急火燎地坐飞机回家，结果很悲催地被航空公司弄丢了行李，她和航空公司交涉完，已经是下午了，精疲力竭地回到家，又被她爸妈拉去乡下祭祖，最后勉强撑着眼皮吃完年夜饭，就像中枪一样扑倒在床上"英勇就义"了。

蒋听听睡得正香，突然手机响了起来。照说她现在这半昏死的状态是听不见手机铃声的，但好死不死的是她把手机放在了床头搁板的边沿上，又好死不死开了铃声加震动，于是手机震着震着就从搁板上掉了下来，直接命中她的鼻子。

她"哎哟"一声从梦中惊醒，抓起电话接通就开始狂骂："有病啊，大过年的不去放鞭炮讨红包烧香拜佛求姻缘，给老娘打什么电话！老娘正睡觉呢！！扰人清梦是要下十八层地狱的！！！"

"今年的迎新party在糖果。"景静知对蒋听听的暴骂充耳不闻，慢悠悠地说："蒋偏不，如果你刚刚不是在做梦，就立刻给我滚过来。"

"我不去！自从二十五岁之后，老娘就对生日和新年深恶痛绝，哪一年的迎新party我去过！"

景静知笑得十分狡诈："蒋偏不，如果你不来的话，我就告诉在场所有的人，你想嫁人想疯了！"蒋听听更加暴躁："随便你告诉谁，老娘要睡觉！”

景静知把手机从耳朵边拿开，故意加大音量说道：“贺向东，蒋听听她来不了，她在……”

“滚！”蒋听听眼睛猛地睁开，大喝一声，“停！我马上就去！”

“五分钟内下楼，我让司机去接你。”

蒋听听掀开被子就往卫生间冲，老式热水器烧水慢，她只好直接用冷水洗脸，冰冷的水浇在脸上像是摔倒在雪地里，她哆嗦得话都说不清楚：“妈，我衣服呢？”

李欣女士看着电视漫不经心地应道：“洗了。”

“洗了？”蒋听听郁闷了，“我就那么一套衣服，你给我洗了？那我怎么出去见人！”

“穿我的。”

“这话你也说得出来？”

“你也可以选择穿睡衣出去。”

“你是我亲妈吗？”

李欣女士将目光从电视转移到蒋听听身上，满身的怨气喷薄而出：“你以为我稀罕当你亲妈！你说说，同样都是生女儿，人家女儿乖巧听话，你就最会说‘我偏不’；人家女儿拉得一手好琴，你却拉得一手好面；人家女儿绣得一手好花，你却修得一手好自行车；人家女儿嫁医生嫁律师嫁公务员，你连个对象都没有！就因为你，我这些年在朋友圈里都抬不起头来！我这辈子最大的心愿就是接到医院的电话，告诉我当年在医院里抱错了孩子……”

面对李欣女士痛彻心扉声泪俱下的控诉，蒋听听不为所动地翻了个白眼："您要是想演韩剧里的泡菜大婶，得先去整个容，否则就您这凶残彪悍的模样，也就配在乡土剧里演个欺负媳妇的恶婆婆。"

蒋听听说完，不等李欣女士咆哮就赶紧逃离现场，她冲到阳台，看见自己从上到下、从里到外的衣服全都在晾衣竿上随风飘舞，欲哭无泪，只好又回到自己房间，在衣柜里拼命扒拉。可惜她高中时代的身高和现在实在相差太远，能穿的也只有当年大两号的校服，她还在犹豫，景静知的催命电话又打了过来，只好认命地穿上校服，套上羽绒服，然后"咚咚咚"地跑下了楼。

蒋听听一下楼就看见爆竹燃放后的浓浓烟雾中，有一辆黑色的车子停在花圃边，车门边还站着一个男人，正在朝她这个方向张望。这个点儿出现在她家楼下的车，必定是景静知派来接她的了，蒋听听大剌剌地走过去，拉开车门就坐了进去。那男人像看怪物一样地看着她，一动不动。

蒋听听以为司机是在打量她这身与年龄极不相符的打扮，不禁恼羞成怒，她从车上跳下来，指着他的鼻子骂："看什么看！再看把你眼珠挖出来堆雪人！你们景家就没一个好人！大冷天的非要强人所难，好好的在家睡觉不行吗？以为自己还年轻啊，还是八九点钟的太阳啊。新年有什么好迎的，为'天增岁月人增寿'高兴的都是那些儿孙满堂的人，像我这种没有对象的大龄女青年，增寿只会徒伤悲！"

倪景澈平生最讨厌就是随便撒泼的熊孩子，他将蒋听听的手指轻轻抓住，缓缓往下放，不悦地说："小妹妹，你妈妈没跟你说过这样指着别人是很没有礼貌的事吗？"语调平稳，却透着一股让人无法抗拒的威严。

蒋听听腹诽，看来这一年景家又赚了不少钱，请个司机都这么有气场，不过再有气场又怎样，有本事你别受雇于人啊。她清了清嗓子，正色道："你们服务行业对人有礼貌是理所当然的，我们被服务人群愿不愿意礼貌，取决于你们服务得到不到位。"

"服务行业？"第一次听到有人说他是服务行业的人，倪景澈忍不住笑着往眼前比自己矮一大截的额头一戳，"那你希望我怎么服务你呢，小妹妹？"

"你才小妹妹！你们全家都是小妹妹！！"蒋听听退后一步，怒目相向，"少动手动脚，赶紧送我去糖果！"蒋听听正要坐回车里，突然两道灯光由远及近，她回头朝灯光来的方向望过去，十秒后，一辆同样的黑色车停在了她旁边，有个中年男人从车上跑下来，歉意地对她说："蒋小姐真不好意思，来的路上车子出了点问题，来晚了。"

"你是司机，那他是谁？"问题刚一出口，蒋听听已经反应过来自己认错了人，她尴尬得要命，低着头犹豫要不要转过去道歉，却听见引擎声响起，她认错的那辆车从她身边迅速开了过去。她拍拍胸脯，松了一口气，为这场尴尬的自行了结感到十分庆幸。

到了糖果，包间里已经横七竖八地堆了一大片人。蒋听听眼神犀利地扫来扫去，却压根没看见贺向东的踪影，只看见景静知抓着话筒在妩媚地唱《流年》。

她知道自己被骗了，于是恨恨地朝墙上的切歌键狠狠摁了下去。景静知唱到"五月的晴天闪了电"，情绪饱满地正要唱"有生之年狭路相逢”，突然歌被切了，立刻火大地站起来，举着话筒怒吼：“哪个人敢切我的歌？”

蒋听听一边跟包间里的同学打招呼，一边走到景静知面前，居高临下地看着她，默不作声，只用眼神狠狠地鄙视她。景静知一看是她，便嬉皮笑脸地拉她：“快坐下来，一年没见，让姐姐好好看看你。”蒋听听打开她的手：“看什么看！”

景静知不以为意，用力将她硬拽到自己旁边坐下：“干吗这么生气？因为某人不在这里，所以失望了？”蒋听听瞪她：“失望个鬼！”景静知认真看她脸上的表情：“蒋偏不，你莫不是对贺向东余情未了？”蒋听听一掌拍在景静知的大腿上：“余情未了个鬼！”

景静知疼得龇牙咧嘴，边揉腿边问：“那你为什么一听他的名字就惊慌失措地跑了来？”蒋听听看起来像只愤怒的小鸟：“我跟他分手的时候，他曾经断言说我的脾气要是不改，一辈子嫁不出去，要是我现在这副无人问津的样子被他知道，他肯定高兴死，输人不输阵，你懂不懂？以后不管任何场合碰到他，都不许说我没有男朋友！知不知道？”

景静知还是一脸探究的表情：“你真的已经不在乎他了？”蒋听听故作镇定：“废话！你又不是不知道，当初我跟他在一起完全是为了刺激李欣女士，我又不是真的喜欢他，况且分手是我先提的，我怎么可能还在喜欢他！”

蒋听听的初恋源于她对李欣女士的本能挑衅。蒋听听自从懂事开始，就义无反顾地贯彻：凡是李欣女士让做的坚决不做，凡是李欣女士不让做的坚决做到最好。所以她不学拉琴，自学拉面，不学绣花，自学修自行车，掌握了许多诡谲的技能，也让李欣女士耿耿于怀了很多年。

贺向东在离高考还有一百天的时候疯狂追她，蒋听听一开始并没有答应，可是李欣女士急急忙忙跑到学校找贺向东谈话，反而促成蒋听听当天就接受了贺向东。这段感情蒋听听虽然没有“做到最好”，但也维持了很长时间，从高三到大四，一直到贺向东出国。

贺向东本来是想跟她一起出国的，他做好了一切准备，甚至偷偷帮她申请好学校，本以为蒋听听会因为这惊喜高兴得跳起来。可是蒋听听却勃然大怒，她像是一只被踩到尾巴的猫，尖细着嗓子喊了三个字“我偏不”，然后跟他大吵了一架，责怪他对她的人生横加干涉。最后贺向东拂袖而去，临走之前恶狠狠地看着她说：“蒋听听，你这脾气不改，这辈子都别想嫁出去！”

其实贺向东刚走，蒋听听就后悔了，她只是习惯拒绝别人为她安排好的一切，她对所有别人打着为她好的旗号替她做的决定都条件反射般地逆反，她知道贺向东是为了他们的将来，才做了一起出国的打算，她心里明白贺向东并没有她骂的“大男子主义”“占有欲强”，可是她却像只好斗的公鸡，只要战斗开始就一定要赢，所以故意曲解他的好意，然后成功气走了他。

蒋听听跟自己说，等下一回见到贺向东，她一定要好好向他道歉，她一定要把自己的心思明明白白说给他听。只是她怎么也没有想到，贺向东自从去了美国就如同泥牛入海，这“下一回”竟然等了三年还没有等到。

蒋听听回想起这些，不免有些伤感，随手拿起景静知眼前的酒杯吞了一口，忽然听见音乐声响起，是那首*Love Paradise*。灯光全部熄灭，再亮起来的时候，只有高脚椅的位置打了一道追光，蒋听听好奇地望过去，忽然呼吸一窒。

是贺向东，竟然是贺向东，他竟然真的回来了。蒋听听不可思议地盯着他，直到贺向东拿起话筒，慢慢转向她的方向。他一点也没有改变，唱歌的时候依然喜欢握话筒的最上方，喜欢抢一点点的拍，喜欢微微地摆动肩膀。

这首歌她以前跟他提过，说如果有人唱这歌向她求婚，她一定嫁给他。蒋听听觉得自己要哭出来了。她掐着自己，告诫自己一定要镇定，然后礼貌地朝贺向东微微一笑，贺向东也回以微笑，眼眸中有一种波光潋滟的温柔。

他从高脚椅上走了下来，边唱边向她这里走来，正好在“I'll love you till I die.Deep as sea wide as sky”这一句停在她眼前。

音乐适时停下，全场一片安静。贺向东手里拿着一枚戒指，单膝跪下，脸上洋溢着满满的期待和忐忑，他说：“Will you marry me？”

蒋听听终于镇定了，不仅仅是镇定，而且浑身发冷，简直像是被人捆手捆脚丢进了冰窟窿，想要呼救，一张嘴却没入更深的寒冷。

因为贺向东举着戒指的对象不是她，而是景静知。她怎么没有想到呢，这首歌还是高中的时候景静知推荐给她的，第一个说“如果有人唱这歌求婚一定嫁”的人也是景静知，她竟然以为这首歌是她和贺向东的专属，真是可笑。

景静知有些手足无措：“我不是让你等我电话吗？”

“我等不及了，我怕你会因为蒋听听的友情而不要我，我提前来就是想着，万一蒋听听不同意，我就跟她同归于尽。”景静知听完哭了，她拼命地点头，然后将贺向东从地上拉起来，狠狠地扑到他的怀里，搂在一起把这首歌唱完了。

大家纷纷鼓掌表示祝福，又纷纷过来向准新人敬酒。没有任何人提及贺向东和蒋听听的陈年往事，气氛喜庆热烈得甚至有些刻意。

蒋听听木然地坐在沙发上，终于恍然大悟，原来是这样，景静知骗她来，只是想确定她对贺向东还有没有感情，如果贺向东晚一点过来，她应该还会征询她的意见，如果她说她不同意景静知和贺向东在一起，景静知就会拒绝贺向东。

蒋听听冰凉的心头涌上一股暖意，看得出来景静知是真的很在乎她，十几年的好朋友，她同样也希望景静知能幸福。待景静知和贺向东被围观的人群放回来，蒋听听已经恢复如常，她眉毛挑起，毫不客气地捶景静知一拳，质问道：“快说！你们两个贱人什么时候勾搭上的？居然连我也保密！”

“半年前，我去美国旅行的时候。”景静知的脸红扑扑的，“小不不，你不会生气吧？”蒋听听爽快大笑：“我生什么气啊，难得你景大小姐居然有用我二手货的时候，我开心还来不及呢！”

“话要不要说得这么难听啊。”贺向东在一旁皱眉，“蒋听听，这么多年你一点都没变。”

“谁说我没变！我明明越来越漂亮，越来越有气质了！”蒋听听虚情假意地笑，嘴巴咧得跟羽绒服上的大嘴猴一样，极力表现自己心中坦荡，毫不介怀前男友与闺蜜终成眷属的狗血剧情。

贺向东像是懂了她的心思一般，十分配合："嗯，的确越来越有气质了，你高中的时候穿这套衣服就像漫画里的美少女，现在……"蒋听听眼睛亮亮地凑过去："现在怎么样？"

玩笑开得越大，尴尬才会越小吧。贺向东眯着眼睛："现在像……"没等贺向东说完，蒋听听已经狠狠一拳挥过去，毫不留情，打得他低下头去找眼镜。

景静知看着这幅融洽的画面，紧紧地握着蒋听听的手，哽咽着说："谢谢，小不不，真的很谢谢你……"

"别肉麻了！"蒋听听嫌弃地打掉景静知的手，"你们打算什么时候办婚礼？"景静知一反往常大开大合的御姐范儿，十分小白兔地盯着蒋听听："大概会在明年正月办，小不不，你会来当我的伴娘，对不对？"

当景静知的伴娘，看着她最好的闺蜜和她念念不忘的前男友一起走进婚姻的殿堂？蒋听听不知道她会不会当场失控。可是在景静知殷切期待的目光下，她还是违心地点了点头："那是一定的！当伴娘有红包拿，又可以省份子钱，我必须当啊！"

蒋听听跟景静知碰杯，吞下大口的酒，心里想着，她刚进来的时候景静知唱的那首歌还真是应了她的心情，可不就是"五月的晴天闪了电""终不能幸免"吗？"留不住算不出流年"……

后来那天晚上发生的事情在蒋听听的记忆里一片模糊，第二天早上醒来窗外下了好大的雪，她呆呆地看着对面楼的屋顶，失魂一般地把手机里*Love Paradise*听了一遍又一遍。

直到忍无可忍的李欣女士来喊她起床："蒋听听，你要造反啊！天亮了才回家，睡到天黑也不起来！新年第一天你整这么颓废给谁看！怪不得没人要！我要是男人我也不要你！”蒋听听突然发出小猫咪一样低低的声音：“妈妈。”

“干吗？”李欣女士为了迫使蒋听听起床，心狠手辣地打开窗户往蒋听听的卧室灌冷风。

“你放心，今年之内我一定会让自己嫁出去的。”李欣女士吓了一跳，忙去探蒋听听的额头：“你这孩子该不会发烧了吧？”

蒋听听展现了一个她这辈子从未向李欣女士展现的乖巧笑容：“妈妈，我说到做到，一年，给我一年时间，我一定让你挺起腰杆做人！”

她不想去做景静知的伴娘，又怕景静知以为她对贺向东依旧心有芥蒂，所以只能在她结婚之前先把自己嫁掉了。只有这样，她才能顺理成章地以一个单纯的宾客身份出现在景静知的婚礼上。

幸好她还有一年时间，只要她努力一点，积极一点，一定来得及！这一年的春节是蒋听听人生当中最长的春节，她在家装病挺尸，躺了六天，几乎什么人都没见，也什么都没吃。

于是临走的时候，她的行李箱里被李欣女士塞进了各种各样的丸子，比如肉丸子、鱼丸子、藕丸子、糯米丸子……

全都塞进去之后，李欣女士恶狠狠地合上了行李箱：“这都是你爸特意为你准备的，过完小年，他就把自己关在厨房里烟熏火燎地炸这些，我最讨厌丸子了，带走带走全带走！”

蒋听听其实也不是特别爱吃丸子，只不过因为李欣女士的“最讨厌”，丸子才变成了她最爱的食物。脑海中浮现爸爸忍着油烟给自己做丸子的场景，蒋听听鼻子有点发酸，她撒娇地挽住了蒋爸的手："谢谢爸爸，还是爸爸对我最好。"

蒋爸欣慰地笑了，接收到李欣女士投射过来的"杀人"目光，连忙干咳了两声："快走吧，再磨蹭要误机了。"

在机场，李欣女士照例又灌输了她一番"新年要有新气象，长大一岁要更懂事，做人要努力上进"等正能量的人生观，蒋听听低着头看自己的脚尖，左耳朵进右耳朵出，腹诽她妈这么爱教育人怎么当年没当老师而是做了会计呢。

过了很久很久，蒋听听终于等到李欣女士"结案陈词"："最重要的事情是把自己嫁出去，你自己答应的，千万别忘了。"

蒋听听握住她的手，再三保证："妈，你放一万个心，我回A市之后就找对象，明年过年前我一定带个老公回来！不破单身誓不还！"说完，她摆了摆手，往安检口飞奔而去。

李欣女士微怔，对旁边一直沉默的蒋爸说："老蒋，这还是咱们家听听吗？怎么突然这么听话？总觉得有点不对劲啊，这孩子是不是发烧烧坏脑子了？"

蒋爸拍拍她的手，目光深远地看着远远离去的蒋听听："你要是不管她，她会更加听话。"

"我不管她？"李欣女士暴怒，"我不管她，能长这么大吗！我不管她，能这么独立吗！！我不管她，能考得上大学吗！！！"

蒋爸摇了摇头，叹了句"孺子不可教也"，掉头往外走去，李欣女士急得跳脚，一路追着蒋爸喋喋不休地陈述自己在蒋听听成长过程中发挥的关键作用……

第二章

“不不派”女生最难嫁

蒋听听回公司上班第一天是初八，传统的逗利是日，就是Boss给下属、已婚人士给未婚人士派发新年红包的大好日子，每封内含十元到一百元不等，据说有些脸皮厚的同事欺负领导不熟悉基层员工，会换好几套衣服去逗好多次，一天所领的利足够过年回家的往返机票钱。

这种好日子蒋听听当然不能错过，她上午跟各部门各级别Boss领完红包之后收获颇丰，很开心地把二十几封红包塞进抽屉，连饭都顾不上吃，就琢磨着去找已婚人士接着领。

可是午休时间已到，格子间里几乎空无一人。蒋听听只好先去吃饭，在电梯里碰见了行政部的32姐。32姐并不是32郎的姐姐或妹妹，也不是今年三十二岁，她本名叫袁萱，比蒋听听大一岁，以相亲频繁而闻名于全公司，据说她最多一个月相亲了三十二场，所以大家都亲切地称呼她“32姐”。

蒋听听之前和32姐并不是很熟，两人寒暄了两句，然后一起去餐厅吃饭。跟32姐一起吃饭，就逃不开相亲这个话题。果不其然，刚在餐厅坐下，她便对蒋听听穷追猛打：“Nono，你过年回家相亲没？”

Nono是蒋听听的英文名，也是她蒋偏不这个“艺名”的直译。蒋听听拿纸巾擦着自己的筷子，老实回答：“没有。”

“恭喜你逃过一劫。”32姐深深叹气，颇有感触，“我在家相了几个，不是实际年龄比我小，就是心理年龄比我小。现在好多男人就像没离开过母鸡的小鸡，恨不得一辈子扎在妈妈的怀里。”

蒋听听忍不住不厚道地笑了：“你这说法太损了。”32姐哼哼："大年初二那天，我去相亲，进了餐厅，发现包间里面坐了七八个人，我还以为走错了，扭头想走，结果后面有人叫我名字，我才知道我没找错地方。"

"那怎么会有七八个人？"

"他的爸爸、妈妈、姑姑、姑父、叔叔、婶婶'恰巧'都在那家餐厅吃饭，所以'顺便'过来打个招呼。"32姐不无郁闷地说："我在那包间待了不到五分钟，被那群叔叔阿姨轮番轰炸了几十个问题，头都裂了，赶紧撒了个谎溜走了。整个过程当中那男生一句话都没说，我连他长什么样子都没看清。"

"带爸妈相亲就算了，带全家人相亲也太夸张了！"

"是啊，我当时就在想，他将来跟老婆洞房会不会也有七八个大人现场指导。"

蒋听听被雷到，脑海中浮现出一幅少儿不宜的画面："呃，你口味真重……"

32姐鄙视她："你口味不重点什么辣子鸡丁。"

"呃，不是一回事好吗……"正说着，辣子鸡丁上桌了，蒋听听抛下口味重的话题，拿起筷子兴奋地说："我们赶紧吃，吃完快回公司逗利是，别被她们抢光了。"

"她们？谁们？本公司仅剩的单身女人都在这了，谁能跟咱们抢？"

"这话什么意思？"蒋听听如遭雷击，呆呆地重复，"什么叫'本公司仅剩的单身女人都在这了'？"32姐指指她，又指指自己。

蒋听听所在的公司是一家总部在广州的教育培训机构，分公司在北京，有经验的女老师年纪都不小了，所以未婚女人比例确实不高，但是她怎么也没想到，她竟然沦落到和32姐一起坚守最后的单身阵地!

她“啪”地把筷子扔到桌上，瞪大眼睛盯着32姐，不愿意相信这个事实：“什么情况？去年的未婚蝗虫部队呢，都离职了？”32姐摇头，无情地说出一个蒋听听猜到了却不想听的答案：“都结婚了。”

“都嫁了？这么快？？我怎么什么都不知道？？？”32姐习以为常地说：“你们招生部天天在外面跑，你又不关心这些八卦，不知道很正常。”

蒋听听挨个数着去年的蝗虫部队：“人事部的胖妞Ivy，总裁办跟志玲姐姐一样大的可可姐，去年刚毕业的前台小米……都嫁了？”

32姐点头，表示她答对了。蒋听听扔下筷子仰天长啸：“这什么世道啊？凭什么她们那些老老少少的女人都能嫁出去，咱俩这样正当年的反而没人要？”

“很正常啊。”32姐一点都不激动，慢悠悠地说：“谁让我们是‘不不派’女生呢。”蒋听听好奇地凑近她：“什么叫‘不不派女生’？”

“就是指我们这些不上不下的女人。”32姐放下可乐杯，一本正经地解释，“所谓不上不下，是指：不老也不小——还没有成熟女人该有的优雅风度，却失去了年轻妹子天然的新鲜灵动；不丑也不美——没有丑得让人哭爹喊娘，也没有美得让人撞电线杆；不穷也不富——虽然饿不死，但也撑不到。”

“不好也不坏的女人条件中等，最好嫁的吧。”蒋听听想起从前在网上看到的一个关于剩女的理论，“如果把男人女人按条件分为ABC三等的话，我们就是中不溜秋的B女，男人都愿意低娶，所以A男找B女，我们应该嫁得很好才对呀！”

32姐一副“这你就不懂了吧”的表情：“女盼高嫁，男喜低娶，这话是没错，可除了不上不下，‘不不派’女生还有两个‘不不’——喜欢我们的那些人我们‘不’喜欢，我们喜欢的那些人又‘不’喜欢我们，我们‘不’将就‘不’妥协，忠于感觉，所以混到这把年纪还两手空空，你明白了吗？”

蒋听听双手握拳放在下巴边，眼角泛绝望的泪光：“你说的一点儿都没错！那我们应该怎么办？我们这些‘不不派’女生难道就注定嫁不出去了吗？”

“不！不会的！我们要相信这世上一定有属于我们的那个人存在！”32姐和蒋听听执手相看泪眼：“所以我们不要放弃任何一次和男人接触的机会。”

蒋听听决心以后唯32姐马首是瞻：“32姐你以后相亲带上我吧！我一定要在今年之内嫁出去！”

32姐挑了挑眉：“奇怪，你之前不是一直都不着急找对象的吗？怎么过完年突然变得这么恨嫁了？”

“唉，一言难尽……”蒋听听不想提及伤心事，迅速转移话题，“咱俩势单力薄的，还去逗利是吗？”

"去！当然去！"提起利是，32姐豪气干云，"没有蝗虫部队更好！抢男人咱们已经输给她们了，不从她们手里抢点钱难解心头之恨！走！从一楼前台的小米开始扫起，不扫到顶楼的甜美姐姐誓不罢休！"

32姐振臂一呼，蒋听听立刻小碎步摇旗呐喊地跟了上去。

正所谓情场失意别的场都得意，这俩悲催的单身女青年大获全胜，顺利在各楼收获了大量红包，尤其是去年刚出嫁的那几个，出手就是一百，居高临下喜气洋洋，还说明年也替她们准备着，直把32姐气得牙痒痒。

全公司所有已婚人士的红包都打赏给了她俩，最后她俩手里都拿不下，32姐索性拉开蒋听听卫衣的帽子，一股脑儿全塞了进去。

战斗结束，在茶水间"分赃"的时候，32姐还气呼呼地说："神气什么啊，不就是结了个婚吗，跟没结过似的。"蒋听听毫不留情地戳穿她："你还真没结过。"

32姐攥着拳头杀红了双眼："老娘今年一定要结！"蒋听听也攥紧了拳头："我也一定要结！"

"放心，有姐的男人就有你的男人，以后姐会罩着你，相亲的路上有姐做导师，包你手到擒来。"

宣誓结束之后，两人就各回各家了。蒋听听头天晚上十一点多才到北京，所以没有来得及收拾自己的行李，也没来得及大扫除。于是她到家之后，第一件事就是整理房间。

把该洗的衣服扔进洗衣机，把行李箱里的东西一样一样拿出来放到柜子里，擦洗厨房里的厨具，拖地……等做完这些之后，天色已经暗了下来。

春节刚过，小区里的租户回来的还不多，对面楼的灯光只亮了两三户。蒋听听站在卧室的窗边，看着夜幕将窗外的一切染成深蓝色，忽然想起贺向东离开的那天，她赌气不去机场送他，却在教学楼的天台呆呆地坐了一整天，仰着头看着一架一架的飞机从这个城市飞走，直到天空变成现在一般迷幻的深蓝。

那个时候她还没有想到，她已经失去了贺向东。蒋听听在这段感情里一向游刃有余，因为她爱贺向东远没有贺向东爱她多，所以她冷静自持，从不肯向贺向东妥协。她不肯去送贺向东，是认定了贺向东会回来哄她；她不肯主动去联系贺向东，也是认定了贺向东总有一天会回来找她。

她很想知道，如果当年已经预知了现在的结局，她会不会不顾一切地去机场找贺向东，什么自尊什么面子都不要，只要跟他走。可惜没有如果，所以她只能一个人勇往直前。

蒋听听突然觉得很难过，她拉开冰箱，拎着里面仅剩的一打啤酒上了天台。这就是住在顶楼的好处，能将整片天台据为己有，蒋听听不开心的时候就会坐在天台上喝酒，喝醉了之后大喊大叫一番，心情就会变得特别特别好。

蒋听听已经不记得从什么时候开始，啤酒代替可乐占据了冰箱里放饮料的位置。在这个城市待得久了，记忆力好像会变得特别差，也许是因为没有什么重要的人填充在回忆里，所以所有的一切都不值得铭记，刚刚发生的事也会很快模模糊糊，不甚清楚。

歌德曾经说过，哪里没有兴趣，哪里就没有记忆，大抵如此吧。蒋听听很快喝完了所有的啤酒，然后开始唱歌，她把小学音乐课本上的歌唱了一个遍，从《我们是共产主义接班人》唱到《我在马路边捡了一分钱》，从《太阳出来喜洋洋》唱到《我们的祖国是花园》……越唱越兴奋，越唱越激昂，整个人都快飞起来了，就在她唱着“学习雷锋好榜样，忠于革命忠于党”的时候，背后有个声音十分不悦地说：“小妹妹，已经十一点了，想鬼哭狼嚎去墓地，不要扰民。”

蒋听听吓了一跳，猛地回头，瞪着隐在夜色里的高大身躯：“你是谁？你怎么上来的？”她明明锁了门。

“拿钥匙开门，从楼梯走上来的。”倪景澈站在原地，打量着天台，只可惜没有灯，什么也看不见，刚刚唱小学音乐课本上名曲的小妹妹也只能看清一个矮矮小小的轮廓。

“你怎么会有钥匙？只有顶楼住户才有钥匙的呀。”蒋听听沉思半晌，突然开了窍：“难道你租了我家对面的房子？”

“如果你指的是608的话，那不是租，那是我的房子。”倪景澈见对方已经不再大声唱歌，目的达到，便转身准备下楼，刚走了两步，就被快步跑过来的蒋听听抓住了胳膊。

“你好你好，我叫蒋听听，以后我们就是邻居了，初次见面，多多关照。”倪景澈闻见一股浓烈的啤酒味，皱了皱眉：“你住607？”未成年还喝酒，真是不像话。

蒋听听运动过度，有点眩晕，更加紧紧地抓着倪景澈的胳膊，胡乱点了点头，酒意上涌，控制不住一头栽到倪景澈的肩上。

倪景澈想躲已经来不及了，想甩又甩不开，想想对方是个未成年，于是决定把她送回607。他拖着蒋听听一步步挪到楼梯口，下楼梯的时候他听见蒋听听呕了一声，心想不妙，赶紧用力把蒋听听推向楼梯另一边："不许吐，忍住！"

蒋听听轻蔑一笑，扶着扶手站得极稳："笑话，谁要吐！我蒋听听喝酒从来没吐过！"倪景澈长舒了一口气："那就好，我先回去了。"现在离楼下也不到十级楼梯，应该也不会发生什么意外。

"你走吧，再见……哎呀……"蒋听听豪迈地一挥手，本是想拍拍倪景澈的肩膀表示感谢，结果倪景澈已经下了两级台阶，所以蒋听听拍了个空，惯性让她控制不住地往前栽去，正好……扑向了倪景澈的身上，然后……两人一起滚下了……楼梯。

整个过程发生得极快，倪景澈只觉得眼前一黑，接着整个人完全失去了意识，待反应过来时，自己已经趴倒在608门前，背上还趴着一个蒋听听。他愤怒地想要找蒋听听算账，可是肇事者蒋听听已经借着酒意呼呼睡了过去……可恨，真是可恨……

楼道里路灯明亮，倪景澈愤怒地盯着眼前这个女人，忽然觉得这小妹妹很是眼熟。他想了又想，才想起来大年夜那晚在S市碰见的那个熊孩子。这世界还真小。

想起那天晚上的事，倪景澈唇边荡起一抹淡淡苦涩的笑，打消了任她自生自灭的念头，先是去607敲门，无人应答，后又在她口袋里四处翻找钥匙，也是毫无所获，最后只好将她抱进了自己的屋子，扔在了靠近暖气的地毯上。

蒋听听这一觉睡得很沉，天都亮了，她也没醒，直到听到一串陌生的电话铃声，才迷迷糊糊地睁开了眼。她看了一眼左边，是白色的暖气片，再看看右边，是一个沙发，沙发太高，挡住了视线，所以看不清那边还有什么。不过可以肯定的是，这不是她家！

蒋听听一点点地回神，想起昨天在阳台借酒唱歌，然后有人上楼抗议，后来她好像压在那人的身上滚下了楼梯……她抓了抓头发，懊恼地准备站起来，却听见有人坐到了沙发上，接起了电话。

"我今天不过去了……脚崴了……昨天被个疯子从楼梯上撞了下来……没什么事，等我脚好了再联系你……就这样，再见。"倪景澈刚挂掉电话，就有个头发乱糟糟的疯女人突然凑了过来，苍白的脸上挂着两个深深的黑眼圈，把他吓了一跳。

"对不起啊，我不是故意撞你的。"蒋听听弯腰低头，双手合十，很有诚意地说："你放心，我会对你负责的。"倪景澈见蒋听听似乎完全忘了在昨晚之前他们已经在S市见过，也不点破，只是冷哼一声："负责，你打算怎么负责？"

"我会照顾你，直到你的脚好起来！"

"照顾？你这么小，你会做什么？"

"我……小？"蒋听听怀疑地看看自己，"我不小了，我都二十六岁了。"

"你？二十六岁？"倪景澈十分不信任地打量着眼前的女人，记得第一次遇见她的时候，她穿着只有高中生才会穿的帽子上坠两个毛球球的大嘴猴图案粉红色棉袄，第二次遇见她，她在唱那些只有小学生才会唱的歌，她竟然已经二十六岁了？

"嗯。"蒋听听点点头，又飞快摇了摇头，"确切地说，两个月后就满二十六周岁。"

“我不用你负责，你赶紧从我眼前消失，谢谢。”倪景澈昨晚失眠，到凌晨五点才睡着，现在困得要死，只想赶紧回卧室去睡觉。

蒋听听像松鼠一样灵巧地挡在他前面：“那不行，我蒋听听行走江湖向来不拖不欠，既然是我害你跌倒受伤，我就要对你负责到底。”

“我不需要。”倪景澈可不希望自己的屋子里有个熊孩子整天蹿来蹿去，“你赶紧回自己家去！”

“我偏不！”蒋听听昂头，眼神异常坚定，“说了对你负责就要对你负责，我蒋听听不喜欢欠别人的！你是要回房间吗？脚不听使唤对不对？我背你！”然后说到做到地半蹲在了比自己高一头多的倪景澈的面前。

倪景澈目瞪口呆，半天才说：“其实我脚没事，你不用对我负责。”为了证明自己没有撒谎，他还特意在原地蹦跶了两下，结果竟然莫名其妙地脚下一滑，向前打了个趔趄，幸好扶住了沙发靠背，不然肯定摔个四仰八叉。

蒋听听满含热泪地看着他：“你真是好人……不用假装没事来减轻我的罪恶感了，好好休息吧。”

“我真没事！”倪景澈面对蒋听听一脸“那你怎么摔了”的质疑表情，胡编了个理由：“我摔倒是因为我饿了，不是脚疼。”

“饿了是吗？你稍等！我给你做饭去！”蒋听听旋风一般冲进厨房，十分钟不到就端上一碗热气腾腾的拉面来。倪景澈压根不信任这疯癫熊孩子做饭的手艺，于是先试药似的捡了两根放嘴里，发现味道还不错，这才大口大口地吃了起来。他没想到这姑娘看上去粗枝大叶，做饭手艺还真不赖。

回到A市好几天了，小区门口那几家饭店一直没开门，他吃方便面已经吃得快腻味死了，这算是他新的一年里吃过最好吃的一顿饭了。

倪景澈一边吃一边打定主意，既然蒋听听愿意送上门来做免费保姆，还撵都撵不走，他就当作新年礼物欣然接受好了。倪景澈咳嗽了一声："你真的会照顾我直到我的脚康复？每天过来给我做饭？"

"那当然！我蒋听听向来一诺千金，而且我家就在对面。"蒋听听扬手一指，视线正好瞥到了手腕上的表，她"啊"一声惨叫，"糟了！上班迟到了！你放心，我下班就来给你做饭！"然后急匆匆往外跑去。

没过几秒钟，她又跑了回来，伸手向倪景澈："你有没有看见我家钥匙？"倪景澈白她一眼："我要是有你家钥匙，还能让你在我家过夜？"

"这可怎么办？要迟到了。"蒋听听急得跳脚，她昨晚上天台的时候，只在睡衣外面套了个羽绒服加雪地靴，总不能穿着睡衣去上班吧！吃人嘴软的倪景澈善心大发，"要不要我借你套衣服穿？"

"你的衣服？可你是男的啊。"

"不要拉倒。"倪景澈站起来，"一瘸一拐"地朝卧室走去。

蒋听听忙追了上去，"要！要！"不管怎么说，也比穿睡衣去上班好！

倪景澈从衣橱里拿出一套灰色运动服，丢给蒋听听，蒋听听去卫生间换了，发现虽然大了很多，但风格倒是很中性，看不出来是男生的衣服，便心满意足地挽起袖子和裤腿，走了出来，穿上外套和雪地靴，奔赴公司。

到了公司已经快十点了，幸好是新年第二天上班，本来就有很多同事请了年假陆陆续续地回来，她的迟到也并不那么显眼。她松了一口气，赶紧去忙积攒了一个礼拜的工作，快到吃饭时间的时候，32姐从QQ上蹦了出来，约她在老地方见，蒋听听欣然赴约。

蒋听听下班之后直奔上回吃饭的餐厅，32姐已经占了座在等她。“我要烤鸭。”蒋听听点完菜之后可怜兮兮地对32姐说：“我没带钱包，这顿饭你请。”

“没问题，反正昨天领了那么多红包，你随便点。”

“32姐你真不愧是我的贵人！”蒋听听托腮作星星眼状。

32姐好笑，“我什么时候成了你贵人？”

“贵人就是请我吃很贵的菜的人！”

32姐被这无厘头的逻辑雷得嘴角抽了抽，突然高深莫测地摆摆手指：“不对。”

“哪里不对？”

“你身上的味道不对。”32姐凑近蒋听听，深深吸了一口气，断定，“你身上有男人味，老实交代，昨晚干什么去了？”

蒋听听心虚地紧了紧羽绒服：“我没干啥啊，喝醉了，弄丢了钥匙，在邻居家借宿而已。”

“喝醉了？在邻居家借宿？邻居一定是男的吧！”32姐八卦之心顿时被勾起，“酒后乱性了没有？”

“你别想歪了！我是在他家客厅地板上睡的！”

“哎呀呀，有床不用，直接在地板上……好刺激好浪漫……衣服是不是也被他撕破了，所以你穿他的衣服来上班？”32姐以迅雷不及掩耳的速度拉开了蒋听听的羽绒服。

“你思想太龌龊了！”蒋听听迅速打掉她的手，重新拉好拉链，瞪她，“我要是一个能放开玩的人，我能到这把年纪连个对象都没有吗！”

“这话说得有道理。”32姐收回自己的手，哀叹道：“但凡剩下来的姑娘都有一个共同的缺点，那就是保守。”

“保守什么时候变成缺点了？”

“自从一个女人被定义为剩女开始，她身上所有的优点就都变成了缺点。”32姐愤慨地说：“二十五岁之前单纯是好可爱，二十五岁之后单纯就是假天真；二十五岁之前节俭是乖巧懂事，二十五岁之后节俭就是守财奴；二十五岁之前聪明是足智多谋，二十五岁之后聪明是老谋深算……”

蒋听听突然发现，32姐简直就是真相帝。

她横冲直撞地活到现在，从来没有想到自己会沦落成一个剩女。她对自己向来很有自信，她独立坚强，长得也有模有样，刚开始工作的时候，追她的男人也不少，可是慢慢地，那些男人都不见了，现在更是一个都没了，她一直都不明白，现在总算豁然开朗，原来是因为她过二十五岁了。

她理所当然地把自己的无人问津归结到男人的肤浅上，完全忘了其实在二十五岁之前就已经没人追她了。

蒋听听刚毕业的时候，确实有不少男人围着她打转，可惜她被贺向东惯坏了，那些男人她一个也瞧不上，送花摆蜡烛她嫌没创意，随传随到、任劳任怨还嫌不够体贴，谁让贺向东早就已经将“二十四孝男友”做到了极致，他的浪漫和体贴从来都是细致入微，早就无人能比。

可是蒋听听却总是在拿别的男人和贺向东比较，并且很主观地认为所有男人都比不上他。她的冷漠和挑剔让那些追她的男人一一败北，也成了她的标签，让人望而却步。说到底，她还在爱着贺向东，只是她一直不肯承认。

她怎么能够承认呢，明明是她提出的分手，明明是她像泼妇一样地骂走他，明明他已经成了景静知的未婚夫。蒋听听郁郁寡欢，下班之后跟32姐去喝了几杯，回家站在门口才想起来忘了去找房东老太拿钥匙。

她沮丧得要命，酒意上涌，越发觉得伤感，头抵着门一下下地撞着。突然背后有个声音阴森森地响起。

“你不是要对我负责任吗？蒋听听行走江湖不是向来不拖不欠吗？”蒋听听猛一回头，就看见一脸怒气的瘸腿叔叔站在那里，她“啊”的一声尖叫：“对不起对不起，我把你给忘了。”

“忘了？”倪景澈瞪着她，“我就不应该相信一个未成年的熊孩子。”说完转身往回走。

蒋听听辩白道：“我成年了！我又不是故意的……”倪景澈顿

住脚步，回头，脸上全是嘲弄的表情："是吗？那我更正一下，我就不应该相信一个爱好装嫩又自以为是的没脑子女人。"

"你大爷的，你说谁装嫩！你说谁自以为是！！你说谁没脑子！！！"最后一句蒋听听几乎是嘶吼出来的，她长这么大还没被人这样说过，这男人算怎么回事！她不就不小心害他扭伤了脚吗，又不是摔断了腿，至于这样凶残地对她进行人身攻击吗！

"非要说个明白是吗？那好——"倪景澈一边走向她一边历数她的罪状，"二十六岁还穿高中校服，唱小学音乐课本上的歌，不是装嫩是什么？为了减轻自己的愧疚，逼迫别人接受所谓的补偿，不是自以为是是什么？答应别人要负责转眼就忘记，还喝得醉醺醺地回来，不是没脑子是什么？"

倪景澈说完最后一句，正好走到蒋听听对面，他气愤地两手搭在蒋听听家的门上，将她圈住，恶狠狠地盯着她，似乎在说，看你还怎么狡辩。

蒋听听自知理亏，默默低下头去，左看是倪景澈的手臂，右看还是倪景澈的手臂——毫无疑问，她被困住了。

人生第一次被壁咚竟然如此尴尬，蒋听听欲哭无泪，绞尽脑汁想要怎么逃，突然听到一阵"咕噜咕噜"的声音，她眼前一亮，连忙带着讨好的笑意谄媚至极地说："倪大爷！你一定饿了吧？我去给你做饭！"然后迅速从倪景澈手臂底下钻出去，奔向他家的厨房。

倪景澈没有阻拦她，任由她像只松鼠一样快速地闪进自己家，他并不是没有发现她要逃跑，他只是觉得不可思议。

他没有想到，他竟然真的将一个陌生女人的承诺当真了，傻傻在家等了她一天，又因为她的爽约大动肝火，他倪景澈不是发过誓再也不要相信任何女人了吗？

或许是因为她不像女人吧，一定是这样——哪有女人能像她跑得那样快，哪有女人像她一样乱七八糟，她分明就是一个没长大的熊孩子。倪景澈安了心，走进屋子。却没想到，被熊孩子左右心绪跟被女人左右相比也好不到哪里去。

蒋听听将一碗热气腾腾的面端出来之后，倪景澈的脸色已经缓和了许多。倪景澈在吃面的时候，蒋听听去给房东老太打了个电话，结果房东老太出去旅游了，一周之内都回不来，她让蒋听听撬锁，回头交房租的时候，把钥匙一块儿给她带过去就行。

于是蒋听听问倪景澈："你知道开锁公司的电话吗？"倪景澈看她一眼："你有房产证吗？你有租房合同吗？"蒋听听摇了摇头，这房东老太是她同事的阿姨，关系很好，所以就没有签合同。倪景澈不屑地哼了一声，朝客厅努了努嘴："电视柜底下有工具箱，你自己想办法撬吧。"

"我自己撬？我不会啊！"她只会修自行车不会撬锁啊，蒋听听故意在倪景澈面前晃悠，"一般这种活儿都是男人干的，你说是不是啊？"倪景澈充耳不闻，专心吃面，一副事不关己的样子。

蒋听听只好拿着工具箱去607，她拿起锤子砸了几下，铁锁纹丝不动，又拿起老虎钳，比画了半天也不知道从何下手。她气馁地扔掉老虎钳，给32姐打电话："你认不认识什么会撬锁的人？"

"撬锁？我会！"

蒋听听对32姐的崇拜更高一层："那你快来我家一趟，帮我撬个锁，打车费我报销。"当32姐风风火火赶到的时候，蒋听听靠在门边已经睡了过去。32姐猛烈地摇晃她："Nono，快醒醒！"蒋听听睁开眼，32姐在她眼中如观世音菩萨一样身披佛光："你终于来了啊！"

"来了来了。"32姐开心地说："咱俩都这么熟了，你何必这么见外特意在门口迎接我呢？赶紧开门，我进去给你撬锁。"蒋听听预感不妙，指指门上银光锃亮的铁将军："我说的……就是这把锁。"32姐愣住了："这把？这把我可不会撬，我只会撬小型的，比如抽屉上的锁什么的。"

"啊！那怎么办？"

"你不是有个男邻居嘛，让他来帮你不就行了！"蒋听听撇嘴："他要是愿意帮忙，我就不用千里迢迢把你喊过来了。他那个人，又冷血又暴躁又喜怒无常……"

"是吗？性格这么差啊，那长相怎么样？好不好看？"

"相由心生啊32姐，那种人怎么可能长得好看？他一身肥肉，大饼脸小眼睛，不笑的时候很猥琐，笑起来更猥琐！还有个特别难听的名字，叫倪景澈！"

"怎么觉得你越说越像李玖哲？连名字都好像。"

"你别侮辱人家李玖哲，李玖哲长得比他好看多了，也比他可爱多了……"

两个女人蹲在607门前津津有味地八卦倪景澈，从长相到品位，从品位到恋爱史……完全忘记了撬锁的事。

倪景澈出来倒垃圾，就听见蒋听听万分嫌弃地说："那个倪景澈，一脸的刻薄相，哪个女人要是喜欢他，那真是倒了八辈子的霉！"蒋听听意犹未尽，32姐突然拉了拉她的胳膊。

倪景澈面不改色地从她们身边走过，像是完全没有听见一样，蒋听听的眼皮却"突突"地跳起来。32姐摇了摇头，"Nono啊Nono，我总算知道你为什么没有对象了，你这审美很有问题啊。"蒋听听将视线从倪景澈的背影上收回来，不服气地说："哪有问题？"

"你这邻居哪里像李玖哲，他明明就是李东健的脸、李敏镐的腿、李大仁的气质啊，简直就是殿堂级别的男人！"

"是你的审美有问题吧！"蒋听听想起倪景澈的眼神，总觉得心里有点毛毛的，于是拽了拽门锁，"先说回正事，这锁怎么办？"

32姐摊手，表示自己爱莫能助。蒋听听叹气："要不我先去你那住几天吧？等房东回来了，我就可以去她那拿备用钥匙了。"

32姐像被触发了应急系统，突然迅速提起包包："我那太乱，你去住不太方便，我觉得你那邻居挺靠谱，你还是住他那儿吧，你们这门对门的也方便，我先走了，明天见啊。"

蒋听听赶紧站起来，32姐已经飞奔到了四楼，她只能站在楼梯上大喊："你又没有男朋友有什么不方便的啊？你怎么这么无情无义啊？"

32姐头也不回地飞奔而去，取代32姐出现在蒋听听视线里的是一瘸一拐、面无表情的倪景澈。

蒋听听连忙蹲下，假装自己全神贯注地在和门锁大爷作斗争，恨不得把眼睛贴上去，然后就听见倪景澈不疾不徐的脚步声经过了她，然后门“扑通”一声关上。

她舒了一口气，握着门把手坐在地上苦着脸琢磨怎么办，手机忽然响了，她拿出来一看，是一个陌生号码，归属地是S市，她疑惑地接起来：“喂，你好。”

“蒋偏不，你手机还没换号？”蒋听听的心突然猛地收紧，是贺向东的声音，她强装镇定：“移动公司对老客户优惠多，换号多吃亏。”

“那倒也是，你蒋偏不这么精明，什么时候做过亏本的事。我有个事情想问你，当年……”

耳朵里的声音突然变成了手机关机的音乐声，手机没电了。贺向东说当年？蒋听听愣了一下，随即爬起来，冲到608门外，使劲地拍门。

倪景澈打开门，还没反应过来，蒋听听已经夺门而入：“借你充电器用用。”倪景澈望着朝他伸出手的蒋听听嗤笑：“我尖酸、刻薄、又猥琐，为什么要借给你？”

“我承认我背后说你坏话是我不对，但是我现在有个很重要的电话要打，等我打完这个电话，任你打骂，我绝不还手，也不还口，行吗？”

蒋听听可怜巴巴，几乎快哭出来。倪景澈看了她几眼，终于走到书房，把充电器拿出来递给她。

手机开机后，蒋听听连做了三个深呼吸，才拨通了贺向东的电话。“手机刚刚没电了，你要问我什么事？”

“当年”两个字像猫爪一样挠在蒋听听的心上，酥痒难忍。贺向东却没有再提：“我和静知下礼拜包机去普吉岛拍婚纱照，邀请你跟我们一起去。”

“你们去拍婚纱照，我去干吗？”

“静知说你一直唠叨着没看过海，趁这个机会一起去玩一趟不是挺好的吗？”

蒋听听的心像被细细密密的针扎着，大学的时候，她也常常和贺向东念叨没有看过海，贺向东说毕业旅行带她去离岛，可惜在毕业之前他们就分了手。蒋听听这么些年每次路过海滨城市都刻意避开海岸线，就是期待有一天贺向东能够回到她身边，带她去看从未看过的海，可他却像忘了这一切。

贺向东的人生和她的人生早已经南辕北辙，她到底还在幻想什么呢？

蒋听听握紧了电话，极为冷静地说：“不行，我没时间，下礼拜我要出差。”

“去哪里出差？”

像是中了魔咒一样，蒋听听完全不受自己控制地吐出两个字：“离岛。”

“那就算了，你忙你的。”贺向东忽然压低了声音，“其实我邀你一起去也是想让静知放心，我和你之间什么都没了，就算你在我面前，我的心里也只有她一个人。”

贺向东声音里满溢的幸福沿着话筒传进蒋听听的心头，她鼓起嘴，慢慢呼出空气，夸张地笑道：“贺向东，我们俩以前的那点事儿就像小孩子玩过家家，现在我们早就过了玩游戏的年纪了，静知不会在意的。”

“那就好，反正以后总有机会见面。”贺向东的笑声浸透着释然，却又戛然而止，“对了，你去离岛的话，给我寄张明信片吧，我妈妈很爱收集各地的明信片。”

蒋听听愕然，却又说不出拒绝的理由，只好苦涩地说：“好。”

“那就麻烦你了。”

“你太客气了。”

虚伪的客套之后，蒋听听挂掉电话，愣愣地看着手里的手机。寄明信片？难道她要真的去趟离岛不成？倪景澈端着水杯站在书房门口不无嘲讽地说：“我当你真有急事呢，原来是和前男友叙旧情。”蒋听听不以为意，只是可怜巴巴地看着倪景澈：“你能帮我撬锁吗？”

倪景澈“哼”了一声，顺手朝阳台一指：“想让我帮你，除非绿萝开花。”蒋听听扭头去看绿萝，倪景澈已经倒满水回书房了。

第三章

绿萝开花了

没过多久，倪景澈就听见蒋听听在门外扯着嗓子兴奋地喊：“快出来看，你家绿萝开花了！”倪景澈根本不相信，可又架不住蒋听听的大呼小叫，只好走了出来。

他一走出书房，就看见蒋听听得意扬扬地抱着一盆绿萝，那绿萝的绿叶中间确实有几朵红色的花朵一样的东西，过道灯光有点暗，他看不清，于是扯着蒋听听的胳膊把她拉到了客厅，这才看清了这花朵的原型——红纸折叠的花瓣，层层叠叠，中间还点缀了一颗黄色的花蕊。不得不说，看上去大大咧咧的蒋听听手工活还挺细致的。

倪景澈端详了一会，想起一个重要问题：“你哪里来的红纸？”蒋听听“嘿嘿”一笑：“我把楼下的春联给揭了。”倪景澈嘴角抽了抽：“你是八岁的熊孩子？元宵还没过，你就把人家春联揭了，你可真够缺德的。”

蒋听听腹诽，我缺德也是被你逼的，你一个大男人看见邻居柔弱的小女子身处困境，不主动施以援手也就罢了，竟然还趁机要挟，要说我缺德，你比我更缺德。

倪景澈因为这安静微微有些讶异：“你怎么不说话？”蒋听听耸耸肩：“我本来就缺德啊，有什么好说的。”仿佛她承认了自己缺德，就相当于一并骂了倪景澈一样。

如此坦荡的语气，如此无辜的眼神，如此形象地诠释了厚颜无耻，倪景澈不禁为蒋听听强大的心理素质所折服。

“可以给我撬锁了吗？”

“不能。”

“你大爷的！你说话不算话！”

倪景澈揪着小红花一本正经地说：“你忽悠小学生呢，我要的是绿萝开花，不是往绿萝上绑花，你别跟我装傻。”

蒋听听吸气呼气，吸气呼气，挤出一个特别难看的笑脸：“那您说，您到底要怎么样才肯帮我撬锁？”

“我没有义务帮你撬锁。”蒋听听围着倪景澈上上下下地打量：“你该不会是不会撬锁吧？”倪景澈“呵呵”一声：“你就当我不会吧。电源也借完了吧，请你哪儿来的回哪儿去！”

“我不！我不走我不走我就不走！”蒋听听像个小孩子一样撒泼耍赖，“你不给我撬锁，我哪儿都不去。”

还真把自己当熊孩子了！倪景澈又好笑又好气，拖着她往门口走去，蒋听听拼命地往反方向挣扎。两人正在激烈地拉锯，突然倪景澈放在茶几上的手机响了，他左手去够手机，右手还死死地拽着蒋听听，拿到手机之后因为屏幕太大，只好松开右手去解锁，结果电话还没接通就听见了一声响彻云霄的“你大爷”！

他握着手机回头一看，蒋听听整个人因为惯性扑倒在了茶几边，倪景澈以为她只是摔了并不在意，接通了电话跟对方说完事，再抬头，就看见眼睛里喷着熊熊怒火的蒋听听站在了他的面前，脸上扎满了细细密密的仙人球的刺。

这情形太好笑，倪景澈第一反应就是举起了手机飞快地拍了张照。蒋听听一把抢过他的手机，倪景澈以为她要删照片，谁知她却发送到了自己的手机上。

“倪景澈，我要告你人身伤害。”蒋听听晃了晃手机，“这就是证据。”

“你自己摔的也赖我？”

“在饭店吃饭滑倒，饭店也有责任，在你家摔的你就得赔！再说了！明明就是你把我推倒在仙人球上的！”蒋听听对着手机屏幕照了照脸，万分庆幸地说：“幸好我脸大，不然扎到眼睛就完了。”

蒋听听说话的时候很用力，所以仙人掌的刺在她脸上也一抖一抖，倪景澈实在忍不住笑出了声：“好好好，别生气，我赔你，我们先去医院。”

“去什么医院，你先去我家给我撬锁！”

“你不怕毁容啊？”

“我家有医药箱！我才不要这副鬼样子去医院！会被人笑话死的！你敢再推三阻四不给我开锁，我真的会报警的！”蒋听听凶神恶煞，眼珠子瞪得都快掉下来了。

“可是我不会撬锁。”

“少骗人！哪有男人不会撬锁？你分明就是不想帮我，你分明就是想看我笑话……”

倪景澈耳朵都快被她吵聋了，只好说：“别嚷嚷了！我去给你撬锁。”

蒋听听充满希望地跟在一瘸一拐的倪景澈后面，来到自己家门前。倪景澈先是拿了把老虎钳，比画了一下又放下了，然后又拿起了一把锤子，比画了一下又放下了，然后就不停地在工具箱里面翻翻拣拣。

“我说倪大爷，你快点儿行吗？”倪景澈不理她，继续挑拣工具，最后终于下定决心拿出了一把起子，对着锁芯插了进去，然后拎起了锤子，砰砰砰地对着起子敲了起来。

蒋听听捂着耳朵在一旁给倪景澈摇旗呐喊。敲了好几十下，倪景澈又拿出了老虎钳，夹着被敲进去的起子转动着，终于听见锁里面发出一声“咔哒”，蒋听听喜出望外：“开了？”

倪景澈表情却有一丝奇怪，他握着起子一动不动。蒋听听不耐烦了，一把推开他，结果，就听见“哐当”一声，半截断了的起子掉在了地上。蒋听听再往锁眼里看，只见里面堵得严严实实。

“你！”眼看着开锁的希望被倪景澈打破，蒋听听咆哮了，“你是不是故意的？我到底怎么得罪你了，你要这么报复我！你害我毁容了不说，你还害得我有家归不得，我怎么这么命苦……”

“我早就告诉你我不会撬锁了。”倪景澈看着蒋听听长满刺的脸，弱弱地说了句，“那什么，我允许你这几天住在我家。”

“谁愿意住你家？我要医药箱！我要回我家换衣服！！”

“我带你去医院，顺便给你买新衣服。”

“我周末还要去离岛呢，我身份证还在屋里……”

“我开车带你去。”

“你的脚不是扭了吗？”蒋听听嗷嗷大哭，“你把我弄成这副鬼样子，你把我家门锁弄坏了，你还忽悠我，你这个人怎么一点人性都没有……”

“对啊！我脚扭了！”倪景澈突然就有了底气，瞬间扭转局面，“蒋听听，你也别哭了，你别忘了我的脚是怎么扭的，咱俩一报还一报，当是扯平了，我肯负责任让你住我家，带你去离岛已经仁至义尽了，你可不要得寸进尺。”

蒋听听搬起石头砸了自己的脚，哭泣的声音戛然而止，低着头说：“那好吧，都听你的。”

“先把伤口处理了，不然真要毁容了。”

“嗯。”蒋听听乖乖地跟着倪景澈回到他家，倪景澈上网查了一下清理伤口需要的药品，打了个电话，很快有人过来敲门，是一个男人的声音：“哎哎哎，倪景澈你怎么要镊子啊，你是要拔腋毛吗？来来来，我帮你，你也知道，我觊觎你的身材很久了，快脱了衣服让我看一看……”

蒋听听在客厅朝门口看了一眼，什么都没看到，倪景澈就把门“扑通”关上了。那男人在外面又喊了几声，倪景澈置若罔闻，后来，外面就没声音了。“他是谁啊？”倪景澈把医药包扔在她面前：“关你什么事！”

“切，问问也不行啊？”

蒋听听把伤口全都处理好之后，又给32姐打了个电话，让她帮忙请个假，然后跑去敲书房的门：“倪大爷倪大爷，不是说要给我买新衣服吗？”

“这都几点了，商场都关门了，明天再说。”

“不用明天，现在淘宝送货很快的。”蒋听听那双亮晶晶绿幽幽的眼神盯着倪景澈，像只黑暗中的饿狼。

“你什么意思？”

蒋听听把手机举到倪景澈面前，指着购物车说：“这些我都选好了，你帮我买下单，就可以了。”倪景澈点着手机屏幕正要往下滑，蒋听听一把打开他的手，一脸娇羞地说：“哎呀，底下都是内衣，你不要看啦。”

倪景澈确实也不太想看到蒋听听的内衣款式，于是爽快地点了全选，结算的时候却吃了一惊：“三千多？”

“女生衣服都很贵的啦，尤其是内衣，你没看网上说嘛，现在女生内衣的价钱比房价都贵，三千也不算多啦，我都没有买特别贵的牌子，那个‘围兜你丫的秘密’，一套就要好几千，还有那个……”

“行行行，别说了，我埋单。”倪景澈实在受不了大晚上听蒋听听普及内衣知识，赶紧输入了信用卡账号。

蒋听听特别高兴地朝他鞠了个躬：“倪大爷晚安。”然后蹦蹦跳跳地跑走了。从第二天下午开始，倪景澈家里就被快递攻陷了。有些快递不肯送到六楼，蒋听听便忙碌地跑上跑下拿快递。倪景澈虽然很嫌弃她，但蒋听听忙得连被他嫌弃的时间都没有，所以他只好默默地在心里嫌弃。

傍晚的时候，蒋听听又下楼去拿快递，门铃响了。倪景澈打开门，门外站着一个满脸堆笑的小伙子。

“您好，我是星星点唱机店的店主，我发现您竟然跟我住一个小区，所以给您免费送货上门了，还可以包安装哦。”

“什么点唱机？”

“就是这个啊。”店主满脸笑意地指着自己脚边的大盒子，“最新的家庭卡拉OK点唱机，兼容所有型号的电脑电视，蒋先生，您昨天下的单，难道您忘了？”

蒋先生？好你个蒋听听！真把他当冤大头了！倪景澈对毁容这件事的愧疚瞬间烟消云散，脸色立时沉了下来，手指向书房，“把它搬到那个房间去。”看他怎么以牙还牙，以眼还眼！

店主看到客厅的50英寸电视，本能地想往那边走：“我们是免费包安装的哦，放在客厅比较好吧……”

“再啰唆给你差评。”店主偷偷给了倪景澈一个“不识好人心”的白眼，噤声掉头，乖乖地把机器搬到了倪景澈指定的位子，迅速地离开了。

过了几分钟，蒋听听拎着一大袋外卖进来了，她走进门就大声吆喝着：“倪大爷，你的青豆虾仁粥到啦。”

倪景澈慢吞吞地从书房踱出来：“我突然不想吃青豆虾仁粥了，你去给我买桶方便面。”

“你大爷的！为了你这碗粥，我可走了两个路口！”蒋听听不甘心，“明天再给你买方便面行不行？你就先凑合凑合把这粥喝了？或者你让我先吃完我的饭？”说完她盯着那盒排了好久的队抢到的最后一份卤鸡爪，咽了咽口水。

“不行，我没吃上饭，你也别想吃。”倪景澈把蒋听听的卤鸡爪拿在了手里，“你要不去买，我就把鸡爪全吃光。”

“好好好！放下鸡爪！我立刻去买！”蒋听听走后，倪景澈就往鸡爪里添各种各样的佐料，厨房里能看见的调味品他都不放过，醋、酱油、料酒都倒进去，然后又拿凉水过了一遍，然后放回了盒子里。

等做完这一切，倪景澈才掀开青豆虾仁粥有滋有味地吃了起来，呵呵，连他都敢坑，看他怎么整死她。等蒋听听拎着方便面一路小跑回来的时候，倪景澈已经吃完了粥，好整以暇地坐在沙发上看电视。

蒋听听把方便面扔给倪景澈，然后就冲向了餐厅，看见自己的鸡爪一个不少地放在桌上时，她才放心了，拿起一个塞进嘴里，却发现味道怪怪的。这又咸又淡又辣又酸的鸡爪竟然有那么多人排队？是她味觉失调了还是大家的味觉失调了？

蒋听听咬了几口实在咽不下去，只好放弃，想起还有一碗粥，于是喊倪景澈："青豆虾仁粥你不喝的话，给我喝吧。"

"我已经喝完了。"

"那你再给我点钱，我要下楼买晚饭。"

"蒋小姐，你都下了两趟楼，买了两回晚饭了，还找我要钱？我是个无业游民好不好，昨天刚花了三千多给你买衣服，哪来那么多钱？"

听到倪景澈说买衣服的钱，蒋听听有点心虚："那我晚上吃什么呢？"

倪景澈非常仁慈地指着茶几上的塑料袋。

蒋听听感恩戴德地去泡面，开水刚倒进碗里，倪景澈却突然把电视关了，站起来说："车来了，我们走。"

"什么车来了？"

倪景澈已经走到玄关："去离岛的车。"

"今晚就走？你之前怎么没有告诉我？"蒋听听十分委屈，

“我还没有吃饭呢。”

“你一共就你身上这套衣服，又没有行李要收拾，我提前告诉你干吗？”倪景澈有些不耐烦，“你到底走不走？不走我就让车回去。”

“走，当然走。”蒋听听依依不舍地看着冒着热气的方便面碗，可怜巴巴地跟着倪景澈出了门。倪景澈带了一个超级大的行李箱，蒋听听半拖半拽地从五楼扛下来，气都喘不上来了，而箱子的主人却早已气定神闲地坐在车里。

驾驶座上下来一个男人，先是从上到下地打量了蒋听听几眼，然后帮她把行李放到后备厢，蒋听听感激向他道谢，他想说什么，张开嘴却又合上了，一副委屈的样子，还跺了跺脚。

蒋听听拉开后座的车门，正要上车，倪景澈却说：“你坐前面。”

“我偏不！”蒋听听头一扬，腿一伸，霸道地坐在了倪景澈旁边。

真熊！倪景澈嫌弃地看了她一眼，倒也没再坚持，对着前面说：“开车。”

蒋听听以为前面那位高大威猛却又一脸小受样的大叔是倪景澈雇来的司机，便也没有多问。和倪景澈在后座各玩各的手机，直到车上了高速，前面那位小受突然“嗷”的一声：“倪倪，我憋不住了。这姑娘是谁你们俩什么关系你什么时候认识的你为什么要带她去离岛你居然什么都不告诉我我好伤心好难过你知不知道你有了新女友你让我怎么办？”

这么多话，小受只花了十秒就说完了，中间没有停顿，语速堪比某著名节目主持人，蒋听听叹为观止。他说完之后，先是长长地呼出了一口气，然后非常惊讶地说："哎？倪倪，你居然没有打断我？"

蒋听听心想，就你这快如疾风的启动速度和势如闪电的结束速度，倪景澈也得有时间打断你吧。倪景澈淡淡地说："怎么？我没打断你，你很失望？"

"当然不是。"小受嘿嘿地笑，"只是你突然变得这么好说话，我有点不适应。"

"哎呀！别！"小受看见倪景澈的手机录音机还开着，慌忙捂住了嘴，又恢复了刚上车时那副委屈的样子。

蒋听听好奇地问道："倪景澈，这是你朋友吗？你为什么不让他说话？"倪景澈懒得理她，戴上耳机，闭上眼睛进入了睡眠模式。蒋听听撇了撇嘴，心想拽什么拽，你不想说难道我不会问吗！她眼珠子转了转，敲了敲前排小受的肩膀，两人一番眼神交流之后，同时拿起手机摇了摇，加上了对方的微信。

虽然小受同学在开车不好发微信，但是蒋听听聪明地利用问句和小受点头yes摇头no的应答方式，还是对于小受和倪景澈的关系有了一定的了解。等到了服务区，小受解放了双手，两人更是打得一片火热。

蒋听听于是知道了，这货叫马小白，是倪景澈的债主，昨天去家里送药的也是他，倪景澈经常用不还债来威胁他，指使他，他苦不堪言，却又不敢反抗。

于是再上车的时候，蒋听听看向马小白的眼神就满含着化也化不开的同情，而看向倪景澈的眼神中则满含着咬牙切齿的憎恶。欠债不还是贱人！贱人！

蒋听听默默地在心里庆幸，幸好她是个穷光蛋，没钱借给别人，否则碰到倪景澈这么个无赖，她肯定会一刀宰了他，那她的下半辈子就要为了这个贱人在监狱度过了。她不由自主地感慨道：“没钱真好，我要当一辈子穷人。”

倪景澈睁开眼看了看她，一副嫌弃的表情，没等蒋听听回击呢，他又闭上了眼睛。蒋听听气得直跳，怒火难消，眼珠一转，打开手机就开始放小苹果。倪景澈不爽地睁开眼：“蒋听听，你精神这么好，晚上就不要睡了，你那间房我现在就打电话取消。”蒋听听急了：“你凭什么取消我的房间！”

“我花钱订的，我想取消就取消。”

“你怎么动不动就拿钱威胁人！你取消房间，晚上我睡哪儿？”

“我哪有威胁你，我明明是在成全你。刚刚我还听见有人立志一辈子当穷人，人穷就不要瞎讲究，睡哪儿有所谓吗？”

蒋听听被噎住，这次换前面的马小白同志向她投来了同情的目光。人穷志短，蒋听听几分钟内重新树立了价值观，以后还是努力向上好好挣钱吧，有钱才有底气耍性子啊。她关了小苹果，再三向倪景澈保证自己一定会安安静静地做一个小透明，倪景澈才放过了她。

到了酒店，车刚停下，倪景澈就对马小白说：“你不用下车了，后天下午来接我。”马小白一脸忠诚地表示服从组织的一切安排。倪景澈白了一眼被马小白谄媚样恶心到的蒋听听："愣着干什么，去拿行李。"当蒋听听吭哧吭哧地拖着大箱子到前台的时候，就听见倪景澈说："我要顶楼的房间。"她立刻趴到前台上："请问有电梯吗？"

"不好意思小姐，我们酒店是花园式酒店，一共只有四层，所以没有电梯的。"

"那给我们换一间一楼的房间，二楼的也行。"

"小姐，可是这位先生……"

前台为难地看着倪景澈，蒋听听知道倪景澈是不会听她的，所以恨恨地盯着他。倪景澈一副无辜的表情："你瞪我干什么？我一定要住顶楼，楼下吵死了，我睡不好，你一定也不想我睡不好，对不对？"

颜值高又会卖萌，前台MM都快化了，恶狠狠地盯着蒋听听，仿佛在说，你怎么这么不懂事，快答应帅哥。人前你倒是挺能装的啊，你在车上威胁我的气势呢，贱人就是贱人！蒋听听腹诽完之后，还是露出了一个配合的笑脸："嗯，都听您的。"

在扛箱子上楼的途中，她一直在思考一个问题——马小白是倪景澈的债主，倪景澈对他横；她是倪景澈的债户，倪景澈还是对她横，这到底是为什么？这个食物链的逻辑在哪里？

百思不得其解，等上了四楼，蒋听听才发现倪景澈这个贱人简直是超乎她的想象！

四楼是个套房！带空中花园的套房！这货根本就没有单独给她预订房间！在车上还假惺惺地要取消！分明就是在耍她！

“你大爷的！倪景澈！”在卫生间刷牙的倪景澈听见这声大吼，掏了掏自己的耳朵，冲镜子里摆了一张露八颗牙的笑脸。

窗外是漆黑的夜，海水在灯光的照耀下泛着幽蓝的光，海浪的声音近在耳边，远处的灯塔和渔船上的灯火明明灭灭，像是天边的星星。手脚酸痛趴在沙发上挺尸的蒋听听眼角慢慢地湿润了。原来海是这个样子。孤独，空旷，幽暗。她想起那首叫《看海计划》的歌，甜糯却又坚定地女声唱着：“我终于也来到了，我以为到不了的地方……”

她终于看到海了，在他已经不属于她的时候。贺向东，原来，没有你的海，是这个样子。她想起贺向东劝她和他一起去美国的时候说：“美国有什么不好，那条西海岸的沿海公路多漂亮，等我们放假的时候我就带你去度假，去塞班，去夏威夷，把那些太平洋上的海岛都玩个遍！”

她当时怎么回的来着？她好像说：“我偏不！美国的海有什么好看的？你爱去你自己去，反正我不去！”贺向东也没有生气，耐心地哄着她，于是她就以为贺向东不会离开她，想一想，那时候的她有多傻。其实心里明明也很向往贺向东描绘的那种生活，可就是倔强地不肯认输，非要一遍又一遍地说“我偏不”，这才失去了他。

可是，她想成为自己的主导，她不想被人摆布，这难道也有错吗？为什么贺向东在做决定之前不和她商量，为什么要替她做决定呢？如果他从一开始就征求她的意见，结局和现在可能就不一样了。

倪景澈从卫生间出来的时候，就看见蒋听听把头埋在沙发靠垫里，一动不动。他懒得管她，走进房间去睡觉。第二天醒来的时候已经是上午十点，天阴沉沉的，像是要下雨的样子。房间里面格外安静，倪景澈以为蒋听听自己出去玩了，结果一出房间，就看见蒋听听还在昨晚那个位置，连姿势都没变过。

“蒋听听，快起床。”蒋听听迷迷糊糊地听见有人喊她名字，非常不爽：“起什么床。”倪景澈睡饱了，心情还不错，于是声音也很温柔：“蒋听听，听话，快起床。”

“听你妹的话！我偏不！”倪景澈get到某点，换了种喊法：“蒋听听，你继续睡，千万不要起床。”

“我偏不！”蒋听听条件反射一样地从沙发上弹起来，“我不睡了！”倪景澈好笑：“蒋听听你都多大了啊，还当自己是叛逆期的熊孩子呢？”蒋听听不满地斜倪景澈一眼，抓了抓乱糟糟的头发：“你才叛逆期熊孩子，这么早叫我起来干吗？”

“都十一点了，早什么啊。你今天去一趟临海镇，帮我取一幅画。”

“我不去，凭什么我帮你跑腿？”倪景澈长腿一伸，抬到蒋听听眼前：“因为你说你会对我负责到底，你的腿就是我的腿。”蒋听听默默地翻了个白眼：“好吧好吧，那临海镇在什么地方？”

“你打车去，顺便把我行李箱里的东西带过去。”倪景澈指着门口一个黑色的编织袋，“就那包东西。”

“我可以把那包东西卸下，回来的时候就用那个袋子装画吗？”

“当然不可以！那幅画对我来说很重要，你要捧在手上好好地带回来，千万别给我弄坏了。”

“很贵啊？有没有保险？要是弄坏了怎么办？”

“绝对不允许弄坏，这些画比我的性命还重要，你要是弄坏了，我跟你没完。”

倪景澈表情难得的庄严肃穆，蒋听听紧张地咽了咽口水，想说老娘不去了，可看看倪景澈的腿，还是接下了这个光荣而危险的任务。

看着蒋听听吭哧吭哧地扛着那包东西下楼，倪景澈露出了阴谋得逞的笑容。那里面其实就是一包大米，还是他家厨房过期的大米，他放在行李箱带来离岛，又让蒋听听送去临海，就是为了折磨她，谁让她当他是傻子，坑他的钱买点唱机！至于那幅画，一点也不重要，只不过是为了指使她扛大米的一个借口罢了。临海镇听起来像是一个海边的镇，其实是一个半山腰的小山村，出租车只能开到山脚下，她至少要扛着大米爬一个小时的山，才能到临海，想想就很痛快。

于是，倪景澈在房间悠闲地上网看电影，蒋听听在临海苦命地扛大米爬山。她一边登山，一边把倪景澈祖宗十八代问候了几千遍，终于到达了倪景澈指定的临海镇最高处的12号。

站在这栋房子前，蒋听听的嘴张成了桃子状，这简直是她这辈子见过的最好看的房子，三面环山一面朝海，全木质结构的二层小楼，古老而又质朴。房后有一小挂山泉飞流而下，汇入房子左侧的青石板池子，清澈见底，房前是一片姹紫嫣红的月季，明明是最俗气的花，但在满山青翠的映照下却又显得分外应景。

蒋听听咽了咽口水，这地方太像古代名流雅士隐居的地方了，从这里拿出来的画，不名贵也说不过去啊。她敲门，出来应门的是一个坐轮椅的大叔，他笑眯眯地把她迎了进去，又给她倒水。累得快挂掉的蒋听听捧着杯子胳膊不住地打战，大叔很快就拿了画出来，然后请她出去，她好几次想跟大叔搭话，大叔都冲她摇头，一副不能说话的样子。

蒋听听于是断定，这大叔一定也是倪景澈的债主，所以才不敢跟她说话，怕倪景澈赖账。啧啧，倪景澈这货真是债主遍天下啊，穷成这个样子住酒店还住套房，果然是债多不压身啊。

捧着这幅包得严严实实、和遗像差不多大小的画，蒋听听踏上了下山的路。天色也越来越阴沉，似乎暴风雨马上就要来了。倪景澈在酒店睡了个午觉，醒来发现窗外狂风暴雨，蒋听听还是没有回来，抬手看看表已经快五点了，他打电话也没有人接。他想了想，打了个电话到临海12号，得知蒋听听一点就下山了，开始有点担心。

雨天路滑，这熊孩子该不会从山上滚下来了吧，他只是想小小地教训她一下，可不是真的希望她出事，还是去找找吧。倪景澈打开门正要出去找蒋听听，就看见楼梯拐角处站着一个落汤鸡样的人。蒋听听垂着头沮丧地靠在墙上，外套裹着那幅画，地上已经滴了一摊水。倪景澈又怒又急："蒋听听！你在那发什么呆！快给我进来。"

蒋听听回来了之后，一直不敢进门，就是怕倪景澈怪她，现在一看倪景澈怒气滔天的样子，嘴巴一扁就要哭出来："倪大爷，我尽力了，雨下得太大，我衣服不防水，画被淋湿了，你告诉我要赔多少钱，我倾家荡产也赔给你。”原来是担心这个，倪景澈有点想笑：“你先进来，我看淋成什么样子了。”

蒋听听像只乖顺的小猫跟着倪景澈进了屋。倪景澈看她一副做错事情不敢抬头的样子，吩咐道：“你先去洗个澡，把衣服换了，我来检查画。”蒋听听垂头丧气地走进了浴室。

倪景澈把蒋听听湿漉漉的外套从画框上解下来，包装的牛皮纸确实被浸湿了，但也没有湿透，他撕掉牛皮纸，里面的玻璃画框完好无损，那幅他小时候学画，第一次临摹的牡丹花也没有一点受潮。

他看着想笑，自从他三岁第一次握画笔开始，他母亲就如珍如宝地收藏他的每一张画，有的卷起来放进卷轴，有的装在玻璃画框里当摆设，这样的画在他家没有千幅也有百幅，没想到会把蒋听听吓成那个样子。

倪景澈看着泛黄的纸张，突然有些伤感，他已经很久没有被人这样如珍如宝地对待了，那个每天跟在他身后收画的女人，还有那个每天亲手剥掉草莓籽给他榨草莓汁的女人，通通都在他最依赖最需要她们的时候抛弃了他。女人是全天下最善变、最寡情、最自私的动物，只会考虑自己。所以说，蒋听听并不是个女人，她只是个熊孩子，所以才会傻到自己淋雨也要保护他的画吧。既然她还是个孩子，他还有什么好跟她较劲的呢。

倪景澈决定以后再也不整这丫头了，至于脚伤，再装个两三天，缓慢地“复原”好了。蒋听听洗好澡出来的时候，倪景澈已经回了房间，客厅的茶几上有一碗热气腾腾的姜丝可乐。她踟蹰了一会，还是去敲了倪景澈的门。

倪景澈拉开门，脸色是蒋听听从未见过的和煦：“你洗好了？我让酒店客房给你做了姜丝可乐，你喝了吗？”

“还没有。”蒋听听脚尖无意识地踢着门框，忐忑不安，“那个画，怎么样了？”

“画没事，不用赔了。其实也不值什么钱，怪我没跟你说清楚，弄得你这么狼狈。”倪景澈笑了笑，鬼使神差地问了个问题：“蒋听听，如果你早知道这幅画不值钱，你还会用自己的外套包住它，小心翼翼地带回来吗？”

蒋听听十分干脆地回答：“当然会！你说过它对你很重要，衣服湿了还可以晾干，画要是湿了就没法还原了。”

她就从来没有怀疑过他是在整她，倪景澈突然有些羞愧，伸手想去摸摸她的头发，途中却又变道伸向了门把手：“去把姜丝可乐喝完睡觉吧，我以后不会再指使你干活了。”

蒋听听很意外，但因为倪景澈说画没事又放下心来，愉快地跑去客厅喝可乐。睡到半夜，她突然觉得脸上好热好痒，一开始她以为海边有蚊子，所以拍打挠了几下，可是后来越来越痒，于是跑到卫生间，打开灯一看，脸上被仙人掌扎过的地方全都长了红色的小包，密密麻麻，跟麻疹似的！

她“啊”的一声惨叫，无法接受现实，跑到床上用被子蒙上了头。倪景澈被她吓醒，跑过来问她怎么了，她怎么也不肯把头露出来。

“蒋听听，你听话，千万不要把被子拿下来。”

“我偏不！”

机智的倪景澈感觉自己似乎找到了对付这丫头的绝招，正在自鸣得意，眼中就映入了一张惨不忍睹像被开水烫过的红通通的脸。

“你这是怎么了？！”

看到倪景澈惊恐的表情，蒋听听可算是反应过来自己又中招了，拉过被子又蒙住了头，伤心地哭了起来。

倪景澈只好出去给前台打电话约了个急诊医生。医生到了之后，倪景澈去敲蒋听听的门，故技重施：“蒋听听你听话，千万别出来，太难看太恶心了，我看见晚上会睡不着的！”

蒋听听再一次中招，一边嚷着“我偏不”，一边从房间怒气冲冲地跑了出来，看见医生之后倒没再躲，反而像见到了救世主一样，乖乖接受检查。

医生查看了一番，问：“前几天是不是受过伤？今天是不是淋雨了？”蒋听听拼命点头。

“伤口感染，吃点消炎药就没事，我再给你开一些止痒镇痛的药膏，你每天抹三次。”

倪景澈忙问：“会留疤吗？”他可不想因为他的恶作剧导致蒋听听毁容。

“这几天别吃生冷海鲜和酱油，应该不会留疤。”蒋听听关心的是另一个问题：“医生，大概几天能好？我还要上班呢。”

“想快点好的话就打点滴。”医生看了看表，“可是我没时间在这儿陪着你打点滴，要不你跟我去医院？”蒋听听想起镜子里那张怪物的脸，死命地摇头："我不去医院，打死也不去医院。"

倪景澈说："医生，你给她挂上点滴，回头我给她拔针。"蒋听听往回缩了缩，不信任地问："你行不行啊？医生，我不要让他拔。"

"我不会撬锁，你逼着我撬锁，我会拔针，你又不让我拔，蒋听听，你这辈子是不是专注和别人作对啊？"

看着两个成年人像斗气小学生一样互相瞪眼，医生笑了，"其实拔针也没什么难，不熟练的话，你也就是疼一点，放心，不会出什么大事。你要是不挂点滴，那就吃药，也就是慢一点，看你自己怎么选择。"

蒋听听想了一会，终于心一横眼一闭地把胳膊伸给了医生。医生帮蒋听听扎完针，调好点滴之后，又给倪景澈嘱咐了一些注意事项，提着出诊包走了。屋子里只剩下了倪景澈和蒋听听。

蒋听听闭着眼睛装睡。倪景澈看见茶几上医生留下的药膏，想闲着也是闲着，就拿棉签开始给蒋听听上药，却被无情地一手推开。

"别碰我！"

"不上药毁容了怎么办？你可别指望赖我一辈子。"

"我知道，我害你扭到脚，你害我扎到脸，一报还一报，互不拖欠，放心，我绝不会赖你。"

"照你这意思，如果我没扭到脚，你就要赖着我了？"蒋听听很认真地想了想，才说："自从碰到你，我就一直在倒霉，我还是离你远一点吧，毁容也比一辈子走霉运强得多。"

倪景澈苦笑："没错，我就是个灾星，跟我在一起的人都倒霉，你认识得很深刻。"感觉到倪景澈情绪突然低落，蒋听听又有点于心不忍："我没说你是灾星，我是说我们俩气场不和。你看看，我们认识一星期还不到吧，双双负伤，所以还是保持距离比较好。"

倪景澈想起家里那台点唱机，便点了点头："那好吧，从离岛回去之后我们就分道扬镳，从此以后你不要再进我家的门了。"显然蒋听听也想起了同样的事，她焦急得表示不同意："那不行，我还有快递在你家呢，等我拿完了我们再绝交。"倪景澈故意问道："你有什么快递？你的衣服不都穿在身上了吗？"

"那个……那个……我还有……"蒋听听一时想不出来怎么圆谎，着急地直抓头发。

"我知道了，是围兜你丫吗？"蒋听听眼睛一亮："对对！就是围兜你丫！"倪景澈故作惊讶状："难道你一直没穿内衣？"

"不是不是。"蒋听听急忙解释，"我穿了的，我那天晚上从家里出来的时候，睡衣里面穿了内衣。"倪景澈做出生气的样子："那你还让我给你买围兜你丫？你讹我？"

"我没有讹你！"蒋听听都快哭了，"我……我……"

"是因为需要换洗？"

"对对对，没错！"蒋听听抹着额头上的汗，呼出了一口气，抢在倪景澈再次发问之前先发制人，"我好困，我要睡觉，你别说话了。"然后两眼一闭赶紧装死。

倪景澈忍不住笑了，他发现这熊孩子其实还是蛮可爱的，他的脚并没有扭，他从家里要她要到离岛，她还浑不知情，自己做了一点亏心事，又藏不住心虚的情绪，好几次差点儿露馅。粗心大意，张牙舞爪，记性不大好，脑子也不太好使，虽然有些傻，但对人却很真诚，这种简单的性格相处起来很舒服，不用过多防备。

她这么容易受骗，是因为她对这个世界心存善良。可这世界并不如她想象中那么公平，并不是所有事都可以用“一报还一报”来解决，这样单纯下去，迟早还是会受伤害。

倪景澈突然想提醒蒋听听这个世界也有阴暗面：“蒋听听，你不是真的才八岁？不要再当没大脑的熊孩子，有些话该听还是要听，总是为了和别人唱反调暴露自己的性格，很容易被人利用，你知不知道？”

这种长辈教训小辈的语气让蒋听听很不舒服，但为了防止倪景澈接着纠结快递的事情，蒋听听忍住了反驳，装睡不答话。倪景澈叹气：“但愿是我想多了。”他伸出棉签去给蒋听听擦伤口，这一次，蒋听听格外听话，一动不动。

蒋听听装睡装着装着就真睡着了，醒来之后第一件事就是看自己扎针的手，揭开胶布一看，针眼小到几乎看不见，倪景澈拔针的时候她也没有感觉到，这才相信了倪景澈确实有一门拔针的好手艺。

她趿拉着拖鞋拉开窗帘，阳光猛烈地直射进来，她捂住了眼睛，适应了之后再睁开，就看见一片一望无际海天一色的蔚蓝。风雨洗礼后的天空蓝得格外透澈，将海水也染出了旅游网站那些照片一样纯净的蓝，一波一波的海浪折射着一层一层的阳光，闪亮得如同钻石的光芒，沙滩上跑着闹着三五成群愉悦的人……

原来海不仅有孤独、空旷、幽暗的一面，还有热闹、拥挤、明媚的一面。蒋听听迫不及待地想奔向海边，刚拉开门倪景澈就喊住她："还要不要脸啊？"蒋听听迅速反击："你才不要脸！你们全家都不要脸！"

倪景澈无语："今天太阳这么大，你顶着满脸的红疙瘩出去晒一天，明天还能见人吗？"好像说的有道理，蒋听听郁闷了："来离岛不去海边玩，有什么意思？"倪景澈看她那副委屈的小可怜样，决定奉献一下同情心："我带你去海洋馆玩。"蒋听听立刻精神了："我去换衣服。"

到了海洋馆，蒋听听那叫一个兴奋，东看看西摸摸，还跟着一队出来游玩的小学生一起隔着玻璃对鲨鱼做鬼脸。坐在海豚馆看海豚表演的时候，驯兽师征寻互动观众，别的想参加的人还在高高地举着手，蒋听听已经一路小跑下楼梯，翻过栏杆直接进了场地。倪景澈和在场所有的人一起目瞪口呆。

驯兽师虽然也很震惊，但还是给了她几尾小鱼，教她喂海豚，又给她口哨，教她吹了个简单的口令，四条海豚便从台上跃入水中，溅起四朵整齐的水花，蒋听听看得眼都直了，死赖在场地不肯走，要驯兽师再教她别的口令，最后被两个不耐烦的驯兽师抬出了场地。回到座位之后，倪景澈鄙视她："你丢不丢人啊，第一次来海洋馆？"

"对啊，我就是第一次来海边，第一次看见海豚。"蒋听听面露向往神色，"我小时候就特别想当一个驯兽师，让所有的海豚、海狮、海豹，都听我的话。”

“你还挺逗，别人说的好话坏话你都不爱听，却要让动物听你的话，你不知道己所不欲勿施于人吗？”

“那不一样，海豚是动物，我是人，我有大脑，我怎么能听别人的呢。”倪景澈嘲笑她，“呵呵，你还瞧不起海豚，就你那智商，弄不好还没海豚高呢。”蒋听听两眼一瞪：“你大爷！”

“哎！大侄女乖！”

“倪大爷你大爷的！”

“不用喊那么大声，你大爷耳不聋。”

两个极度无聊的人就这么一路斗嘴逛完了海洋馆，不知不觉间，倪景澈竟然真的有了一种带孩子逛海洋馆的错觉，看见冰激凌还主动问蒋听听吃不吃……

从海洋馆出来后，蒋听听又去邮局寄明信片。拿着笔她犹豫不决，不知道写什么好，想了很久很久，最终还是没有落笔，将只写着地址的空白明信片投入了邮筒。她想，如果贺向东问起来的话，她就说那是因为收明信片的人是阿姨，她怕字不好会被笑话，所以什么都没写。

从此以后，她和贺向东之间只有空白，再无瓜葛。回到酒店已是黄昏，太阳快要落山，蒋听听终于可以无所顾忌地朝着大海奔去。这家酒店有一片私人海滩，人不是很多，倪景澈于是也跟着走了过去。蒋听听回头看见他，很不耐烦地说：“你跟过来干什么？”

“我又没跟着你，我跟着我手机。”蒋听听的手机昨天进雨淋坏了，所以这一天都拿着倪景澈的手机拍拍拍，她听倪景澈这么说，“哼”了一声便飞快地扭身跑了。

倪景澈看着她欢脱的样子，很嫌弃地撇了撇嘴，然后在酒店的咖啡厅要了杯咖啡，远远地看着蒋听听在沙滩上疯。他发现蒋听听竟然还是个自来熟，她不到五分钟就打入了几个外国人的小团体，蹭人家的沙滩摩托车玩得不亦乐乎。正当他悠闲地坐在咖啡座看着海上日落的时候，马小白“咚咚咚”地跑来了。

“倪倪，你怎么不接人家电话？”倪景澈脸色一黑：“早就跟你说过不要这么喊我。”听起来跟妮妮毫无分别。“可是人家习惯了嘛。”马小白嘟嘴，楚楚可怜，倪景澈差点吐出来。强忍着恶心，倪景澈投降：“随你吧。”马小白喜笑颜开：“倪倪，听听呢？”

倪景澈放下咖啡杯，警觉地问：“你怎么知道她名字？你跟她搭话了？”马小白双手举高做投降状：“我哪敢啊！我是听你喊她名字才知道的嘛。”好像在车上他确实喊过蒋听听，可是马小白这八卦王不时常敲打，肯定分分钟出卖他。倪景澈非常严肃地警告马小白：“不要跟蒋听听说话，不要跟她说我以前的事，听见没有？否则……”

“我知道，你怎么跟个老太太似的，一遍遍地说，也不嫌累。”马小白露出暧昧的神情：“你不让我跟她说话，那你总得满足一下我的好奇心吧，你说说，三年不近女色的倪景澈怎么会突然对个小姑娘这么上心？你跟她什么关系？你喜欢她？”倪景澈朝他翻了个白眼，“我眼光有那么差吗？”

“蒋听听虽然不是倾国之姿，也算是清秀可人吧，你以前不就好这口吗？当年那么多追你的嫩模你瞧不上，偏偏看上个没毕业的黄毛丫头……”倪景澈冷冷地扫马小白一眼，周围的气温骤降，马小白忍不住打了个寒战，自知说错话，忙扭头去喊服务员点单。

马小白刚点完单，就看见蒋听听像只小麻雀一样扑闪着两只胳膊朝他们飞奔而来。

“倪大爷，给我钱。”

“要钱做什么？”

“我要买泳衣。”

“你会游泳吗？”

“不会啊，Mike说教我。”蒋听听一边说，还一边朝着远处八块腹肌地外国小帅哥挥了挥手。

“不许去，你妈没教过你不要和陌生人说话吗？你跟他很熟吗？被占便宜了怎么办？还有你的脸，问过医生能不能下水了吗？别作死，给我乖乖坐下来喝杯果汁，然后回房间收拾行李回家。”

“我偏不！不给钱拉倒，人不了我不穿泳衣！我裸泳！”蒋听听说完又朝着海边跑过去。

“你敢！”倪景澈气坏了，站起来喊：“蒋听听！你给我回来！我带你去坐香蕉船！”蒋听听站住，惊喜地回头：“真的？”倪景澈瞥了马小白一眼：“去买票。”马小白不可思议地摇了摇头，冲蒋听听竖了竖大拇指，然后走向水上项目的售票处。

坐完香蕉船，最后一抹夕阳的余晖也消失在海平面，蒋听听心满意足地上楼去收拾行李，倪景澈和马小白在前台结账。马小白啧啧道：“倪倪，你知不知道你刚刚不让蒋听听去游泳，那着急唠叨的样子简直就像她妈。她喊你什么来着？倪大爷？你还真当自己是她家长啊！”

“这女人，我不看着点，她被人卖了都不知道。”

“你以前不是这么多管闲事的人啊。你对她真的没有非分之想？倪大爷……您是不是在玩儿什么女友养成系统啊？要养也养我嘛，我这么可爱这么乖……”马小白托腮，一脸纯真地望着倪景澈。

倪景澈实在受不了，狠狠一脚踹过去：“马小白，你给我正常点。”拖着行李箱下楼的蒋听听正好看见这一幕，十分气愤地说：“倪大爷，你脚没事了？那你刚刚上下快艇的时候为什么要我背？”马小白向倪景澈投去“看你还怎么狡辩”的眼神。

倪景澈干咳了一声：“没有好啊，我刚刚是被他气到了，所以忘了脚疼，这使了一下力更疼了，快来扶我一下。”蒋听听又一次被倪景澈拙劣的演技骗到，充当了他的人肉拐杖。

目睹这一幕的马小白在他俩身后无语地摇了摇头，并进行了激烈的思想挣扎——要不要在微信上提醒下这傻姑娘倪景澈在骗她呢？如果提醒，很有可能会被倪景澈发现他俩私下有联系，并被倪景澈疯狂报复，如果不提醒，这姑娘也太可怜了。不过转念一想，这三年来倪景澈对什么事什么人都漠不关心，像具行尸走肉一样，这几天突然因为这姑娘有了生气，让他保持这个状态也没什么不好。

最终马小白决定，啥也不说看热闹，反正倪景澈也不是什么十恶不赦的坏人，可能玩的就是小骗怡情的情调呢。马小白把车开进小区就被倪景澈赶走了，蒋听听因为这一天玩得很开心，所以服侍瘸腿大爷也格外尽心尽力。

“倪大爷，晚上我给你炖个大骨汤吧，以形补形。”

“好啊，放点莲子，莲心不要去掉，一起熬。”多吃莲心长点心。

蒋听听很认真地说：“没有人在熬骨头汤的时候放莲子的，而且莲心很苦，会破坏汤的口感。”

“你懂的还挺多，我还以为你只会拉面呢。”得了表扬的蒋听听骄傲地说：“那当然，我蒋听听想做的事情从来就没有做不到的！还有一层咱们就到了，倪大爷，钥匙先拿出来。”

“蒋偏不，你回来了？”闻声，蒋听听有些恍惚，抬头一看，更是有点晕眩——是她出现幻觉了吗？贺向东怎么在这里？

第四章

前男友的一万点伤害

—

贺向东看见蒋听听架着一个陌生男人站在楼梯下，心里五味杂陈，却依旧笑着说："我和静知在这里转机，航班取消了，就想着来看看你。没想到你不接电话，所以我让静知在酒店休息，我来你家找你，敲你门没人应，我正准备走呢，你就回来了。"他永远都不会告诉她，他已经等了三个小时。

蒋听听揉了揉眼睛，想说点什么，可嘴巴却张不开。看见蒋听听如此反常，倪景澈大概明白了情况，便替她解围："我们去离岛了，刚回来。"

"你们一起去的？"贺向东讶然，"蒋偏不，你不是说你去出差吗？"

蒋听听因为倪大爷的声音这才回到了现实，冷淡地回了一句："顺便度假，不可以吗？"贺向东的表情僵住，过了一会才重新舒展开来："当然可以，没想到你这么快就交到男朋友了。"

诚实的蒋听听同学一口否认："他不是我男朋友，他是我邻居，倪景澈。"倪景澈心想你可真蠢，面对前男友最重要的是什么，面子啊！你大爷我个子比他高、身材比他好、长得比他帅，要什么有什么，你借用一下会死啊。

蒋听听挽着倪景澈的胳膊一步步走近，贺向东看着两人亲密的样子心里不是个滋味，故意挖苦道："我说也是，你蒋听听怎么可能交到这么有品的男朋友，瞧瞧你那满脸的痘，倪先生要是能看上你，我真要夸他一句眼光独到。"

"我确实不是她男朋友，因为我对听听还在追求阶段，为了她，我才搬到这栋楼来的。"倪景澈捂住又要否认的蒋听听的嘴，

“当着你老朋友的面不要拒绝我，给我留点面子，我们先回家，别让你朋友在外面傻站着了。”

倪景澈拖着蒋听听开了门，热情地让贺向东进来坐，贺向东笑了笑，说：“还是算了，静知在酒店等我们吃饭，蒋偏不，你还是跟我走吧。”蒋听听拨开倪景澈的手：“我不去。”演戏太累了，她拒绝。

“可是静知还在等你。”蒋听听紧咬着嘴唇，不松口，可倪景澈看得出来她内心在挣扎，便说：“我脚扭伤了，听听答应晚上给我炖大骨汤，要不你们一起过来吃个便饭？”

贺向东不悦地看向蒋听听，蒋听听以为他不愿意，于是果断点头：“没错，我答应了倪大爷要给他做饭，做人要有诚信。”

“那好吧，我去接静知。”

蒋听听愕然，她没料到贺向东居然答应了，现在她再反悔也来不及了，只好冲倪景澈撒火：“都怪你！干吗邀请他们过来吃饭！”倪景澈同样表示愤慨：“不识好人心！我怎么知道你前男友这么不识趣！”

“你怎么知道他是我前男友？”倪景澈没好气地说：“你脸上写着。”蒋听听闻言去摸自己的脸，不小心抠到红疙瘩，疼得“嘶”一声。

“我说你那前男友是真傻还是装傻，为啥非要把现女友带来跟前女友吃饭，是为了鄙视你呢？还是为了鄙视你呢？还是为了鄙视你呢？”

“因为他现女友是我闺蜜。”蒋听听苦笑，大概贺向东是为了证明他对她已无念头，所以才总想促成三人同行的和谐局面吧。

“你被你闺蜜抢了男朋友？”倪景澈表示难以理解，“然后你还没跟你闺蜜绝交，你们仨还是好朋友？你简直是一朵奇葩！”

“我跟我前男友已经分手三年了，前不久他俩才好上，他们都没有做对不起我的事。”倪景澈无语，心想也就只有你会这么想，“愚蠢，如果真是你闺蜜，就不可能对你前男友下手。”

“我不许你侮辱我朋友！”蒋听听眼睛里聚起两撮小火苗，“你为什么撒谎，为什么说你在追我？”当着贺向东和景静知演不在乎就够累了，还要当着他俩演被你喜欢，这难度大得分分钟就要跳戏好吧。

“因为我要弥补我对你的脸造成的伤害啊。”倪景澈气哼哼，“你那前男朋友人品真不咋样，看见你的脸，不关心你就算了，还拿来攻击你，我路见不平！”

“我们三个之间嘴贱互损早就习惯了，不用你好心。”

见蒋听听冥顽不灵，倪景澈气得无语：“愚蠢！你别叫蒋听听了，你改名叫蒋大愚好不好？”

“你才大愚，你们全家都大愚！”

“骂人都不会骂，翻来覆去就这么一句，蒋听听你能干点啥？”

“要你管！你又不是我爸妈！”蒋听听伸出手，“给我钱，我要去买菜。”

此情此景……倪景澈猛地一激灵，突然想起马小白感慨“你还真把自己当她家长了啊”，他看着蒋听听，回想着自己刚刚恨铁不成钢的心情，他可不是把蒋听听当作孩子在管教嘛，还有她这理直气壮伸手要钱的样子，活脱脱一副熊孩子要钱买零食的样子……他俩之间的约定怎么变成这样了？

“你到底给不给钱啊，是你答应人家来家里吃饭的，我这是在给你擦屁股！”倪景澈摸出钱包递给蒋听听，不自觉又唠叨上了：“女孩子家家当着男人的面说什么屁股不屁股，没形象！”

“倪大爷，你是不是更年期到了，怎么比我妈还啰唆？”蒋听听不耐烦地抓过钱包一溜烟跑了。留下倪景澈独自风中凌乱，一定是因为愧疚，一定是因为自己骗了她心中不安想要补偿，一定是这样。

倪景澈为了自己不陷在家长的情绪怪圈，给自己找点事做，于是跑去房间把点唱机搬到电视旁边，尝试着安装。

蒋听听很快就回来了，效率很高地准备好了一桌饭菜，倪景澈跑去餐厅一看，桌上摆满了她外卖回家的麦叔叔肯爷爷，还有一块硕大的比萨。倪景澈扶额：“说好的大骨汤呢？”

“菜市场关门了，没骨头卖。”

“我看你是根本没去菜市场。”不过也好，招待渣男前男友和白莲花假闺蜜，这些快餐很合适。反正不管蒋听听怎么说，他是认定那对男女不是好东西了。蒋听听撇了撇嘴，一副对倪景澈的埋怨无所谓的样子。

没过一会儿，景静知和贺向东就到了。贺向东捧着一个大盒子，景静知献宝一样地说：“我家的草莓，今天早上我亲自去果园的温室摘的，本来准备叫快递寄给你呢，你在家真是太好了。”蒋听听哇哇大叫：“好棒！我去洗草莓！”

倪景澈招呼景静知和贺向东坐下，指着眼前的炸鸡山说："听听说菜市场关门了，只能买到这些，你们委屈一下，明天我再请你们吃顿好的。"景静知饶有兴味地打量着倪景澈："就是你要追我家蒋偏不啊？"

倪景澈很配合地点头："没错，为了追她，我已经买下了她对面的这套房，打算长期抗战，不追到誓不罢休。"景静知满意地说："你还挺有诚意，我们家小不不是个好女孩，你要是真喜欢她，我会帮你的，但以后你可不要辜负她。"倪景澈感激地笑，真诚无比："那是自然。"

正说着，蒋听听捧着草莓边吃边走了过来，眼神中全是赤裸裸的满足："景静知，我能去你家果园打工吗？要是一年四季都能吃到这么甜的草莓就好了。"倪景澈嫌弃地看着她，蒋听听发觉倪景澈的目光，递给他一颗草莓："赏你的。"

"我才不吃。"倪景澈嗤之以鼻，"那么多白点，太恶心了。"

"切，矫情。我还不想给你吃呢。"

看着倪景澈和蒋听听神情同步，语气类似，一直站在景静知身后的贺向东脸色有些不好看，但是景静知回头的时候，他却已经换上了阳光和煦的笑容。这一切都落在倪景澈的眼里。

蒋听听给景静知喂草莓，一旁的贺向东突然说："蒋偏不，你可以把草莓上的白点抠下来贴到你的脸上，刚好可以遮住你那一脸的包。"在场的人一时都怔住了，就连刚刚说这话的贺向东也有些茫然，这样恶毒的话真的是他说出来的吗？

景静知不悦地瞪贺向东一眼，正要开口，蒋听听迅速反击：

“我应该把白点抠下来贴你眼珠上弄瞎你，省得你看见我难受。”景静知仿佛松了口气一般，笑着对脸色难看的倪景澈说：“我们平时这样互损习惯了。”

倪景澈在心里冷笑，看见蒋听听满脸不正常的红疹一句关心的话没有，直接攻击她的痛处，这叫互损？但他还是什么都没说，他想着过会儿也许可以看好戏，因为蒋听听已经真的很认真地在挑草莓的白点了。

没想到蒋听听挑完白点之后竟然朝他招了招手，倪景澈不明所以地走过去，蒋听听一把拧在他胳膊上，就在他做出自然反应“啊”的时候，一颗草莓跃进了他嘴里，他还来不及嚼，就顺着他的咽喉滚入了胃里。

“甜吗？”

蒋听听笑得像街上推销信用卡的业务员，倪景澈于是配合地点了点头，然后神秘兮兮地说：“我有礼物送给你。”

也不知道是刚从冰袋里拿出来的草莓太冰还是倪景澈太反常，吃着草莓的蒋听听浑身一颤，顺着倪景澈地手看过去，就看见自己梦寐以求的那款卡拉OK点唱机闪亮亮地摆在客厅的电视柜旁。

她倒吸一口气，弱弱地问：“你什么时候知道……”本当是要问倪景澈什么时候知道她讹了他的钱，倪景澈却温柔地打断了她，“我们第一次见面的时候你就给我唱了一晚上的歌，难道你忘了吗？从那天起我就知道你爱唱歌，特意去买了这台机器，就是想让你每天都来我家唱歌。”

孽缘就是从那天晚上开始，蒋听听怎么会不记得，她苦笑着说："谢谢你。"以倪景澈睚眦必报的性格，他不一定会怎么整她呢，她还是今朝有酒今朝醉吧。蒋听听飞奔到客厅，打开点唱机，点了一首五月天的《倔强》，开始唱了起来。

景静知和贺向东被撂在餐厅，倪景澈故意不理他们，把炸鸡、比萨往客厅的茶几上挪，本以为他们会感受到自己不欢迎的态度主动离开，没想到他们竟然跟着他一起到了客厅。

蒋听听正唱得高兴，突然歌被切了，回头一看，景静知拿着话筒一脸得意，前奏响起，蒋听听听出来，又是《流年》。她乖乖地缩回到另一侧的沙发，等着景静知把这首歌唱完，上回除夕夜是她切了她的歌，这次她就还给她。

蒋听听向来信奉"行走江湖，不拖不欠"，她干脆、爽利、磊落，便把世界上所有的人都想的一样，却不知道"欠"和"还"，本来就是个经不起推敲的伪命题。景静知在除夕夜唱那首歌正到兴致盎然，她切掉了，景静知现在点这首歌只是想逗她过来切歌以活跃气氛，她却没有切。她以为她这是在还景静知一首歌，却没想到扰乱了景静知两次心情。

蒋听听从来不曾想过，她还给别人的是否就是别人想要的，她一味按照自己的方式去维持她想要的平衡，其实本身就很愚蠢。低气压再一次降临，除了景静知心不在焉地唱歌，剩下的三个人各怀心事地坐在三个方向。

蒋听听专心致志地啃炸鸡，贺向东看了看她，又看了看倪景澈，站了起来："静知，我们该回酒店了。"景静知撒娇地看着贺向东："现在还不到十点。"

“明天到普吉还要拍婚纱照，早点回去睡美容觉。”

“可我还不想走。”

“不要打扰倪先生休息。”

景静知闻言朝倪景澈望去，倪景澈假装没有看见。主人不留客，景静知也不好意思待下去，便起身和贺向东一起告辞了。

倪景澈默默在心里翻了个白眼，这两女一男简直就是三朵旷古烁今的大奇葩，明明是那么尴尬的关系，非要在彼此面前粉饰太平地装无所谓，他真是无法理解，所以在景静知和贺向东走后，他便对蒋听听说：“你以后还是跟景静知少来往吧，你们演戏不累，我看着都累。”

蒋听听哼了一声：“你当我愿意啊，还不是他们两个阴魂不散。”她明明为了躲他们已经去过一趟离岛，谁知道他们刚好航班又取消，还找上门来了。

“你是不是还爱着贺向东？”蒋听听没有否认，只是淡淡地笑：“我和贺向东从高三交往到大四，后来他出国，我们就断了联系。这么多年过去了，大家都长大了，成熟了，小时候的事情也都变成了不值一提的往事。其实我也不想演戏，但又有什么办法，我不想失去静知这个朋友，静知不想失去贺向东，贺向东不想失去静知，所以只有我努力地演下去，我们才会幸福。”

倪景澈摸了摸蒋听听的脑袋，柔声安慰道：“这世上好男人多的是，重新开始吧。”蒋听听转身去点唱机上选了首歌，倪景澈没有听过这首歌，所以也没有听出来蒋听听完全不在调上，莫名还觉得挺好听。

“You’re always on my mind, all day just all the time, you’re everything to me, brightest star to let me see ... ”

蒋听听之所以不在调上，是因为整首歌她一直在唱这四句歌词。她知道，一切都变了，可心里却还是控制不住地回忆起以前，她想起那时候刚上大一，她军训的时候撑不下去，就逼着贺向东替她去军训。她在宿舍楼上，一眼就能看见贺向东，因为他是整个女生阵营最高最突兀的存在，教官不是没发现他是男生，可他不知用了什么办法，竟然让教官睁一只眼闭一只眼地放过了他。那时候她就想，以后等她和贺向东结婚的时候，她一定要让他穿女式礼服，让他在整个婚礼现场变成焦点，那她这个新娘就可以不被人恶搞安安稳稳度过婚礼了。

现在想想，真是可笑。她一直叫嚣和贺向东在一起只是为了气李欣女士，却又心甘情愿在内心描画他们的未来。而让人更想笑的是，如果不是她任性，这个未来也许早就已经到来。

失去贺向东，她连怨天尤人的资格都没有，因为一切都是她咎由自取。

倪景澈看她唱着唱着头越来越低，便果断切了歌，蒋听听还没反应过来，话筒就被倪景澈抢走了，他慷慨激昂地唱着：“狼烟起，江山北望，龙旗卷，马长嘶，剑气如霜……”唱完之后他凑到蒋听听耳边：“好听吗？”蒋听听抬头白他一眼：“这是我爸的主打歌。”倪景澈傲娇地昂头：“我本来就是你大爷。”

蒋听听瞪着眼睛看着嘚瑟的倪景澈，一时无言以对，突然餐厅那边有个声音突兀地响起，她跑过去一看，门口的置物柜上有一只手机，接通电话之后就听见贺向东的声音："蒋偏不，我把手机落在你那了，我打车过去拿，你十分钟之后到小区门口。"

蒋听听拿着手机和钥匙出门，倪景澈在客厅激情澎湃地唱《向天再借五百年》，没有注意到她。到了小区门口，贺向东正好从出租车上下来。蒋听听快走几步，把手机塞到他手上，然后转身就走，却被人抓住了手腕。贺向东绕到她的前面，眼睛紧紧盯着她："怎么这么急？"蒋听听低头看着自己的鞋子，想说些什么，可又不知道说什么好。贺向东叹了口气："自从我回来，我们还没有单独见过，我们聊聊。"

"没什么好聊的，我要回去了。"蒋听听挣开贺向东的手，大步向前走去。贺向东气急败坏："蒋偏不！你躲什么？你在怕什么？"蒋听听回头，冷冰冰地问："你想聊什么？"贺向东被蒋听听寒冷的眼神刺到，但想想自己费尽心机才好不容易得来的独处机会，还是遏制住了怒火，慢声道："为什么我去美国之后，你一次都没有联系我？"

蒋听听故作轻松地笑："我又不需要代购，联系你干吗？"贺向东无语："你能不能正经点？"蒋听听故意夸张地瞪大眼睛："贺向东，不会这么多年过去了，你还因为被我甩这件事耿耿于怀吧？"

"蒋偏不，我是很认真地在问你。"蒋听听摸不清贺向东真正的意图，他明明已经快和景静知结婚了，却又跟她纠结从前那些过往做什么？

可是她眼神里的不明所以却被贺向东理解成了不可思议，他苦笑："我真是蠢，明明知道答案，却还是要问出来。其实我刚去美国就后悔了，我每天麻木地上课、下课、打工，一点都不快乐，我想回国，想回到你身边，我每天都在QQ上给你发消息，你却一次都没有回过我。后来实在忍受不了，我买了机票准备回国找你，你却连我的电话都不接。我在你眼里到底算是什么？蒋偏不，你是不是从来没有爱过我？从一开始，你就因为跟你妈赌气才跟我在一起，是不是？"

蒋听听愕然："我从来没有收到你的消息和电话……"

"你把我拉黑了？"

"我没有。"

"你还不如承认你拉黑了我。"贺向东似是大笑，"那样也比你对我视若无睹要好得多！"

"可是我真的没有收到过任何关于你的消息。也许是QQ系统出了问题呢？也许是手机信号的问题呢？"

"这么凑巧……蒋偏不，你什么时候变得如此善良，为了照顾别人的情绪，连这种瞎话都编得出来？"

"我才没有编瞎话！"蒋听听感觉自己真是冤枉，贺向东说他回过国？那是什么时候的事？为什么她一点都不知道？

贺向东像是得到了慰藉一般，眼睛如同雪夜里的星星一般闪亮："我相信你，所以，小不不，我们重新开始好不好？"蒋听听条件反射般地往后退了好几步："你在胡说什么？你跟静知都快结婚了！你怎么说出这样不负责任的话！"

"可我真正爱的人是你，我不能欺骗自己，更不能欺骗静知。

当我看到你和别的男人亲昵默契的样子，我整个人都快爆炸了，在那一刻我才知道，我的心完完全全依旧属于你。”

“贺向东！你知不知道自己在说什么！”

“我当然知道！”贺向东握住蒋听听的手，把她拽进自己的怀里，“听听，你听我的，我们重新开始，我们结婚，好不好？”

蒋听听感受到贺向东的心脏在胸膛“扑通扑通”地跳动，闻着记忆里熟悉的那股薄荷的香味，眼泪不自觉地流了出来，她一直以来盼望的祈祷的，竟然成真了。在那一刻，她忘记了景静知，忘记了自己身处哪里，忘记了万事万物，仿佛全世界只剩下了她和贺向东，她情不自禁地抱住了他，狠狠地点下了头。贺向东却笑了起来，笑得全身都在剧烈地颤抖，蒋听听推开他，紧张地问：“你怎么了？”

“蒋偏不，你居然也有听话的时候，这一次， 你怎么不说‘偏不’了？”蒋听听看着贺向东像个魔鬼一样笑得得意，心一点一点冷了下来：“你什么意思？”

“你的骄傲呢？你的倔强呢？蒋听听，你现在怎么这么好骗，真是无趣。”

“你骗我？”

“对啊，没错。”贺向东擦了擦眼角笑出来的泪水，“不然你以为我真的会抛下景静知和你在一起？”蒋听听愤怒地大喊：“你为什么要这样做？”

“为什么？”贺向东冷笑，“你还不明白为什么？三年前我苦苦哀求，你不为所动，我只是想让你尝尝被人抛下的滋味。”

“如果我拒绝你呢？”

“你不会拒绝我，从在糖果见你的那面开始，我就知道，你心里一直在后悔没有跟我走，后来我不断地试探你，你给我的反应，让我知道我的判断没有错。”

想着贺向东像个局外人一样居高临下地审视她内心的情感，蒋听听就觉得无法忍受：“贺向东，你为什么会变得这么可怕？伤害我你会有快感吗？”

“蒋听听，你以为只有你是别有目的开始这段感情吗？大概景静知从来没有告诉过你，高一到高二我每天都给她写情书、买早餐、送花、送礼物，只不过她一直没有接受我，我才退而求其次选了你，只为了能离景静知近一点。”蒋听听只觉得世界崩塌了，天旋地转。她本能地反驳：“你骗人！”

“没错，我是骗了你。刚开始在一起的时候，我心里还有景静知，所以你成天跟我‘偏不’‘偏不’，我也没什么感觉，我也没料到我后来会喜欢上你，大概是因为你简单又直接，跟你在一起不用费什么心思，言情小说上随随便便学来的招数用在你身上百发百中，所以我想着，就这样跟你交往下去也挺好的。没有想到，你竟然抛弃了我。我贺向东不喜欢被人抛弃的滋味，所以从那一刻起，我就决定，我要把那份痛苦原原本本地还给你。”

“贺向东！你浑蛋！！”

“你知道景静知为什么跟我一起的吗？因为她愧疚。她觉得她最好的闺蜜伤害了我，所以对我心存愧意，所以在美国的时候对我有求必应，渐渐地我们才走到了一起。蒋偏不，真是谢谢你啊，如果没有你这块垫脚石，大概我永远都追不上景静知，更不要提和她结婚了。”

“你闭嘴！”

“我偏不闭嘴！蒋偏不，你真是可怜，年纪一把了还单身，不用想我也知道，你对追求你的男生肯定也都是‘偏不’到底。你这倔强的性子，也就只有十八九岁的小男生觉得可爱，现在这个年纪的男生谁会欣赏你这种臭脾气，我敢断定，你注定会在剩女这条道路上越走越远，然后单身一辈子。”

“谁说我没有男朋友！我现在就答应倪景澈跟他交往，我马上就有男朋友了。”

“我宁愿相信倪景澈是gay，也不相信他会喜欢你！”贺向东狂妄地笑：“当然了，如果你觉得骗我，能让你心里好过一些的话，我也可以假装被你骗。”

蒋听听举起手，想要一巴掌扇在贺向东的脸上，可是胳膊却软弱无力，似是不堪重负一般。她的视线渐渐开始模糊，她看见贺向东离去时的脸，带着狰狞而得意的笑容，她像被戳破了的气球，迅速地瘫软在了地上。

夜越来越深，没有人发现小区门口的花坛里藏着一个人，蒋听听蜷缩着身体躲在冬青树丛里，大脑一片混沌。原来她自以为是地过了这么多年，原来贺向东对她的宠爱和忍让全都因为不爱她，原来她存在的意义是帮助贺向东得到景静知。

她第一次感受到真真切切撕心裂肺的心痛，她的整个青春，她整个青春的唯一一场恋爱，被贺向东残忍地全盘否定，她欲哭无泪，为什么她会这么失败，为什么她一直以来都无所察觉?

从记事开始，就经常有人和她说“你叫听听，你应该听话，听话的孩子有糖吃”，她却偏偏不信，她活在自己制定的人生轨道，自以为活得精彩，没有遗憾。却被贺向东的离开重重一击，开始怀疑倔强的意义，可是就在她向贺向东妥协的时候，在她决定要听他话的时候，他却狠狠地戏耍了她。这就是妥协的代价，这就是听话的下场。

蒋听听决定，她要做回以前那个贯彻“偏不”的自己，至少，她做出的每一次选择，都确确实实是她自己的选择，至少，她不会再给别人伤害她的机会。

她擦干眼泪，准备从冬青树丛里钻出来，却看见马小白的车开了过来，而倪景澈也从小区里面很快地走了出来，马小白递给他一个盒子，又开车走了，倪景澈端着盒子往回走，步履矫健健步如飞。

蒋听听心里的怒火腾腾升起。她追上倪景澈，第一件事是狠狠地踹了他脚踝一脚。倪景澈被这突如其来的飞脚踢整蒙了，再看始作俑者是蒋听听，就知道她一定是知道了自己骗她崴脚的事情。他弱弱地解释：“从一开始我就没说我脚崴，是你非要赖在我家对我负责，也不能全怪我吧。”

“我没怪你，我怪自己眼瞎。”蒋听听又是飞起一脚，倪景澈“嗷呜”一声抱着脚蹲了下来，蒋听听拿起他放在脚边的盒子就砸在他脑袋上：“骗我很好玩是吗？看我扛个行李上上下下几层楼你很开心？我现在就把你打成残废，你这辈子的苦活、累活、重活我都帮你干了，我让你每天都开开心心，好不好？”

“蒋听听！我骗你是我不对，但你也要听我解释啊！”

“我偏不听！反正男人都是骗子！我以后再也不会相信你了！”蒋听听最后补了几脚，转身朝马路上走去。

倪景澈揉着脑袋追在后面问：“你要去哪？”

“关你屁事。”蒋听听恶狠狠地看着倪景澈，“我告诉你，你以后别出现在我面前，我见你一次打一次，见你两次打四次！”

“这次是我错了，但是我也对你很好啊，你拿我的钱买卡拉OK点唱机，我都没说你什么。”

“那我谢谢你啊，代表我这一脸的疹子感谢你一辈子！”

倪景澈拉不住蒋听听，开始急了：“蒋听听你怎么不讲道理！就你这个野蛮的样子你有多少男朋友都得被别人撬走！”

蒋听听一听，更是火大，她又狠狠踹了倪景澈一脚：“你跟贺向东还真是一模一样，不仅都是骗子，还都看扁我找不到男朋友。呵呵，我告诉你，别小看我，我蒋听听只要肯点头，大把的男人送上门，我明天就找男朋友，后天就结婚，大后天就生孩子！”

说完伸手拦了辆出租车，扬长而去。

倪景澈揉了揉腿，有些郁闷地看着远去的出租车，回身去捡掉落在地上的草莓。捡了几个之后发现大部分都已经不成形，更加郁闷。本来想用马小白家种的有机草莓来治愈一下被闺蜜和前男友双重伤害的蒋听听，然后顺便告诉她他的脚已经复原，没想到全泡汤了。这丫头是什么时候从家里出来的？这么晚了她跑小区门口来干吗？

倪景澈越想越奇怪，想打个电话问蒋听听，又想起来她手机坏了，便讪讪然地回家了。蒋听听上了车才发现自己无处可去，只好去了公司。等到32姐来上班，她立刻迫不及待地在QQ上敲她。

“快带我去相亲！我要受不了了！”

“春天来了，饥渴难耐啊？”

“我要结婚！我一定要快点结婚！”

“你对面那个邻居不错啊，你把他搞定不就得了。”

“少跟我提他，我这辈子跟他老死不相往来！”

“火气这么大啊，到底怎么了？”

“别问了，你就说你带不带我去相亲吧？”

“行行行，今晚我找几个朋友，组个局，不过你别抱太大希望，我所有朋友的朋友我都见过，质素真的不及你对面邻居的十分之一。”

“你还跟我提他？”

“算我错了，下了班我去找你。”

感知到蒋听听情绪暴躁，32姐识相地闭嘴，然后琢磨起晚上要约的人来。蒋听听找32姐借了钱买了手机，刚把卡插进去开机，房东老太的电话就打了过来，她说她已经回来了，让蒋听听尽快去拿钥匙，听说锁眼被堵住之后，老太太很大方地说：“没事，过会我去给你换锁，下午你来我家拿钥匙。”

“太感谢您了。”挂了电话之后，蒋听听长长地舒了一口气，她所有的坏运气都是从忘带钥匙出门开始的，现在终于可以结束了。倪景澈也好，贺向东也好，都跟着那把坏掉的锁一起去垃圾桶吧。换了新锁，一切重新开始吧！

第五章

我的男神祖冲之

蒋听听下午翘班去房东老太家拿了新钥匙，回家之后，拿了钱包直奔商场，斥巨资买了一套裙子，又斥巨资做了个头发，顺便买了一支超贵的遮瑕膏，然后斗志昂扬地回了公司。

32姐约的相亲场所在一家叫青莓的酒吧，因为这家酒吧离她们公司比较近，所以她们是第一批到的。这是蒋听听第一次来酒吧，她看着酒水单上五花八门的名字晕了脑袋，于是一切点单都由32姐代劳。

坐了一会儿，小伙伴们就陆陆续续来了。大家先是点头打了招呼，然后又是各自点单。服务生端了一杯酒过来，问："纯情是哪位点的？"32姐用下巴指了指蒋听听，服务生把酒放在蒋听听面前："小姐，您的纯情，请慢用。"蒋听听看着面前这杯血红的酒，脸色憋成酒一样的颜色，她拽住32姐："你怎么给我点这样的酒？"

"你不是要度数低的吗？"32姐见怪不怪，"度数低的就只有纯情和夜玫瑰，你要换夜玫瑰吗？"蒋听听的三观受到了极大的洗礼，忙摆了摆手，为了掩饰尴尬，端起酒杯小口地抿着。对面有个男生饶有兴趣地盯着她："我叫贺贺，你第一次来酒吧？"蒋听听点了点头，有点紧张，便借口去洗手间跑出去冷静了。

32姐也跟着她出来了："Nono，我还是第一次看见你笑不露齿，行不动裙呢。"蒋听听捂着发烧的脸颊："好尴尬啊，原来相亲这么尴尬。"

"多相几次就好了。"32姐反身靠在栏杆上，"你可以不当作在相亲，就当认识几个朋友好了，里面那三个人，其实我也只认识一个，而且也就见过一两面，要不是他微信头像是本人照片，我差点都没认出来他。”

蒋听听咋舌：“真羡慕拥有自来熟技能的人。我看见陌生人就紧张，说不出来话，结果别人还以为我高冷，你说我冤不冤。”

32姐笑了：“人都是被逼出来的，我也不是天生的自来熟，二十五岁之前我是个整天宅在家里追剧的山顶洞人，每天跟韩剧、美剧、日剧恩爱到死。突然有一天我发现我给出去的份子钱加一起都破五位数了，从那时候起，我就决定要奋起直追，否则等那拨结了婚的人生孩子、生二胎……我的投入和回报会越发不成比例。”

蒋听听扑哧笑了：“你说得我更加有斗志了。”

“进去吧。”32姐和蒋听听刚进去，里面有个胡须男就嚷起来：“萱姐，怎么有空约我们了？”

“姐约你是给你面子，你不乐意还是怎么的？”

“当然不是。”胡须男“嘿嘿”地笑：“您这一约我不就来了嘛，我还带了我最好的哥们，贺贺和东东。这位美女是？”

蒋听听冲他腼腆地笑笑：“叫我Nono就行。”心里却在腹诽，叫什么名字不好，一个叫贺贺，一个叫东东。她对这三人的好感度瞬间从零变成了负数，也越发不想加入他们的话题。终于熬到了散场的时候，那个叫贺贺的非要送她回家，她推脱不过，只好跟他一起上了出租车。

贺贺就是问她是不是第一次来酒吧的那个男人，在一家拍卖行工作，长相也算得上俊朗，但是蒋听听一想到他的名字就不愿意跟他多说一句话。在车上的时候，蒋听听一直紧紧抿着嘴，贺贺看出来她不想说话，便也很安静地坐着。下车的时候，外面忽然下起了大雨，出租车司机说后备厢有一把伞，贺贺便向他买了下来，然后撑伞送蒋听听回家。到了楼下，蒋听听如释重负地朝贺贺挥了挥手，转身要上楼，却被贺贺喊住了。

“我能去你家借一下厕所吗？”贺贺一脸的尴尬，“如果不方便的话就算了。”深夜寂寂，蒋听听本来不想答应，可是看贺贺脸上隐隐的焦急，便心一软：“你跟我上来吧。”蒋听听掏出钥匙刚打开门，对面的门突然开了，倪景澈端着一个盘子冲了过来：“我找你借点盐。”然后挤开了一脸呆愣的蒋听听，冲进了屋子。

贺贺也是一脸震惊的表情，都快凌晨一点了，借盐回去腌腊肉吗？蒋听听向贺贺指了指卫生间的位置，然后站在厨房门外看着倪景澈。倪景澈假模假样地拿盐罐倒盐，一粒一粒又一粒，倒了三分钟，倒出来二十粒不到。贺贺从卫生间出来：“Nono你家收拾得挺干净啊，像你这样爱做家务的女孩子很少见了。”

倪景澈从厨房探出头喊了一句：“她是处女座！”又迅速地缩了回去。贺贺笑着说：“处女座很好啊，对待感情专一认真，我很喜欢处女座的。”倪景澈没想到如今还有不黑处女座的人，默默地低下头去继续数盐粒。

蒋听听看了看表：“我们这个小区晚上打车不好打，外面又下那么大的雨，要不你……”倪景澈抱着盘子从厨房冲出来：“要不你住我家好了。”蒋听听瞠目结舌，她是想让贺贺先用手机app叫辆车，叫到车再下楼，倪景澈如此热情地邀请人家住下，唱的又是哪一出？

倪景澈看着蒋听听那叫一个恨铁不成钢，被前男友刺激，也不该饥不择食啊，大半夜带男人回家就算了，还想留男人住下，女人该有的矜持呢？要不是他一直在阳台等她回来，又跑过来搅局，这女人真是要走向堕落的不归路了。

贺贺才是三个人当中最震惊的那个，什么情况？他被女人留宿已经习以为常，被一个男人留宿还真是头一回，Nono这个邻居该不会有什么特殊的爱好吧？蒋听听对脸上已经浮现出恐惧的贺贺说：“你甭理他，你手机上有叫车软件吗？”贺贺如蒙大赦，赶紧开始叫车。倪景澈恍然大悟，知道自己想歪了，看都不敢看蒋听听，灰溜溜又钻回了厨房。

结果可能是因为时间太晚，天气又不好，等了好久都没有司机接单。蒋听听看倪景澈还在厨房磨叽，突然火就蹿了上来，把盐罐从他手上夺过来，一骨碌倒进了他的盘子里，然后瞪着他说：“你可以回家了吗？”倪景澈看着坐在客厅依旧没叫到车的贺贺，“那他呢？”

“他是我朋友，不用你费心！”

“你什么时候认识的朋友？我感觉你们俩也不是很熟的样子。我跟你说啊，这种桃花眼的男人都很花心的，你千万不要一时冲动跟这种人交往，我知道你前男友和你闺蜜的事让你受的刺激很大，但是世上好男人多的是，你擦亮眼一定能找到，你要是懒得擦亮眼，带上我也行，我就是天生的一双亮眼。”

蒋听听冷笑：“倪景澈，我交什么样的朋友跟你没有关系，反正他们再怎么坏都不会比你坏，你这个骗子有什么资格在这里对别人指手画脚？”倪景澈语塞，想要分辩：“我真的不是故意骗你……”

蒋听听手一挥打断他：“现在已经一点多，我很累，很想睡觉，请你回自己的家。”倪景澈看着贺贺，不动脚。蒋听听拽着他往外推，明明她比倪景澈矮一个头，却以惊人的力量快速地将他推出了自己家，然后“砰”一下甩上了门。

倪景澈看着紧闭的大门，手举起来还是放下了，他知道就算他敲门，蒋听听也不会开。这丫头实在是缺心眼，他完全放不下心来。于是他给马小白打了个电话。

马小白睡得正香，被倪景澈吵醒就已经很郁闷，再听见他让自己办的事之后，更是怒火冲天：“大半夜的你不让我睡觉，你让我出去拉黑车？”

“不是拉黑车，是专车。”倪景澈以命令的语气说：“你把现在所有的叫车软件都装上，然后来我家这个小区，准备接单。”

“大哥！都快两点了，外面还下着大雨呢，你饶了我行不行？”

“你今晚接了这趟活，我提前半年给你还债。”

马小白一听还债来劲了：“我马上到！”大概二十分钟之后，贺贺终于叫到了一辆专车，离开了蒋听听家，而倪景澈也终于从猫眼上把自己的右眼拿了下来……

第二天蒋听听刚到公司，32姐就从QQ上跑来跟她八卦。

“昨天那个贺贺看起来很不错啊，你俩后来有发展吗？”

“我对姓贺的人没兴趣。”

“Nono啊，你到底想不想结婚啊，想要嫁出去的女人是不可以这么任性的。你知道现在适婚年龄的男人才多少吗？你把姓贺的男人全都否决掉，会直接降低你嫁出去的概率，你要再这么‘不将就’‘不妥协’，姐姐我也没法帮你了。”

蒋听听不想再提姓贺的，于是转移话题：“今晚还有相亲局吗？”

“你要是想我组局，那你去了得和别人交流，你整晚像个沉默的树桩一样杵在那里，去一百个相亲局你也找不到对象。”蒋听听发了个撒娇的表情：“昨天人家是第一次嘛，所以有点害羞嘛，我保证今晚绝对不会这样了。”

“等等，你还是先告诉我你喜欢什么样的男人，不喜欢什么样的男人，免得到时候约到人了，你又说不是你的菜。”

喜欢什么样的男人？蒋听听陷入了无比认真地思考。其实想一想，她长这么大，还没有主动地去喜欢过一次。她对贺向东的喜欢是慢慢积累起来的，不代表她内心就是喜欢这种类型的男人。那她究竟喜欢什么样的男人呢？

蒋听听想了一天，都没有想出来。她竟然不知道她自己对于男人的要求是什么？这实在有些荒谬。快下班的时候，32姐又在QQ上敲她：“你到底想好了没？再不约人，可就来不及了。”

“今晚不约了。”她要回家好好思考这个问题。32姐发了个连连摇头的表情：“Nono啊Nono，你是不是女人啊，你就从来没有过情窦初开的时候吗？你怎么能连自己喜欢什么类型的男人都不知道呢！你就没有看见之后，欲罢不能欲火焚身的男神吗？”

“没有，从来没有。”

“那我换个问法，你对相亲对象有什么要求？身高、体重、样貌、身材、学历、家世、IQ、EQ、感情史，都说个范围出来。”这一串名词晃得蒋听听眼晕目眩，她打了一串字过去，立刻引来了32姐的咆哮。

“没什么要求！你说你没什么要求！介绍人最讨厌你这种人！因为没什么要求就是最高的要求！你这种人也不适合相亲，因为相亲从本质上来说是匹配条件，你只有知道你想要什么样的男人，才能快准狠地攻入那个群体，尽快找到自己喜欢的对象。”

“那你都有什么要求？”

“我要求很简单，三个180。”

“什么意思？”

“这都不知道？上网搜去，下班了，姐姐要出去浪了，再见。”

32姐的头像瞬间灰了，好奇宝宝蒋听听于是去百度了三个180，原来这是一个网上流传的完美男人三个标准，身高180cm，住房180㎡，敏感词180mm。蒋听听脸红心跳地关了网页，她之前从来不知道原来还能这样细致地“丈量”一个男人。但是这标准于她而言没有意义，因为她并不在乎男人的身高，也不在乎他有没有房，更不在乎……

蒋听听闭上眼睛摇了摇头，决定要从这些奇怪的标准里抽离出来，好好去想自己到底喜欢什么类型的男人。她带着这个沉重的问题准备回家，突然接到马小白约饭的短信，一看餐厅是自己喜欢的餐厅，蒋听听就愉快地答应了。马小白在餐厅一边等蒋听听，一边跟倪景澈打电话。

“倪倪，我办事你还不放心吗？昨天你大半夜叫我cosplay黑车师傅，我还不是出色地完成了任务！不是我自夸，有我这么靠谱的朋友这是你这辈子最大的福气！”

“你少来，当我不知道你迷路了，带着人家兜到天亮才到家，还被投诉了。”

“你怎么知道的？”马小白气势顿时弱了下来，“这不是重点，重点是那货最后没能留宿听听家，你的目的就达到了。”

“你争取成为她的男闺蜜，掌握她所有的心情和动态，并及时向我汇报，别让她迷迷糊糊把自己坑了。”倪景澈想想又加了一句，“还有，该说的说，不该说的敢提一个字……你知道后果的。”

“我知道啦，和女孩谈心事那是我特长，你就放120个心吧！”马小白话锋一转：“不过倪倪啊，你对她这么上心，为什么不自己把她收了？自己想吃的菜，自己吃到肚子里才最安全，你派我天天看着也不是个事啊。”

“蒋听听是我的菜？你在骂我呢？我只是觉得她傻蠢笨，能帮一把是一把，降低我国失足少女的比例罢了。”

“行行行，你就犟吧，我不跟你说了，她已经来了。”蒋听听远远地看见马小白朝她招手，走了过去。马小白很绅士地帮她拉开了椅子，蒋听听朝他笑道：“你怎么知道我爱吃这家的水煮鱼？”

“我不知道啊，我就是自己喜欢吃，所以就订了这家。”蒋听听朝马小白投去惺惺相惜的眼神，催促道：“点菜了吗？我快饿死了。”马小白招服务员过来，两人点好菜之后，蒋听听才想起来问："你怎么好好的想起约我吃饭了？倪景澈不是不让你跟我说话吗？"

"我们偷偷地见，他怎么会知道？"马小白狡黠一笑："敌人的敌人就是朋友。"

"我一直想不通，你明明是倪景澈的债主，为什么还会被他压迫呢？"马小白哀叹一声："因为我不忍心。倪景澈其实是个很孤单的人，就我这么一个朋友，我怕我不理他，他会变成一个孤寡老人。"

"你真是好人。"蒋听听由衷地说："倪景澈那种刁钻的骗子，变成孤寡老人我都不要同情他。"马小白想要为倪景澈辩白几句，可是转念一想，他的任务是探听蒋听听的心事，可是话题怎么一直围着倪景澈打转呢，这样不对啊，再三思索，他决定还是让倪景澈继续保持黑化的形象，这样也有利于他和蒋听听站在统一战线同仇敌忾。说了一会儿倪景澈的坏话，马小白说："听听，其实我找你是有件事想拜托你。"

"什么事？"

"我听说你是做少儿英语培训的，我姐姐家孩子刚转学过来，你能帮忙看看什么班合适她吗？"

"当然没问题，你带着孩子去我们公司，我帮你们介绍老师。"

"那就先谢谢你了。"马小白向蒋听听举杯，并在心里为自己的机智默默点了个赞，让姐姐家孩子上了蒋听听的培训学校，以后再找她也就名正言顺，不用找别的理由了。当一个毫无破绽不被怀疑的间谍可真不容易，还好他聪明。

吃完饭马小白送蒋听听回家，蒋听听上车之后系安全带，转头的时候发现后面座椅上有把伞很是熟悉，但也没有多想。她不知道，这是昨天晚上贺贺落在马小白车上的。

下车的时候又下起了小雨，马小白就把这把伞借给了她。回到家之后，蒋听听又开始思考那个沉重的问题——她喜欢什么样的男人。百思不得其解，于是想起去问百度，百度上有人说可以先想想自己最喜欢的电影或者小说里的男性角色是什么样的，一般来说，最打动自己的男性角色基本就是理想型。

蒋听听仔细回想了一下，她好像没有什么特别喜欢的男性角色。为了迅速找到最喜欢的男性角色，她特意找了全球最受女性欢迎排行榜前十的电影来看。看完第一部已经十一点多，她去卫生间洗漱准备睡觉，一边看着镜子刷牙一边回忆着电影里刚刚的情节，男主英俊多金有才华，对女主角体贴关怀细致入微，可是她并不喜欢这样的男人，她觉得太完美的男人跟自己没有什么关系。

她没有意识到，这才是问题的关键，她看待每个男生都是可有可无，都觉得他们离她的生活很遥远。青春期的时候她执着于跟李欣女士作对，根本无心关注男女感情，所以男女在她眼里毫无区别，再到后来，贺向东横空出现，她歪打正着地开始了一段感情，别的男人她愈发不关心，所以她根本就不知道男人究竟是什么样子，也就无从谈起她喜欢什么类型的男人。

蒋听听带着困惑睡去，而对面的倪景澈却在听取间谍的汇报。

“蒋听听现在的感情问题在于她不知道自己喜欢什么类型的男人，

所以没有办法继续相亲。”马小白啧啧称奇：“你说她奇葩不奇葩，作为女人，你就算真不知道自己喜欢什么类型，大方地说出来，高！富！帅！总比别人说你虚伪好吧，她偏偏说自己没要求，也不知道喜欢什么类型。”倪景澈脑海里浮现出贺向东的样子：“我相信她确实没要求。”

“那我们要先帮她树立正确的择偶观，帮她找到自己喜欢的类型。”

“帮她树立？”倪景澈阴森森地说：“还是直接给她灌输一个正确的择偶观比较好。”马小白只觉得后脖颈一阵阵发寒：“你想干什么？”倪景澈什么都没说，挂了电话。

他觉得与其帮蒋听听寻找自己喜欢的类型，倒不如给她制定一个适合她的男人类型，教她哪些男人该爱，哪些男人该躲。就让他做她通往婚姻之路的防火墙吧。

蒋听听整夜都在做同一个梦，梦里面有许多个无脸的男人转来转去。睡醒之后脑袋昏昏沉沉，在楼下小吃摊买煎饼的时候，看老板熟练地用小板蘸着面糊画着圈，她终于想起了自己男神是谁，从小到大，她只喜欢过一个男性偶像，那就是祖冲之！领先欧洲人近千年将圆周率精确推算到小数点后第七位的神一般的男人！

她激动不已，到公司之后就把32姐拉到茶水间告知了这一重大发现，32姐被雷到了，看怪物一样地看着她，嘴里的灌汤包都忘了咽，汁水顺着嘴角滴到手上才反应过来。

32姐拿纸巾擦了擦嘴，无比真诚地说：“蒋偏不，你真是朵奇葩，你出生就是为了跟这个世界对抗，对不对？你能不能大众化一点，跟着我们一起把彦祖当男神啊？祖冲之……他什么长相你知道吗？他什么性格你知道吗？我上哪儿给你找这种连gif图像都没留下来的男人？”

“那是你没品位。现在让你背圆周率小数点后七位你背得出来吗？人家几千年前就推算出来了，你不觉得他很有魅力吗？”

“后七位有什么难的，3.14157……”32姐皱着眉，重复了好几遍3.14157，也没想起来后两位，她脸红红地大手一挥，“你不就是喜欢学霸嘛！我知道上哪去给你找这种男人了，下班不要走，等我带你去找冲哥！”

下了班之后，32姐拎着蒋听听上了出租车，然后停在了本市有名的学院路。站在十字路口的天桥上，32姐霸气地指点江山：“左边，数学研究所，右边，物理研究所，前面，生物研究所，后面，化学研究所。全国百分之九十的院士都出身于以我俩为圆心，一公里为半径的这所科学院内，谢耳朵我都能给你找到，你还怕找不到祖冲之？”

蒋听听佩服地看着32姐，一脸“你说的好有道理，我竟无言以对”的狗腿表情。前后左右看了五分钟，蒋听听拉了拉跟天桥贴膜小哥聊得如火如荼的32姐，“可是我谁都不认识，我怎么打入学霸内部？”

32姐白她一眼：“现在这年头社交软件这么发达，你脑子灵活一点好不好？”蒋听听呆滞地看着32姐，不明所以：“怪不得你喜欢学霸，就你这智商，确实需要脑子聪明的跟你中和一下，不然就是在坑你的娃儿们。”32姐指着刚来了生意的贴膜小哥小桌上的手机："守着这个独家的地理位置你不用微信找附近的人，你还在等什么？你筛选一下看的顺眼的，然后约他就在这附近见面。"

蒋听听恍然大悟，打开了手机里从未用过的"附近的人"功能，开始筛选里面的人。过了好久好久，32姐已经跟贴膜小哥学会了全套贴膜技术，甚至开始帮贴膜小哥接单了，蒋听听还是毫无长进地对着手机不停地滑啊滑。

32姐看天色已晚，摸了摸饿扁了的肚子，探头去看蒋听听的手机，"让你选个人见面，又不是让你立刻嫁给他，有那么难吗？"蒋听听把手机递给32姐，为难地说："你看，有二十多个约我见面的，我选谁比较好？"

"我去，这地儿的男人有这么饥渴难耐吗？你都能这么受欢迎，我也要去试试。"32姐跃跃欲试地拿出了手机。

蒋听听郁闷地看着手机，最终横下心选择了点兵点将的方式，"点兵点将，点到谁就是谁"，为了公平起见，她故意念了三遍，结果眼看着就要点到一个油头满面的老男人，她嫌弃地闭上了眼，忽然手机天籁般"叮咚"了一声，又一个人发来了信息，她的手指刚好停在这条信息上。

"yes你好，我叫π。"在看到π的一瞬间，蒋听听简直要以为这货是32姐开马甲来逗她玩的了，她猛地看向32姐的手机，32姐正热火朝天地和一个叫炖牛的人聊着，这才放下心来，回复："我不叫yes，叫Nono。"

"双重否定变肯定，你中学的时候没学过吗？"打招呼的方式还挺有趣的，蒋听听于是回了一条："我的Nono不是双重否定，是反复强调。”

“看样子你不服我啊，要不要当面讨论一下语法问题？”蒋听听看他约的地方是数学研究所的教学楼，于是欣然应允。她对数学系的学霸特别有好感。

到了约定地点，蒋听听还在四处张望，有个穿着运动服的男人抱着一个篮球突然出现在她面前：“你是Nono吧，我要去操场打球，一起吗？”蒋听听点了点头，随着他一起往前走，“你怎么知道我是？”

“因为我们学校没有你这么漂亮的女生，我们学校的女生长的都比较像数学公式，太严谨了。”蒋听听笑了：“没想到数学系的男生也能这么有幽默感。”

“我不是数学系的男生。”蒋听听有些意外，“那你怎么约我在数学研究所见？你的昵称叫π？”

“我叫π是因为我喜欢吃派，我是负责设计新数学系教学楼的建筑师。”蒋听听皱着眉头，脸上的表情掩饰不住的失望。π奇怪地问：“你怎么了？”

蒋听听摇摇头：“没怎么，我要回家了，我比较喜欢能推算圆周率的男生。”后面这句话她只是在喉咙里嘟囔。没想到π却听见了，他笑着说：“虽然我是建筑师，但我本科是学数学的，圆周率我也会推算，我还能背一百多位呢，3.1415926……”

蒋听听喜出望外。π非常意外，“外界对数学系的男生印象都很刻板无趣，你怎么偏偏对数学系的男生这么有兴趣？”蒋听听刚要回答，手机就响了起来，32姐在那边大呼救命：“快来数学研究所的家属楼救我。”

“你知道家属楼在哪吗？”

π指了左边的一个位置，“那边白色的楼就是。”

蒋听听一眼望过去，好像都是白色的楼，便恳求道：“你带我过去行吗？”

π点了点头，走在前面带路。蒋听听怕32姐有什么事，一直催π走快点，再快点，最后两人以小跑状态进入了家属楼区。正好碰见头发凌乱的32姐捂着头从对面冲过来，后面还跟着一群拿着扫帚拖把晾衣竿的女人。

32姐看见蒋听听可算是见到救星了，抓着蒋听听说：“你给我证明，我们是不是第一次来这边，以前是不是从来没有来过？”

“是啊。”32姐回头指着那堆女人，“最前面那个疯子！简直是个泼妇！非说我勾引了她老公！快跑！”蒋听听被32姐拖着一阵疯跑，专门朝着黑暗的地方跑，最后跑到了操场黑漆漆的看台角落里躲了起来。蒋听听累得气喘吁吁：“你说清楚啊，到底发生什么事了？”

“我刚刚在附近的人里面聊到一个感觉还不错的，我们约在家属楼的小花园见面，我来了才知道这号码是这女人用她老公的资料建的，她说她老公每天都玩微信，跟微信上的女人鬼混不理她，所以她要打死我们这些微信上的小三。你说她是不是有病，她老公的小三在她老公的微信号上呢，她用个新号把我勾过来，就认定我是勾引她老公的小三，逻辑上说得通吗？脑子里进水了吧！”

“那你跟她们解释啊。”

“解释了！没用！这群女的说就算我现在不是小三，能被她老公迷得神魂颠倒送上门来说明我是潜在小三，所以索性今天给我教训一顿消灭隐患……对着这群野蛮人我真的是毫无道理可讲，我要是知道这男的有老婆，我死也不可能跟他见面啊，我又不是你，迷恋学霸。”32姐抹了抹额头的汗，“对了，你跟你约的冲哥聊得怎么样？”

“还不错，挺有感觉的。”蒋听听对于圆周率真是科学无法解释的迷恋。

“那就好，我这顿揍没白挨。”32姐翻出手机微信，“看，就这男的，我真是倒了八辈子血霉了。”

蒋听听一看照片，心猛地沉了下来。忽然周围亮如白昼，眼睛被突如其来的光线刺得睁不开，蒋听听捂着眼睛，从指缝间看见刚刚追她们的那群女人气势汹汹站在对面，有个矮点的不停地对着她们拍照。

为首的女人恶狠狠地说：“我要把你们的照片发到微博上去，看你们以后还有没有脸来研究所勾引有妇之夫！”32姐恼了，想冲出去分辩，却被蒋听听按了下来：“她们正在拍照，你面朝墙，不要被她们拍到。”

“那你呢？”32姐紧张地握着蒋听听的手。蒋听听冲她笑笑：“我没事，我有些话想跟她说。”32姐想想这群女人主要是冲着她来的，蒋听听不过是被牵连，应该也不会被她们怎么样，所以便放任她朝着那群女人走过去。

蒋听听冷冷地看着她们，气场惊人，那群女人一时竟有些瑟瑟。蒋听听夺过拍照女人手里的手机，“啪”地扔在了地上。

“管不住自己的男人就找别的女人出气，你活得这么失败，怪不得你老公要找小三，不要你。”为首的女人怒了：“你个不要脸的贱货，跑我家门口来勾引我男人，还砸了我的手机，你凭什么这么猖狂！”

“这位大姐，我劝你有时间多去去美容院，多做保养，平时多看点书，提升自己内外修养。”蒋听听看着一身尘灰烟火色的这女人，忽然有些同情她，脑子一抽，说了一句特别文艺的话：“你若盛开，清风自来。”那女人愣了，旁边拍照的那女人挺身而出，恶狠狠地朝着蒋听听说：“说人话！”

“我意思就是你好好打扮，你老公自然就围着你转。你也不想想，你老公结了婚还能吸引别的女人，说明他很优秀，如果你是一个配得上他的女人，他又怎么会舍近求远去找别的女人？”

那女人表情有些松动，拍照的女人却吼了起来：“姐！咱们不跟她磨叽，直接把脸刮花，上回那女人被我们教训之后，不就再也没有出现过吗？对付这种狐狸精千万别手软，她们最擅长花言巧语，一不小心我们都能被她们迷了去。”

“你说的没错！我们不跟不相干的人废话！”那女人箭步冲向32姐，蒋听听想跟过去，却被拍照的女人拦下了。

32姐简直要疯了：“你们到底想要怎么样？我连你老公面都没见着，为什么要这样对我？”

“那是我聪明！抢在我老公之前逮到了你！不然我老公肯定又被你勾走了！”

在这种彪悍的逻辑下，32姐平时的牙尖嘴利完全施展不出来，她可怜巴巴地看着蒋听听。蒋听听也觉得跟她们没办法讲道理了，掏出手机拨打了110……

在警局交代完事情之后，警察叔叔先是大骂了泼妇团一通，把她们赶回了家，就在蒋听听和32姐准备灰溜溜夹尾巴走的时候，警察叔叔叫住了她们，对她们进行了深刻的思想教育："你们这次还算幸运，只被揪掉了几缕头发，你们知道有多少起抢劫强奸的案件作案人都是通过社交软件锁定受害人的吗？还有骗财骗色的，你们到底有没有防范意识？"

"我们错了。"

"把你们家长叫来。"

"不用了吧？！"32姐哀求地看着警察叔叔，"我们都是成年人了，自己能做自己的主。"

"你们连身份证都拿不出来，我怎么知道你们是不是成年人？"警察叔叔瞪32姐，"还有，你们砸了人家的手机，不用赔吗？"

32姐扁着嘴，"可是我家不在本市，我家长也不在这里……"

"那让你们朋友来接你们吧。"警察叔叔说完就把她俩丢下去忙别的了。

32姐仰天长叹，然后可怜巴巴地看着蒋听听："我可不想这么糗的事被我那些朋友知道，Nono，我以后还要带着你相亲呢，你也不想让我颜面扫地被朋友圈嫌弃吧？"

蒋听听想了想，给马小白打了个电话。没想到等来的却是倪景澈。倪景澈很快帮她们证明了身份，又付了手机的赔款，然后领着俩未成年失足老少女从警局走了出来。32姐迅速地打了辆车溜了。

倪景澈打开车门，让蒋听听上车，她却置若罔闻，独自往前走去。“都这么晚了，我们先回家再说。”倪景澈拉住蒋听听的衣袖，却被她甩开，她冷冷地看着他，看得他心里发毛。蒋听听突然又笑了笑，然后上了车后座。

倪景澈被蒋听听这神经病的举动吓得小心脏一跳一跳的，开车的时候也不敢说话，车厢里骇人的寂静。他朝后视镜里看了一眼，却发现蒋听听脸上有眼泪的痕迹，他想了想，打开了交通电台，里面正在播一档脱口秀节目，极富热情的主持人以高亢的声音和场外观众做着互动，在嘈杂的广播声里，蒋听听终于抑制不住，小声地抽泣起来。

她真不知道π已经结婚了，她居然对一个已婚男人产生了好感，她觉得羞耻、羞愧、羞辱，她为什么会变成这样？会玩从未玩过的社交交友，会毫无防备地答应和陌生人见面，会轻易被对方几句不知真假的话触动了内心。

蒋听听不知道，她的轻易动心，是她潜意识里在强迫自己完成任务，找到喜欢的类型，找到男神，然后爱上他，然后结婚……她太想找到一个人来证明自己也有人爱，她太想用结婚狠狠地打贺向东的脸，她太想从过去失败的感情里站起来扬眉吐气……

她太急功近利，以至于失去了自我。她不再是以前那个执着坚持自己的蒋听听，她变了，都是因为贺向东，她变得不像自己，她感到很难过，因为她突然发现，贺向东给她造成的阴影比她想象的还要大……

出来混果然都是要还的，当年她对他召之即来挥之即去，现在她终于遭到了报应，这样也好，一报还一报，也许以后的人生就会风平浪静。下车的时候，蒋听听已经恢复如常。

倪景澈跟在她后面，亦步亦趋，等到蒋听听开门进屋，他突然看见玄关处那把熟悉的伞，那把他眼睁睁看着贺贺打着走的星月出租车公司的伞。他用手抵住蒋听听要关上的门，极力克制着自己，“蒋听听，你到底要堕落到什么程度才甘心？”

蒋听听以为他又在说微信的事，捻了捻眉心：“我很累，今晚发生的事我不想再多说。”

“那个贺贺，你跟他是不是又见面了？”

“莫名其妙。”

“蒋听听，你要是真想结婚，就好好找个对象，酒吧认识的人、微信上认识的人，我不想说绝对没有靠谱的人，但概率肯定低。”

“不用你管我的事。”蒋听听说完就用力推门，想把倪景澈推出去。倪景澈被逼急了，蹦出一句：“一日为大爷，终生为大爷。”

蒋听听扑哧笑了。她抬头看倪景澈，很认真很认真地看他，其实理性一点来看，他确实没做什么对不起她的事，她摔倒在仙人球上不是他一个人的责任，她淋雨伤口发炎变毁容也不是他一个人的责任，他陪她去离岛，装了那部卡拉OK机，不管他是否自愿，他都确实做了。至于在景静知和贺向东面前对于她的维护，也确实不是装的。他是真的关心她。

蒋听听忽然说：“倪景澈，我们和好吧。”倪景澈一时有些错愣："和好？蒋听听，我们是小学生吗？"

"小学生才没这么容易和好，要是在小学，你至少得连续一个礼拜给我买零食，我才会跟你和好。"

"那我真是谢谢你替我省钱了。"

"晚安。"

"晚安。"

倪景澈回到家还有点不敢相信，这个倔得九头牛都拉不回来的丫头竟然这么轻易地和他和好了，他还设计着哪天让马小白故意找蒋听听说"你听我的，千万别再跟倪景澈玩了"，然后蒋听听就会"我偏不，我就要跟倪景澈玩"，然后，冷战状态解除。看来她真的是受到了很严重的打击啊。不就是找对象么！有什么难的！倪景澈信心满满斗志昂扬，将蒋听听的终身大事列入了本年度最重要的计划第一列。

第六章

东风好借不好还

蒋听听和倪景澈和好之后，便经常跑他家去唱歌厮混，32姐得知之后，便死乞白赖地跟着来蹭KTV，马小白为了催债经常出入倪景澈家，凑齐了四个人之后，他们开发了一种新的游戏，那就是传承中华文化几千年的国粹——麻将。

正值四月，春暖花开的好天气，他们在顶楼弄了一张麻将桌，又弄了几袋子零食，准备鏖战一整天。

倪景澈刚开始对这个游戏兴趣淡淡的，但是没想到连输了几场之后被激发了斗志，白天他们去上班，他就在家找教程视频看，晚上再拉着他们实践，结果却越输越多，彻底被套牢，了固定的牌搭子。

蒋听听手上捏着一张牌，喊道："东风。"

倪景澈喜不自禁："杠！"

蒋听听白他一眼："我是说今天刮东风。"然后施施然换了一张牌："六万。"

倪景澈气得牙痒痒。32姐打了一张五万之后说："Nono，下周有个高端相亲酒会，你想去吗？"

自从微信事件之后，32姐和蒋听听已经很久没有提起过相亲的话题。倪景澈和马小白对看一眼，同时有了一种《奇葩剩女不靠谱相亲记》第二季要开播了的感觉。

蒋听听漫不经心："怎么个高端法？"

"嘿嘿，其实不是相亲会，这是A大校友会。"32姐说完，满含深意地看了马小白和倪景澈一眼。

蒋听听在二条和五条之间琢磨不定，随口答道："A大校友会跟我俩有什么关系？我们又不是这学校毕业。”

“参加校友会的人可以带家属，我俩可以冒充家属混进去啊。”32姐满怀憧憬，“A大啊！你要知道，那是A大的校友会啊！全国NO.1的高校，几乎所有最精英的男人都出自那里，我们两个去晃一圈，蹭点贵气也是好的啊。”

蒋听听猛地抬头：“马小白，倪大爷，我记得你俩好像是A大毕业的吧？”

被点名的俩货异口同声：“我们不想去！”

马小白反应更是迅速：“你们偷看我们放在茶几上的邀请函了？”不然她们怎么可能知道A大有同学会！

“信封上又没写不许看。”蒋听听把东风拿在手里，故意朝着倪景澈晃啊晃，“你们真的不想去吗？”

倪景澈就等着这张牌做小四喜，当机立断：“你让我借东风我就去。”

蒋听听于是痛快地放下了鱼饵，倪景澈杠了东风，正在心里偷着乐的时候，蒋听听又捏住了一张牌：“是不是在等这张南风？不好意思啊，好像最后一张也在我手里哎。”

倪景澈两眼发直：“马小白也去！”

蒋听听为了32姐和自己的幸福，痛快地丢下了那张南风。从未赢过的倪景澈眉开眼笑，胡了一把小四喜，从此转运，连胡了好几把。

于是当天游戏结束，倪景澈get赌金一千，蒋听听和32姐get高端相亲会“门票”两张，赌金一千，马小白lose赌金两千。倪景澈一高兴，便说请吃火锅。

于是，两个大获全胜的女人眉开眼笑地去订外卖火锅，马小白坐到倪景澈旁边，啧啧了两声：“你可真是用心良苦。”

倪景澈正在练摸牌神技，闭着眼睛随口答道：“什么用心良苦？”

“邀请函啊，要不是你想让她们看到，怎么会随便丢在茶几上。”

“三索！呀！猜对了！”倪景澈根本没理马小白，放下手中的三索，又拿起另一张牌，继续练摸牌绝技。

“一定是你听32姐说Nono喜欢学霸，你才故意这样做的，对不对？”

“马小白，你废话这么多，以后不让你来我家玩了。”

马小白觍着脸凑过来，暧昧兮兮地说：“我不来？谁陪你打牌安慰你心烦，失眠的夜里你最怕孤单，没有我你怎么办，你的心事还有谁能明白……”说到最后，竟然唱了起来。倪景澈受不了他，主动跑去和蒋听听她们一起张罗火锅……

到了酒会那天，蒋听听本来想要冒充马小白家属，结果她穿了双十厘米的高跟鞋，比马小白还高，被他狠狠嫌弃了：“Nono，不带你这样玩的，平时你不是从来不穿高跟鞋吗？今天作的什么妖？”

“倪大爷给我准备的啊，说精英人士就好这口。”

“你都叫上大爷了，你还是冒充他家属吧，你这海拔，站你旁边伤害我自尊。”

马小白说完拉着32姐就走，32姐愤愤不平："你把话说清楚，我也穿了高跟鞋，凭什么站在我旁边就不伤害自尊？"

"因为你穿了高跟鞋也不到一米六啊。"

32姐出奇地愤怒了："老娘裸高就一米六！你才不到一米六！你全家都不到一米六！"

"我又没看见你裸着的时候，我怎么知道你裸高有多高？"

"马小白你这个贱人！"

32姐和马小白追赶着消失无踪。蒋听听摇摇晃晃地走在倪景澈旁边，很心虚地问："你确定我这样子没问题？"

"对自己有点信心，心虚也不要让人看出你心虚，大家都是人，A大那些人也没多个鼻子少只眼。"

蒋听听虽然穿了高跟鞋，但站在倪景澈旁边还是一副小鸟依人的样子。进了会所以后，倪景澈就让她自己去觅食，有了目标再回来找他。

蒋听听逛了一圈，碰见了自助餐台边的32姐，32姐戳着杧果慕斯，有些没精神地说："精英人士的气场都好足，我连靠近都不敢。看来看去，还是你家倪大爷和马小白和蔼可亲。"

"那确实，谁让他俩最没出息呢，全都待业家中。"

马小白不知从哪儿蹿了出来："胡说！只有倪倪才是待业家中！我明明有工作！我每晚出去跑活能赚好几百呢！"倪景澈让他装叫车软件真是为他打开了新世界的大门。

32姐很鄙视地看了他一眼，默默地没说话。蒋听听远远地看到一个中年人在和倪景澈说话，戳了戳马小白："那人是谁啊？"

“当年我们的结构力学老师，现在该是系主任了吧。”

“结构力学？你们学的什么专业？”

“土木工程。”

蒋听听嗷嗷叫：“你们竟然学的是A大最好的专业，还混得这么烂！你俩真的是不学无术界的典型代表！简直就是败坏A大在我心目中高不可攀的形象！”

“小妹妹，凡事不要看表面好吗？倪景澈是我见过最有才华的人，是我这辈子最最钦佩的人，是我想要一生一世永远追随的人……”蒋听听受不了地打断他：“得得得，肉麻不肉麻啊，你不就怕他欠债不还么，至于这么违心地讴歌他吗？他又听不见！”

马小白不置可否地笑，32姐戳了戳他，花痴样地问：“窗边那个蓝西装黑眼镜的志摩是谁？”

“我怎么知道他是谁！想知道自己过去问！”32姐嫌弃地看着马小白：“要你何用！”

“A大每年都有好几千学生，我哪能都认得全。”马小白怒回：“你来了校友会，又不敢搭讪，你来了又有何用！”蒋听听怕他俩剑拔弩张掀了这放甜点的桌子，便说：“那男人叫范家烨，A大金融系毕业。”32姐蓦然回头，难以置信地看着蒋听听，“你怎么知道？”

“财经杂志上经常有他的文章，他长得算是经济学家里好看的，所以就记住了。”这一次连马小白都震惊了：“Nono，没想到你竟然看财经杂志。”蒋听听笑笑。她看财经杂志的习惯还是贺向东留给她的，贺向东学的是金融，她也就跟在他后面看了四年的财经杂志，后来虽然他走了，可她还是本本不落地买，仿佛和贺向东看同一本杂志，他就还会回到她身边一样。

蒋听听轻轻呼气，将这些不该出现的回忆通通收了起来，然后笑着说："我去趟洗手间。"她往洗手间走，突然瞥见有个女人拖着倪景澈去了楼梯间。她很好奇，于是偷偷地站在楼梯门外。

"倪景澈，当年你怎么说退学就退学了？这么多年你都在做什么？"倪景澈并没有回答。

"你知不知道我找你找了很久，我还以为你死了呢，没想到今天竟然在这里碰见你。你不会真的跟马小白去冰岛出柜了吧？"

"方雨涵，你把我叫到这里，只是为了说这些无聊的事吗？"倪景澈的语调很平静，但蒋听听知道他生气了，他不高兴或者想和某人保持距离的时候，就会是这样一副不悲不喜、云轻风淡的模样。

"无聊吗？我可不觉得无聊。"

"那我走了，再见。"

"不想要本系男生通讯录和婚恋资料了？"方雨涵咯咯地笑："你还是这么容易生气，跟大学的时候一模一样，我承认我很无聊很八卦，可是你也不想想，我要是不八卦，你手里怎么会有全套的本系同学资料。"

"嗯，你说的对。"

"不想谈以前，那我们谈谈现在。你要这个资料干什么？你今天带来的那小姑娘是谁？"

倪景澈特别正经地说："她是我侄女，资料也是给她准备的，帮她挑选适龄的结婚对象。"

方雨涵笑得快岔气："当年土木系高冷男神倪景澈如今竟然沦落成大脚媒婆，哎哟喂，我不行了，快扶我一把。"

"资料你到底给是不给？"

"不给，除非你夸我一顿，把我夸高兴了，我就给你。"

蒋听听决定马上撤退，这种状况下倪景澈肯定会拂袖而去，以他那毒舌的性格，让他夸人，比杀了他还难受，她可不想跟他撞上。

没想到刚走两步，倪景澈一本正经的声音突然就传了出来："啊，方雨涵，你好美，美得就像那西湖的水，啊，方雨涵，你好靓，靓得就像那天边的星，啊，方雨涵，你的智慧让我自惭形秽，你的高尚让我仰望不及……"

如此浮夸，蒋听听真要吐了，方雨涵也同样受不了，"打住打住，资料我发你邮箱了，再见。"倪景澈确认资料已经收到之后，从楼梯间出来，正好碰见从卫生间出来的蒋听听，他朝她招了招手，把她带进了楼梯间。

"你过来看看，哪些是你的菜。"倪景澈翻着手机屏幕给蒋听听看。

"这个不错啊。"原来倪大爷委曲求全就是为了给自己拿资料啊，蒋听听心里还是蛮感动的。

"我记得大学的时候他每年都在开学季换女朋友，非大一小鲜花不吃，你一把老黄花菜，人家肯定看不上。"

"那这个呢？"

"书呆子一个，整个大学期间就没看他说过话，你会手语吗？而且你看看，底下写着他想要灵魂伴侣，你智商有150吗？你能够得到人家的灵魂吗？”

……

被倪景澈否决了二十多个后，蒋听听的感恩之心消失殆尽，她摁住了倪景澈的手：“再翻就没有了！你怎么这么挑剔？是你找对象还是我找对象？”

“我是你大爷啊，你对象的品质关乎家族荣誉，我当然要管。”

“说你胖，你还真喘上了。”蒋听听嗤之以鼻：“我不管，下一个不管是谁，我就要他！否则我今晚就白来了！”

“好吧好吧，看缘分。”倪景澈拇指一滑，屏幕上出现了范家烨的脸。蒋听听有些错愕，腹诽怎么好死不死又是金融系。

“这个范家烨在大学的时候风评还挺好，为人正直，一心想出国读博，所以一直没交过女朋友，回国之后也一直没有女朋友，所以……”倪景澈指着底下一行字，“性向不明，你要去试试吗？”

“切，你少唬我，别人还说你和马小白是一对呢。”

倪景澈收起屏幕，一脸看笑话的表情：“那你去吧，我不拦着你。”蒋听听这辈子最受不了的就是激将法，不管什么事，一激一个准，她瞪了倪景澈一眼，就雄赳赳气昂昂地冲出楼梯间去找范家烨了。

倪景澈跟在她后面到了宴会厅，马小白就凑了过来，暧昧兮兮地说：“你跟Nono这么长时间在楼梯间……都干什么了？嗯？”

“你这大脑里能装个净化器吗？简直比雾霾还脏。”

“我这不是关心你嘛。你说你这么喜欢小Nono，早把她办了我也省心不是？都这么一大把年纪了，咱还矜持什么呢？反正小Nono

最近也饥渴得很，肥水不流外人田嘛。”

“你神经病啊你，我跟你说过一万遍了，我对她是长辈对晚辈的感情，OK？”

“我看你能嘴硬到什么时候。”马小白朝着倪景澈背后一指，“看，她跟范家烨已经打得火热了。”

倪景澈回头一看，真是瞠目结舌，这才短短的三分钟，某人是怎么做到让一丝不苟的范家烨笑成那副德行的，拥有这么厉害的沟通技巧，来之前还假模假样地说自己有社交恐惧症！真是虚伪！

32姐这时候也溜达了过来，看着远处郎才女貌的两人后悔不已：“早知道范家烨连Nono都搞得定，我应该义无反顾地冲上去，没准现在范家烨都已经跟我求婚了，唉，白白被Nono抢了去。”

马小白白了她一眼：“你脸还真大。”倪景澈突然说：“你现在去也可以啊，爱情不分先来后到，走，我和马小白陪你去。”

32姐还没反应过来，就被倪景澈推着后背，被动地朝着范家烨的方向滑动着。蒋听听远远看着，觉得小小的32姐特别像倪景澈手里的一把拖把，忍不住又笑了出来。倪景澈看见了，把32姐推得更快。

等到倪景澈停下来，32姐还因为惯性前行了好几米，她惊魂未定地站定，就被倪景澈一把扯过去向范家烨介绍：“范教授，我朋友很仰慕你，能合个影吗？”

范家烨有些惊讶：“倪景澈？你是倪景澈吗？真是好久不见了。”范家烨热情地握住倪景澈的手，又给了他一个大大的拥抱：“当年在学校的时候，我们经常在同一个自习室遇见，你还记得吗？”倪景澈一脸茫然地看着他。

“就二教东配509，靠近水房的那个自习室。”范家烨满脸期待地看着倪景澈。倪景澈盛情难却，只好假装记起来了，拼命点头。范家烨激动的心情更加难以言表：“后来你去哪里了？我听你们系同学说你退学了？”倪景澈越过范家烨的肩膀，看见32姐和蒋听听带着幸灾乐祸的表情一步一步往后退去，心里叫苦不迭，什么叫自作孽不可活，说的就是他这样自投罗网的蠢货……

回家的车上，马小白、32姐和蒋听听一直看着倪景澈笑个不停。倪景澈阴沉着一张脸，咬牙切齿地说：“谁再笑，谁下车。”

“不笑不笑。”蒋听听努力绷脸，“可是倪大爷，你明明知道范家烨性向不明，你为什么还要自己送上门被人家调戏呢？”

倪景澈犀利的眼神像飞刀朝蒋听听射去，可惜夜太黑，蒋听听根本没看见，依旧本着求知若渴的精神寻找着答案，“倪大爷，你知不知道，你的资料上写的什么？”

倪景澈这才想起来自己手机在蒋听听手上，他回头过去抢，蒋听听却缩到了对角线的位置，大声念道：“倪景澈，土木系草，性格与长相成反比，阴晴不定，宜男宜女，可攻可受，已知有男的女朋友一名……”

马小白乐呵呵地说：“这个男的女朋友指的该不会是我吧？”32姐马上说：“Nono，去找找马小白的资料。”

“我找过了，根本就没有马小白的资料。”蒋听听笑得前仰后翻：“马小白，你确定你是个男人吗？哦不对，你是某人的女朋友，肯定是在女生资料夹里。”倪景澈对马小白喊道：“停车！”

“你不会真让她俩下车吧，现在可是凌晨一点，根本打不到车。”马小白圆场：“算了，你不理她们，她们觉得没意思就不会说了。”

“踩刹车！快！”倪景澈扑过去要抢马小白的位置，马小白吓了一跳，本能反应下一脚踩住了刹车。

后面两个八卦的女生没有一丝丝防备，以相同的频率和力道撞向了前面的座椅，她俩揉着头缓过劲儿来的时候，倪景澈已经抱了一只兔子回车里。

“你就是因为看到这只兔子才让我停车的啊？”马小白惊叹：“这么小的兔子你是怎么看见的？”倪景澈举着兔子检查它有没有哪儿受伤，蒋听听插嘴道：“话说这大半夜的马路上，怎么会有只兔子？不会是兔子精吧？”

32姐脑洞开得更大：“不会是碰瓷的吧？”倪景澈白了她们两眼，命令马小白：“开车，去宠物医院。”

“大哥，这么晚了哪有宠物医院还开门？”

“废话怎么那么多，你先找宠物医院。”

最后，他们终于找到了一家有医生值班的宠物医院，在明亮的灯光下，大家才看清这只兔子的样子，这是只熊猫兔，通体雪白，只有两只耳朵是黑色，缩在一起的时候小小软软的一团，特别像白白的软绵绵的云朵。

这只兔子美得熠熠生辉，成功用自己的颜值征服了刚刚还在脑补它“兔子精”“碰瓷”的两个女人，32姐和蒋听听抢着抱来抱去，直到医生把它带走做检查。

医生说兔子没什么大问题，就是肠胃炎，喂点药就没事。蒋听听和32姐争先恐后地要收养兔子，倪景澈却问道："这儿能寄养宠物吗？"

"没问题，你去和护士办一下寄养手续。"蒋听听一听急了，跟在去办手续的倪景澈后面说："倪大爷，为什么要寄养？我可以养白傻子。"

"就冲你取的这名，你就养不好它。"

蒋听听知道倪景澈很固执，也知道自己确实没有养宠物的天分，所以扁着嘴停下来，看着护士把白傻子抱走了。

没过几天，就到了蒋听听的生日。一大早，32姐就拉着她爬山，去寺庙拜月老。等她们回来的时候，马小白已经订好了豪华自助午餐，吃完午餐，他们又去KTV唱了一下午歌，然后又去酒吧喝酒。直到十一点才回家，蒋听听终于算是过完了这个充实的生日。

而这一整天，倪景澈都没有出现。马小白说他有事去了离岛，蒋听听也才第一次知道离岛是倪景澈老家。

蒋听听回到家，就接到景静知的电话。她鬼混一天带来的好心情瞬间消失殆尽，想了想，还是接起了电话。毕竟，她和景静知是那么多年的好朋友，景静知对她比对亲妹妹还要好，比如说生日，景静知年年都记得她生日，给她寄礼物，可是她却从来记不得景静知的生日，景静知从来没有生气过，因为她知道蒋听听就是这么个没心没肺的人。

"蒋偏不，生日快乐。"

"谢谢。"

“生日礼物收到了吗？”

“还没有。”

景静知很失望：“快递好讨厌，我明明交代了一定要今天送到的。”

“没关系，不在乎这一两天。没什么事的话，我要睡了。”

“小不不，你好像不太开心，是我打电话让你不开心了吗？”景静知像个做错事的孩子一样不知所措。

“不是，我只是有点累，真的很想睡了。”

“其实有件事我一直想问你。”景静知欲言又止，似乎难以启齿，但最终还是鼓起勇气，“你是不是还喜欢贺向东？”

“你开什么玩笑？我蒋听听像那种拿不起放不下的人吗？你当贺向东如珠如宝，我对他视如敝屣，他不过是我多年前扔掉的一个旧玩具罢了！你以后再问我这种问题，我们就不要做朋友了。”

“你别生气你别生气。”景静知着急得音调都变了，“向东和我说，说我们上次见面的时候你偷偷纠缠他，叫我不要再联系你，我们三个以后见面会有尴尬。我一直都不相信，所以才问你的。”

“贺向东他大爷的！”

“唉，我就知道我不该多嘴的，小不不，求你忘了这通电话好不好？就当我从来都没有问过你那个愚蠢的问题好不好？”

“我已经有男朋友了，你让贺向东少往自己脸上贴金，我对他余情未了，我就是只猪！”

“你男朋友是谁？是上次那个倪景澈吗？”

“不是他。”蒋听听不耐烦地说：“我今年年底之前结婚，我会带回家介绍你们认识。贺向东说的没错，你确实应该不要再联系我，我已经烦透了夹在你和贺向东的中间，左右不是人。”

蒋听听说完，不等景静知说话就挂了电话，关了手机。她真的没有想到，贺向东竟然会跟景静知说她在纠缠他，呵呵，怪不得自从他们上次见面之后景静知就从来没有找过她。她真不知道是她从前就没有看清过贺向东，还是这些年他变了，他怎么可以在她最好的朋友面前污蔑她?

想了一会，蒋听听终于想通了，是他不想再见到她，所以才在景静知面前泼她脏水，想要破坏她和景静知的友情，以达到从此以后三人形同陌路的目的。可是凭什么？凭什么他伤害她还不够，还要夺走景静知!

虽然她在电话里和景静知说得很硬气，可她知道，她无法割断和景静知十几年的感情，景静知在外人面前一直都是霸气的御姐模样，现在面对她的时候却战战兢兢如同一只受惊的猫咪，蒋听听突然觉得想哭。

都是她不好，是她让景静知一直带着愧疚面对她，她还那么凶，她还当着她的面骂她的老公，景静知一定会很伤心吧。蒋听听想，也许真的只有自己结婚，才是解决现在这个尴尬局面的最好办法。

她拎着一打啤酒上天台，在冷风中一边唱着歌儿一边喝啤酒，不知道过了多久，突然听见有人佯装不高兴地说：“小妹妹，已经十一点了，想鬼哭狼嚎去墓地，不要扰民。”

蒋听听回头傻傻一笑：“倪大爷，我就喜欢扰你。”倪景澈皱着眉头走近她：“今天跟他们疯了一天还不够，大半夜还要自嗨？”

“我想吃蛋糕。”蒋听听说着眼泪流了出来，“今天是我生日哎，可是我居然没有吃到蛋糕。”她说这话的时候倒是彻底忘了是谁拦着马小白和32姐订蛋糕，还说什么“我才不要吹蜡烛，一点一吹，又老了一岁”。

“现在上哪儿给你买蛋糕去？”

“我不管，我不管，我就要吃蛋糕。”蒋听听从长椅上滑到地上，像个哭闹着要玩具的熊孩子。倪景澈想了想：“我去给你买，你乖乖待在这里，不要动。”

没过几分钟，倪景澈就回来了，他把手上的东西往椅子上一放，揭开盖子喊道：“蒋小姐，你要的蛋糕到了。”醉得迷迷瞪瞪地蒋听听眯着眼睛看了一会儿，指着倪景澈说：“你骗我，这是冰激凌，这不是蛋糕。”

“哈根达斯的冰激凌蛋糕是不是冰激凌做的？”蒋听听点点头。

“冰激凌蛋糕=冰激凌，蛋糕=冰激凌，你说，这是不是蛋糕？”

蒋听听被绕晕了：“就算这是蛋糕，可是没有蜡烛的蛋糕也不算生日蛋糕。”

“你要求还真多！不吃拉倒！”倪景澈假装要把冰激凌收走。

蒋听听眼泪汪汪地看着他，他又心软了：“唉，你等着。”又过了几分钟，倪景澈又回来了，他举着两个打火机说：“现在我点蜡烛，你许愿，吹完蜡烛，吃完蛋糕咱就回去好好睡觉，行不行？”

蒋听听听话地点头，眼泪还挂在腮上，看上去可怜极了。这丫头肯定又是被前男友或者闺蜜刺激了，倪景澈心里默默地叹气，打着了打火机。

蒋听听闭着眼睛许愿，好久都没抬起头来。打火机越来越烫，倪景澈受不了了，喊蒋听听，她一点反应都没有。他慌忙扔了打火机，摇了摇蒋听听，蒋听听就势倒在了他怀里，已经睡着了，嘴里却嘟囔着："形婚……也不是不可以吧……"倪景澈心中一凛，这熊孩子到底在想什么呢？

他把蒋听听送回家，想了很久，终于还是忍不住翻了她的手机，她在微信上和范家烨互动颇多，范家烨一直在找她打听他的消息，还不停地感慨父母逼婚压力太大，想找一个愿意形婚的女孩子结婚。

倪景澈真是要气死了，连形婚都说出来了，必然是gay没跑了，这熊孩子不仅不适可而止，还在动什么形婚的歪念头，到底是受了多大的刺激。

正在疑惑，手机"叮咚"一声，又收到了一条微信，来自景静知："小不不，对不起，我不该听向东的话怀疑你对他纠缠不清，我向你道歉，我只是害怕，害怕同时失去你们两个，对不起，是我太自私。"

倪景澈脑海中所有关于脏话的词汇汇集在一起也表达不了此刻他心中的愤怒，这贺向东也太渣了，为了讨好现任，就污蔑前任。其实他们三个这种畸形的关系早就该结束了，成天搅和在一起，明摆着蒋听听最吃亏，她偏偏还不信邪，沉溺于姐妹情深不能自拔。

必须要让她快刀斩毒瘤，彻底地将贺向东从她心里挖去，她才不会将自己的人生变得更加荒谬。

第七章

我们打个赌吧

蒋听听早上醒来的时候，发现自己又在倪景澈家里，倒也见怪不怪，麻利地从沙发上爬起来，熟门熟路地去厨房找吃的。方便面在锅里“咕嘟咕嘟”冒着泡的时候，倪景澈从卧室里面出来了。蒋听听看他快步朝锅走来，张开双手护食：“不要抢我的面！”

倪景澈嫌弃地看了一眼她：“谁要吃你的方便面，我已经订餐了，鲜虾馄饨马上就到。”蒋听听讨好地问：“能给我吃一点吗？”

“你给我吃点方便面，我就给你吃。”倪景澈从锅旁边走过，去冰箱取了瓶水拧开喝，掩饰自己咽口水的声音。蠢货蒋听听已然上当：“成交！自己拿碗盛！”倪景澈得逞，转身去拿碗，“你五一打算干吗？”

“在家睡觉。”

“大好的时光你在家睡觉，你和八十多岁的老奶奶有什么分别？”

蒋听听翻了个白眼：“过气的段子就不要拿来用了好吗？”

“想不想出去玩？”

“去哪儿？”

“C市。”

“我大学就是在C市念的，那边没什么景点，没什么美食，没什么好玩的。”蒋听听吸溜着面条，“你个无业游民不趁我们上班的时候出去玩，五一跟我们挤什么啊？嫌机票不够贵啊？”

“你是C大毕业？那正好，当我导游。我有个朋友在那边开画展，我想去看看。”

“不去，还不如在家睡觉呢。画展我又看不懂。”

“那好吧，你听话，在家好好看家，别去C市，我自己去。”

蒋听听永远都不会让倪景澈失望，果然，她又放下筷子，噘着嘴说：“我偏不！我就要去。”

“OK，就这么说定了。”

蒋听听很惆怅地捂着自己的嘴，她这个“偏不”的毛病怎么就改不掉呢。不过还好，只是去C市，又不是回C大。最终，醉酒的代价就是，失去了半包方便面，搭进去一个假期，以及一碗永远也等不到的鲜虾小馄饨。

A市和C市一南一北，A市还是春暖花开的季节，C市已经入夏了。因为这次旅行费用由倪景澈全包，所以蒋听听也没有操心酒店的事，等到了酒店她才傻眼了，这就是C大的附属酒店啊。倪景澈还一脸求表扬的表情：“看我对你多好，特意选了这个酒店，方便你怀念青葱岁月。”

蒋听听皮笑肉不笑地冲他“呵呵”。倪景澈硬要蒋听听带她去吃学校食堂的晚餐，蒋听听死活不干，两人扒着门在做角力，突然有人喊她：“蒋偏不，这么巧，你也在这里？”倪景澈心里也在想，哟，这么巧，毒瘤你也在这里？真是老天都在帮我，看我怎么挖掉你！

蒋听听像是没有听见一样依旧用力关门，走神的倪景澈一松懈，蒋听听就成功地把他推出去，关上了门。贺向东朝他笑笑说：“我还有朋友，就先不和你们聊了，回头再约。”倪景澈点头，目送他离开，继续敲门。

蒋听听置若罔闻，觉得自己来C市这个决定真是糟透了，早知道她就该耍赖的，她要是死活不来，倪景澈也没有办法。偏偏倪景澈一搬出她那句“我蒋听听行走江湖从来不拖不欠”，她就心甘情愿让自己被坑了。倪景澈敲着敲着，就失去了耐心，给蒋听听打电话：“你到底还吃不吃饭？不吃我自己去了。”

“不想吃。”

“那你饿着吧。”倪景澈挂了电话，就下楼出了酒店，开始在这个见证了蒋听听和贺向东四年初恋的校园里溜达。这个学校看起来很有历史，建筑以青灰为主，很是古朴。他想起蒋听听说贺向东是金融系，特意去金融系转了两圈，在公告栏上看见了一则讣告，他回想起刚刚贺向东和同伴穿的都是黑西装，猜测他们应该都是为了参加这个教授的葬礼才回的学校。

倪景澈边走边问，终于抵达了食堂，吃了顿饺子，又打包了一份，回到了酒店。这一次，蒋听听终于没有抵住肚子里的馋虫，给倪景澈开了门。倪景澈看她吃得狼吞虎咽，很嫌弃地看了她一眼，随口说：“你认识燕青教授吗？”

“金融系最年轻，也是唯一的女教授，是男生们的女神，当然认识。”

“最年轻？”倪景澈讶然，“她去世了。”蒋听听不敢置信地盯着倪景澈：“这不可能，你肯定是在逗我，她还不到四十岁呢。”倪景澈不说话。蒋听听突然就难过起来，她知道倪景澈不会拿这种事情骗她：“她是怎么去世的？”

“车祸。”

燕青在蒋听听上大学的时候，还只是讲师，也是贺向东的班主任。蒋听听学的英语专业，大一的时候在另一个校区，第一个学期贺向东总是翘课跟她一起上英语系的课，也因为这件事他在系里名声很不好，只有燕青老师总是笑眯眯地说只要不落下功课就好，也是因为她坚持，贺向东才没有因为缺勤挂过一门课，所以他们都很感谢她。

第二个学期开始，蒋听听就逼迫贺向东回去上课。他俩经常约在两个校区的中心地带吃饭，这个地方正好是燕青老师的家门口。他们常常在餐厅遇见，一来二去就变得很熟。后来金融系有什么班级活动，燕青老师总让贺向东带着蒋听听一起去，让蒋听听跟她住一间屋子。

蒋听听真的很喜欢她，她是那样温柔、大度，时时刻刻让人感到舒服和温暖。毕业的时候她和贺向东分手，燕青老师还劝过她很久。没想到她还那么年轻，竟然就去世了。

倪景澈看她很忧伤的样子，便问："你要不要去她的追思会？明天上午十点。"去葬礼一定会碰见贺向东，但现在蒋听听已经不在乎了，她必须要去送燕青老师最后一程："我要去。"

倪景澈现在有点后悔带她这个时候来C大了，亲身经历师友的死亡一定会很难过。这个时机他也没有办法再按原定计划对她下猛药，敲醒她，让她放下贺向东。只好走一步看一步了。

第二天上午，天气很好，和所有人阴沉的心情都不一样，阳光普照，天空绽放出一种纯粹的蓝。燕青教授的追思会在金融系的大礼堂举行，到场的学生挤满了整个礼堂。蒋听听默默地站在角落里，心里哀戚不已，人生真的是有许多的猝不及防，这是她第一次直面生命的脆弱，看着燕青老师的家属在台上泣不成声，她也忍不住小声地抽泣起来。

追思会结束后，蒋听听从礼堂出来，看见倪景澈在逗一个三四岁大的小女孩玩。“这不是燕青老师的女儿朵朵吗？你怎么把她带出来了？”

“她自己跑出来的，我怕她跑丢，才在这跟她玩的。”倪景澈抱起她：“结束了吗？”

“快把她送回去，不然她家人该着急了。”

朵朵却说：“我不要回去，我要吃冰激凌，他们都不给我买冰激凌，我要找妈妈去。”大人现在都是痛彻心扉，哪有心思管她呢？蒋听听鼻子一酸：“我让叔叔去给你买冰激凌，我们先去找爸爸好不好？”

“不许骗人！”

“骗你是小狗。”蒋听听把她从倪景澈手上接过来，往礼堂里走去。礼堂里还有很多学生围着燕青教授的父母亲和丈夫慰问，蒋听听挤不进去，索性放弃了，抱着朵朵坐在一边。

“没想到你也会来。”一身黑衣的贺向东走过来，坐到蒋听听身边，眼眶红红的。蒋听听不想理他，朵朵却说：“叔叔你骗人！冰激凌呢？”

贺向东莫名其妙，蒋听听对着朵朵解释说：“去给你买冰激凌的是另外一个叔叔，不是这个叔叔。”说完，她抱着朵朵转向了另一侧。

“蒋听听，没想到才短短几年，燕青老师就走了，还有我们，我们之间怎么会变成这样？”过了很久，贺向东的声音才传了过来，他的语气十分哀伤：“还记得吗？当年燕青老师经常说要喝我们的喜酒。”

“我不想再跟你谈论从前，我不想再被你羞辱一次。贺向东，我们俩早就已经桥归桥，路归路，两不相欠了。”

“两不相欠吗？”贺向东扯动嘴角，无奈地笑，她欠他的，这一辈她也还不清。他想他是真的疯了，所以才又忍不住接近蒋听听。

他站起来准备离开，正好倪景澈举着冰激凌回来了，两人对视一眼，都想从对方的眼睛里看出一些什么，可什么也没看出来。

朵朵抱住冰激凌开心得要命，很欢乐地舔了起来。倪景澈摸摸她的头，又看着礼堂正中间燕青的遗像，叹道：“真希望她永远都这样天真，不要懂事。”蒋听听很用力地把朵朵往怀里搂了搂，心疼地亲了亲她的额头。

朵朵吃完冰激凌，台上的人也少了，蒋听听牵着她往她爸爸那边走过去。走得近了，才发现贺向东也在，他背对着她，声音很小：“车祸这种事……很残酷，我也经历过，当年多亏了燕老师……以后有什么需要帮忙的地方，尽管找我。”

朵朵爸爸拍了拍他的肩膀，努力挤出一个坚强的笑容：“既然经历过，就该明白人生苦短，要好好珍惜当下。”吃完冰激凌，朵朵满足地张开双手朝着爸爸奔过去，蒋听听看她安全回到亲人身边，便转身和倪景澈一起离开了。

从礼堂出来之后，蒋听听才想起来画展的事，“你朋友画展什么时候开幕？在哪个美术馆？”

“延期了。”

蒋听听丝毫没有怀疑，只是问道：“那我这两天干吗？”

“C市郊区有个斜雾山，听说有温泉，山脚下的虹鳟鱼也很有名，你带我去玩玩吧。”

“也行，那边有个新开发的度假村感觉还不错，我们把酒店退了，去住那边吧。”

倪景澈举双手表示赞同，离开这个伤心地，去个山清水秀的地方，就当是来度假好了。他们包了辆车，颠簸了一个多小时，终于抵达了传说中的斜雾度假村。

斜雾山之所以叫斜雾山，是因为它的主峰是斜的，而山顶常年有雾，所以就好像斜斜地插入雾中一般。度假村的接待员介绍道：“我们这里观景最好的是A区的顶级套房，只有一套，推开就是斜峰入雾，但是只有一个卧室，您是要住B区的标准间呢，还是要套房？”

倪景澈和蒋听听异口同声：“套房。”接待员一副“我懂了”的表情，带着他们往套房走去。这是一栋独立的二层木楼，楼下是卫生间、客厅、水吧，楼上是卧室，只有一张榻榻米，两张摇椅，四面全是绿翠环绕，景观绝好。

蒋听听扑到榻榻米上，望着眼前的美景感叹道：“还是有钱好啊，有钱能腐败啊，要是我，打死我也舍不得花两千多住一晚酒店。”

“那你刚刚要套房的时候斩钉截铁，合着你一早就打算让我出钱了啊？”蒋听听尴尬地笑了笑，随后说道：“你和马小白都没有工作，他好歹还每天晚上出来拉活挣点外快，你呢，就天天在家鬼混啥事不干还到处骄奢淫逸，你到底是靠什么活下来的？”

倪景澈一本正经地说：“我做微商。”蒋听听无语地看着他，突然又像想起了什么似的，在榻榻米上来回地翻滚。这一次，轮到倪景澈无语地看着她：“你在干什么？”

“你不是有洁癖嘛，应该不会睡我滚过的地方吧。”

“嗯，我不睡，你睡。本来你不滚，我也打算给你睡的。”

蒋听听被吓到了：“你怎么突然这么好心？”

“我感觉楼下比较好，宽敞明亮有电视，更重要的是，封闭性很好，就算靠近山边，也不会有什么蛇啊，虫啊，或者阿飘的爬进来。”蒋听听紧了紧被子，环顾四周：“楼上的封闭性也挺好的啊。”

“那可未必。你知道吗？古时候墓地都建在山上，虽然现在看不到有墓，但没准窗户正对面的那地方一百年前就是一个大户人家的墓穴。”倪景澈特意压抑着声音，阴森森地说，突然又不满地喊道：“反正你要睡就睡吧，我不跟你抢。你快点给我起来，说好要带我去吃虹鳟鱼，现在都几点了，再不去人家就下班了！”

蒋听听看着卧室四面观景的窗户，白色的纱帘随风飘舞，好像有什么东西下一刻就会随着风刮进来一样。她突然觉得背脊发凉，最后决定：“我还是睡楼下吧，您出钱您老大，卧室肯定是您的。”然后抓着背包疯跑下楼了。倪景澈在心里得意，每次一骗就中，这熊孩子真是太让人有成就感了。

在餐厅吃完晚饭，两人回到房间，看了一会儿电视，蒋听听就催倪景澈上楼睡觉，然后自己睡到了沙发上。半夜突然狂风大作，蒋听听被电闪雷鸣的声音吵醒，突然发现倪景澈从楼上跑下来了，一脸怨念地看着她："蒋听听你其实姓萧吧，你是萧敬腾他妹吧，怎么跟你去哪儿，哪儿就下雨。"

"你每次都跟在我一起，没准雨神是你呢，不要往我身上推。"倪景澈紧张地说："你说这屋子会倒吗？"蒋听听白他一眼，打了个哈欠："去年刚修好的度假村，怎么可能会倒。"

"可是现在有很多的豆腐渣工程……而且我们在山区，很容易遭受泥石流的……"倪景澈可怜巴巴地看着蒋听听，一副很没有安全感的样子。

"你说的这些建筑公司早就考虑过了，你就不要杞人忧天了。快回去睡觉。"

倪景澈坐到蒋听听脚边，一动不动。蒋听听面朝沙发靠背，听身后没有动静，以为他回去了，便又安心地睡了过去，没想到刚入睡，背上就遭遇了重击，她第一反应是难道被倪景澈这个乌鸦嘴说中，这个房子真倒了？

她"哎哟"一声，准备叫倪景澈赶紧逃命，回身一看，这厮正趴在她的背上呼呼大睡。

"倪大爷！你给我起来！"倪景澈睁开眼："怎么了？"

"你放着好好的卧室不睡！跟我挤沙发，这是闹哪样！"

"没闹哪样啊，我就是想着一楼离门口比较近，比较好逃生嘛。"

蒋听听疯了："你脑子是不是有问题？这么新的房子，地基这么结实，怎么可能会倒！你不去楼上睡，我要去了！"倪景澈脸上露出了笑脸："你快去吧。"

蒋听听楼梯上到一半，想起了倪景澈说的墓地啊、阿飘啊，还是跑了下来，气急败坏地说："你大爷的！倪大爷，说好了你睡卧室的，你还我沙发！"

"不要不要嘛，你让我留在客厅里好不好？"偶尔卖一次萌的倪景澈威力无敌，那副可怜兮兮的小孩子模样真的让她瞬间怒气全消，她叹了口气，坐在了沙发上："你为什么这么害怕房子倒？你有心理阴影？"

"我小时候看见过木楼倒塌。"

"上回我去离岛拿画的那个地方是你小时候的家？看上去很坚固啊，而且很有历史，不像是近些年倒过的样子。"

"不是那里。"蒋听听等了好一会，倪景澈也没有再开口，她的好奇心被吊起来，像是在油锅里煎熬一样，忍不住催道："你倒是说啊。"

倪景澈紧闭着嘴，似乎是最痛苦的回忆被触及了，不愿意再继续。蒋听听看他一脸痛苦的表情，便也识相地没有再问，头撑着胳膊昏昏入睡，倪景澈却又开口了。

"那样的房子，我们家一共有三套，从山顶到山脚，每隔两百米有一套。"蒋听听默默地在心里吐槽，你以为你们家是香山八大处么。

"这些房子都是我祖父盖的，他是一个留洋归来的建筑师，在那个战争年代，被曾祖父强迫带回老家避战，他才华无处施展，便每天登山，后来他发现了有三处隐蔽的地方适合盖房子，便劝说曾祖父，在那里盖好房子，如果战争真的打到了离岛，也可以在山上避祸，曾祖父便同意了。后来一直到战争结束，这三套房子也没有用上。很久之后，祖父老了，想归隐田园，便把山腰那一套修葺了一下，打算安度晚年。小时候我们一家人和祖父一起住，而我，则更喜欢山脚下背山而建的那间房子，因为那里靠着一个很大的湖，每次日出波光粼粼的景色都很美。可是那间房本来就是备选方案的最后一个，一开始建造的时候便没有很坚固，再加上在山脚下经常遭遇泥石流，便日渐飘摇。有一次妈妈和爸爸吵架，妈妈要走，爸爸追了出去，我也偷偷地跟了上去，到了山脚下的时候突然下起了大暴雨，我们便躲在了那间屋子里。没想到雨越下越大，越下越大……

“外面打着好大的雷，闪电把整片天空都照亮了，妈妈淋了雨有点发烧，便迷迷糊糊地睡了。直到爸爸发现门窗都在晃动，他赶紧喊醒妈妈，先把我抱了出去，又回去找妈妈……后来他抱着妈妈在门口摔了一跤，妈妈被弹了出来，而房子，也在那时候倒了……如果我没有偷偷跟着他们，如果爸爸只需要抱一个人出来，就不会出事……”

倪景澈说完这一段，默默地闭上了眼睛，蒋听听看见他喉结不停地翻动着，应该是在努力地抑制自己的情绪，便说：“这些都是意外，你不要太难过，也不要太自责，你也不想的。”

可是他没有办法不自责，他永远都记得刹那间山摇地动，破旧的房子像个魔鬼将父亲吞噬，顷刻之间，留在他眼前的，只有父亲露在外面的一截手指。后来父亲虽然救了回来，却从此只能坐在轮椅上。

从那时候起，他就恨透了母亲，恨透了自己。他更没有想到，父亲为了救母亲瘫痪，母亲竟然还能绝情地一走了之，他发誓这辈子都不会再认母亲，也不会再相信爱情，他开始像个孤儿一样活着，直至遇见了沈若颜……

这些伤疤藏在心里很久很久，连碰都不敢碰，如今突然说了出来，却像松了一口气一样。他笑着对蒋听听说："是啊，事情过去就过去了，后悔没有用，放不下也没有用，执念只会伤害自己。"

"没错，你能想得通就好。"

"那你呢，你什么时候才能想得通？"

蒋听听"啊"了一声，不明所以地看着倪景澈，仿佛在说"明明在说你的事，怎么突然就绕到我的头上了"。倪景澈提醒她，"贺向东。"

蒋听听苦笑，"我已经放下了。"

"骗自己只会让自己的执念更深。其实你今年刚刚二十六岁，年纪也不大，却拼了命地相亲恨嫁，你敢说和贺向东一点关系都没有？"

"我也不知道自己到底怎么了，明明刚开始的时候我并不喜欢他，可是等他离开之后，我却日夜牵挂，你说我是不是贱？他在身边的五年我不知道珍惜，却在他走之后的三年，做了无数个他会回来的美梦。更可笑的是，他居然告诉我，当年追我只是因为追不上景静知，所以才退而求其次。”蒋听听微微叹了口气，“两个并不相爱的人纠缠这么多年，我们俩也够奇葩的了吧，现在他已经追到他最初的目标，抽身而出，而我，却像摊烂泥一样瘫在地上，怎么也爬不起来了。”

“你不是烂泥，你很好。”

“那怎么我相亲这么长时间了，没有一个靠谱的？”

蒋听听亮晶晶的眼眸让倪景澈突然想起他寄养在宠物医院的那只兔子，充满着无辜和委屈，她们一定都在想同一个问题：到底是我做错了什么，才会被这个世界抛弃？

“蒋听听，你很好，你是我见过最好最好最好的女孩。”倪景澈发自肺腑：“你很善良，很勇敢，很专一……”鬼使神差，他居然脱口而出：“很漂亮。”

话一出口，他就想，他一定是同情心太泛滥，否则怎么会认为蒋听听漂亮呢？可是再次对上她亮晶晶的眼眸，他却发现，他是真的觉得她漂亮，在这风雨飘摇雷声轰鸣的夜，有一种朦胧而又伤感的美。蒋听听却很感动：“倪景澈，你真是好人，呜呜呜呜……”

“蒋听听，你真的不记得我了吗？”

“我又没失忆，当然记得你。你怎么会问这么奇怪的问题？”倪景澈却是想问除夕那夜的事，不过想了想，又说：“算了，没事。”

“抽的什么风……”蒋听听为难地嘟囔着，“沙发这么小，两个人要怎么睡嘛。”倪景澈突然想起了自己此行的目的，咬着牙问：“如果我敢突破自己的心结，去楼上睡觉，你敢放下贺向东吗？”

“干吗要打这样的赌？”

“为了你，也为了我自己。你敢不敢？”倪景澈目光灼灼，直入蒋听听的心底，她突然发现她控制不了自己的大脑，不由自主地点了点头。倪景澈朝她笑了笑，上楼之前摸了摸她的头：“蒋听听，不要形婚，有很多男人都很喜欢你，都很愿意跟你结婚。”

蒋听听像是被人点了穴，久久不能动弹。倪大爷怎么知道她动了形婚的念头？她总算后知后觉地发现，倪景澈这次并不是来C市看画展，而是为了带她散心，为了让她从贺向东的阴影里走出来。

她回想起这些日子，倪景澈总是默默地站在她身边，帮助她，保护她，帮她在贺向东面前长脸，为了不让她留宿贺贺，逼迫马小白做专车师傅，深夜将她和32姐从派出所领出来，为了阻止她动形婚的歪念头，带她来C市……

倪大爷对她这样的好，究竟是因为什么呢？他说很多很多男人都喜欢她，其中也包括他吗？蒋听听被自己这个念头吓到，赶紧捶着脑袋把这些念头赶出去——怎么可能！倪大爷一直拿她当小孩子，怎么会有这种想法！差着辈分呢！倪大爷肯定只是看她可怜才帮她的，倪大爷这种做好事不留名的高尚品德，她千万不能用乱七八糟的想法去玷污！

可是有些念头，既然起了，便不是想灭就能灭得了……蒋听听当时没有意识到，只是偷偷地爬上楼，躲在门口看倪景澈。倪景澈把窗户全都关上了，却也不敢睡，裹着被子坐在榻榻米上，眼睛不停地到处看着，警觉而又紧张。蒋听听看见他用力地握住双手，嘴里一直在念些什么。

也许是因为身处同样的环境，童年的回忆不断朝他席卷而来，父亲的惨叫，破屋倾倒之时摧枯拉朽的样子，父亲被救援人员从木材堆里抬出来的样子……他的脸色越来越苍白，全身抖得更加厉害。突然有个温暖的怀抱环住了他，他知道是蒋听听，没有睁眼，却变得很安心，渐渐地停止了颤抖，心情也慢慢平静了下来……

天亮之后，蒋听听被山间清脆的鸟语吵醒，发现自己睡在榻榻米上，倪景澈并不在。于是她下楼推开门，大大地伸了个懒腰，雨停之后的空气好得不像话，她深深地吸了一口气，闭着眼，整个人陶醉在山景里。

“吸口空气你就醉了啊？”蒋听听睁开眼，看见倪景澈拎着一只烤鸡回来了。她嘲笑他：“打雷下雨就不敢出门的倪景澈也会上山打猎？”

“餐厅说上山的路有一段坏了，食材没运上来，早餐就是这个，爱吃不吃。”

“路坏了？那我们怎么下山？”

“据说很快就能抢修好，度假村送了两张温泉馆的券，去泡个温泉，时间很快就过去了。”蒋听听想想有赔偿也不算坏，既来之，则安之，便和倪景澈你争我夺地撕咬完烤鸡，去找温泉。斜雾度假村的温泉都是仿日式露天的，温泉池紧贴悬崖而建，这样设计视野非常广阔，山川美景一览无余。

可能是因为太早，温泉馆里的人很少，蒋听听惬意地泡着温泉，突然听见窸窸窣窣的声音，睁眼一看，魂飞魄散。

倪景澈在男汤那边刚浸湿身体，就听见蒋听听在女汤放声尖叫，来不及多想，围起浴巾就冲了过去，然后就看见蒋听听，闭着眼睛甩着浴巾在驱赶一只不知道从哪冒出来的乌鸦。

那只乌鸦一脸“我怎么招惹你了”的表情，站在蒋听听浴巾风暴圈的边沿外一点点，淡定地看着她发疯。

倪景澈无语，帮忙驱赶走了这只不速之客，蒋听听没听见动静了，从水里站起来睁开眼，正好和刚赶走乌鸦回过身来的倪景澈双目对视。

蒋听听呆了一会儿，又是放声尖叫，然后整个人钻进了水里：“你怎么过来了？这里是女宾部！”

倪景澈郁闷地说：“喊什么喊，待会再招个男人过来。”

蒋听听不管不顾，接着喊：“你给我出去，快出去。”

“你当我愿意看你那一身肥肉。”倪景澈傲娇地往出走，耳根却红透了。

“你把话说清楚！老娘身材这么好！哪来的肥肉！”蒋听听整个人缩在水里，用力地往倪景澈身上泼水。

倪景澈为了躲她，特意绕向了另一侧的路，结果因为分心，刚走了两步就踩到了自己的浴巾，然后整个人光溜溜地“扑通”进了温泉池。

蒋听听又是一声尖叫，响彻云霄。这一次终于把温泉馆的工作人员招来了，可是当她们看到温泉池只有一男一女两个人时，通通红了脸背过身去：“先生，小姐，我们这里是不允许那个的，请你们出去。”

“谁那个了！我不认识这男的，他是进来偷窥女宾泡汤的！你们把他抓出去！快！”

“小姐，您昨天跟这位先生一起住的顶级套房，现在又说不认识恐怕不太合适吧。你们还是快点出来吧，我们会在外面拦住宾客，麻烦两位快点。”

工作人员走了之后，蒋听听就冲着倪景澈喊：“都怪你！”倪景澈不悦地扫她一眼：“嚎什么！还嫌不够丢脸吗！我发现跟你蒋听听打交道还真是必须时时奉行不拖不欠的原则啊，我不就不小心看了一眼你的肉身吗？你至于非要看回来吗？”

“你当我稀罕看你！”

“不稀罕你泼我水干吗？”倪景澈淡淡地说：“我现在要起来了，你愿意看的话尽管看个够。”

蒋听听慌忙捂上双眼，等倪景澈走之后，她才裹着浴巾冲了出去。回到房间就接到前台的电话，通知路已经修好，他们可以下山了。在下山的车上，倪景澈忍不住好奇，问蒋听听：“你居然会怕乌鸦？它又没有攻击性，你怕它干什么？”

“我最怕天上飞的动物。”

“为什么？”

“没有为什么。”

“那我去问景静知了。”倪景澈拿出手机，佯装要给景静知发微信。蒋听听忙说：“我小时候有段时间很邪门，出门头上就掉鸟屎，后来我妈找大师给我算了一卦，大师说我跟鸟犯冲，帮我解了劫之后，让我能躲就躲着这些飞禽，久而久之，看见它们我就很害怕。”

倪景澈笑得前仰后翻：“按照你的性格，你不是应该很大声地说‘我偏不’吗？头上掉鸟屎你就妥协了？”蒋听听真想现在就抓一只鸟来在他头上拉屎，可是她又很怕鸟，便想起了宠物医院那只兔子：“回去我就把白傻子接回来，让你尝尝头上掉屎的滋味！”

倪景澈突然很严肃地说：“你别打白傻子的主意。”想了想又加了一句：“还有，以后别叫它白傻子，难听死了。”

“难听吗？我觉得很可爱啊。”

倪景澈白她一眼：“那我以后都叫你蒋傻子好吗？”蒋听听嬉皮笑脸地说：“我没有白傻子那么萌，所以承受不起这么萌的名字。”

倪景澈对她彻底无语，看向了窗外，心想这一趟还算是有收获，但愿蒋听听真的能像她答应的那样，放下执念，重新开始。而蒋听听对于倪景澈，心里则有了一种莫名其妙的依赖，像是小鸟入了山，就再也不想出来的感觉。可是她自己并没有意识到，只是单纯地以为自己和倪景澈像是高中时候的小女生，交换了心事之后，关系更亲近了而已。

车子顺着山路蜿蜒而下，暴雨洗涤过的层峦叠嶂愈发青翠欲滴，空气干净得不像话。蒋听听深呼吸，忽然觉得，她的心也像被大雨洗涤过一样，那些缠绕她许久的焦虑和烦闷顺着那些雨水被冲走了，她已经是个全新的自己。

第八章

不可能喜欢你

自从蒋听听和倪景澈一起从C市回来后，32姐就觉得她有点奇怪，打牌的时候不对倪景澈赶尽杀绝，有时候还喂牌，也不跟他们一起在背后说倪景澈的坏话，去倪景澈家唱歌的频率也更高了……

种种迹象让32姐很是怀疑，某天中午吃饭的时候她终于问了出来，“你和倪大爷在C市是不是生米煮成熟饭了？”

“胡说八道啥呢，我跟他差着辈分呢。”蒋听听笑嘻嘻的，突然觉得有点热，拿起扇子扇着风：“这家餐厅太抠了，都三十多度了也不开空调。”

“不要转移话题！我问你答！”32姐直视蒋听听的眼睛，“你们是不是住同一间房？”

“第一晚上没有，第二天晚上是，不过……”

“你们是不是赤诚相见了？”

“是，不过……”

“别解释了，都是成年人，男欢女爱是很正常的，你家倪大爷要财有财，要貌有貌，对待感情好像也蛮认真，你就不要矫情了，从了吧。”

“我跟他之间什么都没有发生！”

32姐故意逗她：“哟哟哟，瞧你这气急败坏的样子，难道是因为赤诚相见却什么都没有发生，所以恼羞成怒？”

“我再郑重声明一次，我跟他之间就是普通朋友，他拿我当不懂事的小女孩，我拿他当靠谱的大爷，就这样。”

“你以前可不会在大爷前面加靠谱二字，还不承认你对你家倪大爷动心了！”

“袁萱！你再说，我可要生气了！”

32姐看蒋听听瞪圆着眼睛气鼓鼓的样子，只好作罢，不再逼问：“吃菜吃菜。”心里却在想，相信你？老娘就白赶这么多趟相亲的场子了！快下班的时候，马小白提着咖啡和三明治过来了。

蒋听听习以为常：“你又来送马小蔚上学？”

“对啊，我姐加班。”

“真希望你姐天天加班，我就能天天吃上免费晚餐了。”

“反正都要等小蔚下课，有你陪我吃饭，我还没那么无聊。”两人并肩走向茶水间，路上有熟悉的同事打招呼，总是露出一副意味深长的面孔。蒋听听不以为意，马小白却若有所思。

“Nono，怎么最近不见你相亲了？”自从C市回来后，蒋听听的心态就放平了，结婚恋爱这种事强求不来，与其像只黑屋里的耗子四处撞墙，倒不如随遇而安。至于贺向东，他大爷的，她凭什么要因为他扭曲自己的人生进程？蒋听听咬着吸管，歪着头冲马小白说：“你猜？”

“你是不是已经有喜欢的人了？”

“你想哪去了！我只是最近想通了，单身蛮好，干吗非要把自己嫁出去。”身负男闺蜜光荣重任的马小白鼓起勇气说：“你觉不觉得倪倪其实就蛮适合你的？你看你每次作妖的时候，都只有他能制住你，他每次傲娇的时候，也只有你能破他的无敌盾。”

蒋听听想说今天这是怎么了，为什么一个两个都跑来撮合她和倪景澈，她放下咖啡，很认真地说：“你以后还想不想愉快地打麻将了？”

“这跟打麻将有什么关系？”

“这个嘛……我不喜欢倪大爷，倪大爷也不喜欢我，我们俩不可能在一起，如果你想撮合我们，只会让我们尴尬，以后我们也就不能共同出席麻将夜宴了，于是我们将陷入三缺一的死循环。”

“也许你们发现彼此很合适，就愉快地在一起了呢？”

“不可能！你该不会跟32姐串通好了吧，你们是不是想让我以后都不跟倪大爷玩了？”

“没有的事！”马小白干笑，指指桌上的食物：“吃三明治，给你买的虾仁培根的，可好吃了。”蒋听听狠狠地咬下一大口三明治，依旧瞪着马小白。

马小白被她瞪得浑身不自在，幸好电话响了，他如蒙大赦地接起来：“什么？我现在有事，过不去啊。”蒋听听朝他示意，表示自己可以帮他接马小蔚。

这也不是蒋听听第一次帮马小白接马小蔚，所以马小白便对电话那头说：“行，你们等着我，我马上就过来。”马小白挂了电话，有些歉意地对蒋听听说：“真不好意思啊，我有套房子的租客闹事，我得去看看。”蒋听听咋舌：“你除了开黑车，还做二房东啊？”马小白先是愣了一下，随后“嘿嘿”地笑：“生活所迫嘛。”

蒋听听吃完了三明治，看时间还早，便回到工位处理工作，一忙就忙到了八点。看时间差不多了，便往教学区走，没想到走到马小蔚的教室，里面已经空无一人，给老师打电话才知道，老师家里出了点急事，半小时之前已经放学了。

蒋听听忙给马小白打电话："马小蔚手机号是多少？"

"她老拿手机玩游戏，她妈妈把她手机没收了，怎么了？"

"今天老师提前下课，我没有接到她。"

"别着急，这孩子机灵得很，也许是自己坐公交车回家了。我给我姐打电话，你等我消息。"

蒋听听握着手机，如坐针毡，一分钟不到，马小白的电话就打过来了。

"Nono，我姐说小蔚没回家。"蒋听听从座位上腾地坐起，来回踱着步子："怎么办怎么办，她才十岁呢，没有回家，不在学校，能去哪儿？"

马小白虽然也着急，但还算有理智："你先别慌，在公司附近找找，我现在开车从她家往学校沿路找，说不定她在路上。"

"好，我立刻去找。"

蒋听听跑下楼，在公司附近的便利店、游戏厅、商场游乐区寻找着马小蔚的身影，可是一无所获。她越来越着急，在楼下拿着马小蔚的照片一个一个地问过路行人，直到马小白的车停在了她面前。她急切地迎上去，"找到了吗？"马小白摇摇头，手机又响了："是我姐的电话。"他走去一边接电话。

蒋听听沮丧地坐在了马路牙子上，心里慌乱不已。她实在很担心马小蔚会出事，她很自责，她自告奋勇地要帮马小白接马小蔚，却没有负好责任。倪景澈从另一侧下车，看着她和马小白六神无主的样子便说："报警吧。"马小白挂了电话走过来："我姐已经去警局了，但是警察说孩子失踪还不到二十四小时，现在不能立案。”

倪景澈想了想，便说：“Nono，你有马小蔚她们班同学的电话吗？”蒋听听醍醐灌顶：“有，我电脑里就有全班同学的电话，我现在上楼去找。”

“好，我陪你上楼打电话。”倪景澈冷静地分派任务，“马小白，你去附近的地铁站和公交车站看看，问问车站旁边的报刊亭有没有见过马小蔚。”马小白应声而起，倪景澈追上已经跑到电梯旁边的蒋听听。

进了电梯之后，门合上，蒋听听一动不动，倪景澈不知道她办公室的楼层，所以戳了戳她，指了指按键盘。蒋听听早已灵魂出窍，根本没领会倪景澈的意思，看见门又打开，目光呆滞地问：“电梯坏了吗？”倪景澈忍无可忍：“几楼？”

“16楼。”她吐了一口气，打了打自己的脸，“精神点精神点。”已经晚上九点，公司里的人都下班了，整个办公区安静得可怕。蒋听听把马小蔚同班同学的家长联系方式都打印了出来，然后和倪景澈开始挨个打电话。

“您好，我是新起点学校的老师，请问一下您家孩子到家了吗？”

“能不能问一下她有没有看见马小蔚？”

“麻烦了，谢谢。”

就这三句话，蒋听听说了十几遍，口干舌燥，她打完所有电话之后，依然一无所获。倪景澈也朝她摊了摊手。蒋听听双手撑在桌子上，头发散落下来遮住她的脸，时间一分一秒地流逝，她突然抬起头，焦躁地说："这孩子到底能去哪呢？会不会被人贩子拐卖了？"

倪景澈一边思考，一边安慰她："你别自己吓自己，她都十岁了，哪有人贩子会拐卖她。"蒋听听想到了更不好的可能，越发恐惧："难道是出什么事了？你快看看新闻里面有没有关于车祸的快讯？"倪景澈打开手机："你先不要什么事情都往坏处想，没准她是去哪个游乐场玩了呢。"

"不可能！这附近小孩爱去的地方我都找过了！根本没有！"蒋听听真的忍受不了这种煎熬，快哭了："要是出了事怎么办？都是我不好，我应该守在教室外面的。"

倪景澈思路清晰："你不要什么事情都往自己身上揽，这件事的最大责任人是她们老师，居然没有通知家长接人就提前放学。"

蒋听听陷在深深的自责里，完全听不进去倪景澈的分析，只是一个劲地懊恼："我真恨我自己，如果马小蔚真的出什么事，我这辈子都不会原谅我自己。"

突然，桌上的电话响了，倪景澈伸手去接："你说你家孩子看见马小蔚去了电影院……好的，谢谢你。"蒋听听喜出望外，"最近好几部儿童片上映，我怎么没想到电影院呢？电影院就在对面商场的顶层。"

"我们过去找找看。"倪景澈给马小白也发了短信，马小白走的公交车站有点远，所以一时跑不回来，让他们俩先去。蒋听听和倪景澈跑到电影院，保安却说什么也不愿意借影院的广播给他们用。

“我们影城十几个厅，我不能因为你们两个人影响几千人的观影体验。”倪景澈问：“那能调一下你们入口处7:30—8:00的监控录像看看吗？”

“对不起，我们影城的监控录像不对外人开放。如果你们确认孩子进了影城，请在出口处等。”

“一场电影两个小时，你就让我们在这傻等？万一她在进去看电影之前被坏人拐带了呢？两个小时都可以出省了！”倪景澈真的很想爆粗口，但是被蒋听听拉住了。

蒋听听朝保安鞠了一躬：“我求求你了，就让我们广播一下，也就一两分钟的事，我相信观众们都能理解。”

“小姐，我能理解你的心情，但也请配合我的工作。”保安一副公事公办的口吻，“再不然，你们让警察来查。”

倪景澈冷笑，看了事不关已漠不关心的保安一眼，把蒋听听拽了出来：“我去找影城的总闸，你先买票混进去。电源切断之后，应急照明肯定都会全部点亮，你以最快的速度找完所有厅。”蒋听听迟疑：“这样行吗？”

“有什么不行？被抓住就说我不是故意的，他们能拿我怎么样？”倪景澈傲娇地说：“再说了，以我的速度和智商，他们抓不到我的。”

蒋听听被他说服了，进放映区之后，灯就灭了，电影院一片嘈杂。十几秒之后，灯又亮了，她迅速冲进了放映厅，一边大声喊马小蔚的名字，一边快速地一排一排搜寻。

找了一个又一个放映厅，都没有看见马小蔚，电影屏幕开始亮了起来，电源也接通了。蒋听听从最后一个放映厅出来的时候，忽然就被人牵住了手，拖着往前跑去。

倪景澈边跑边回头看，“那个保安还真不是蠢货，居然派了人去总闸那里堵我，我坚持了半分钟实在没法再坚持了……”蒋听听也回头看：“你在三个保安的夹击下，还把电源关掉了半分钟？”

“不要聊天了，快跑。”蒋听听看见倪景澈的脖子上有被人勒过的痕迹，T恤的袖子也被扯开了，头发更是前所未有地乱，这是他们认识以来他最狼狈的一次。蒋听听忽然笑了，在被数名保安追赶，跑得踉踉跄跄的时候，她居然笑了。倪景澈像看怪物一样看她：“你还笑得出来？”

“倪景澈，谢谢你。”倪景澈愣了一下，迅速回道：“马小蔚又没找到，你谢什么谢。快点跑，跑出这个商场就没事了。”一听马小蔚，蒋听听的心又揪了起来，赶紧整理好情绪，专心逃命。

他们冲进电梯，赶在保安追到之前关上了电梯门，两人长长地吐了一口气。正好马小白的电话打了过来。

“我姐刚刚打电话来了，小蔚到家了，她跑去小区隔壁的钢琴专卖店玩琴，玩到现在才回去，现在被我姐打得在家号呢，我不跟你们说了，我得去拦着我姐，不然她真能打死马小蔚。”

倪景澈恨恨地说：“熊孩子就该打！”蒋听听在旁边听见马小蔚回家了，心里的石头总算放了下来，激动地抱住倪景澈，嘴里念叨着：“太好了，太好了。”倪景澈的脸越来越红，越来越红……他想，一定是因为蒋听听勾住了他的脖子，害得他呼吸不畅的缘故。

“叮咚”一声，电梯门开了，他们以为就此脱险了，结果四个保安凶猛地冲了进来。影城的保安看见他们进电梯之后就通过对讲机联系了一楼巡逻的保安，他们被逮了个正着。

一楼的保安都没让他们出电梯，直接摁了关门键，电梯又回到顶层，他们被交给了影城的保安队长。保安队长盯着他们俩看：“你们知道断电之后黑漆漆的环境有多容易出意外吗？如果出了什么事，你们担待得起吗？”倪景澈斜了他一眼，“哼”了一声：“那也是某些人先不让我用广播系统才造成的。”

“哎，怎么到了这个时候你们还这么横，这事我要是报警，你们就是危害公共安全罪知道吗？”蒋听听自从知道马小蔚安全了以后，整个人无所顾忌，又恢复了熊孩子特性：“吓唬谁呢！你当我们是被吓大的吗！你报警啊！谁不报警谁孙子！”

“咳咳……”倪景澈拉住她，背着保安队长，从喉咙里挤出声音，“真的有这条罪，而且破坏电力设备确实属于危害公共安全范畴。”

“你怎么不早说！”蒋听听懊恼地直想打自己嘴巴，看保安队长一副喷火的模样，赶紧谄媚地说：“我错了，您大人不记小人过，放过我们好吗？”

“可是你说‘谁不报警谁孙子’，我不想当孙子。”保安队长拿起电话，在手里转着。

“我那是口误，口误。”蒋听听嘟起嘴卖萌：“保安大哥你人最好了，你肯定不会让警察叔叔来抓人家的。”说完还抛了个媚眼，眨眼的频率堪比扑火的飞蛾。

“呕……呕……”办公室里同时发出两个人的呕吐声，倪景澈受不了地说：“蒋听听，你老实点，再作妖我都要报警了。”

保安大哥呕完之后擦了擦嘴：“妹子，看在你这么难为自己跟我求情的份儿上，我可以不报警，不过……”蒋听听一听有希望，赶紧凑过去：“不过什么？”

“不过你们得答应我一个要求。”

蒋听听雄赳赳气昂昂：“赴汤蹈火，在所不辞。”

“我老婆是影城的保洁组长，她今天过生日，想请全组人唱K，你们今天帮她们值下班。”

“你这是以权谋私啊。”

“这么看来你还是更希望我公事公办了？”保安大哥又拿起电话，“我还是报警吧。”

蒋听听立刻尿了：“还是大嫂的生日要紧，保洁工作交给我们吧，您放心，我们一定完成任务。”

于是，保安大哥压了他俩的身份证，把他们带到了保洁组，由保洁大嫂进行了一下简单的岗前培训，又领了两套工作服，开始了苦逼的保洁工作。

保安大哥临走还霸气而又邪魅地指了指监控摄像头，蒋听听明白他的意思——“关电闸的监控录影带还在我手里呢，别想偷溜”。

蒋听听送走保安大哥，就站在更衣室门外喊：“倪大爷，你到底换好衣服没有，你这么慢，我们什么时候才能打扫完所有放映厅下班啊。”倪景澈没有回答她。蒋听听不耐烦了：“你再不出来我可进去了啊。”门锁“咔哒”一声，倪景澈别扭地出来了。

蒋听听看到他的那瞬间才明白为什么他宁可憋在小黑屋也不愿意出来了。因为保洁组之前没有男人，所以保洁大嫂给倪景澈的这套是最胖女人那件，虽然宽度够了，但是长度远远不够，这套土黄色的保洁服穿在他身上，简直就跟钢铁侠穿了件葫芦娃的坎肩一样，违和感直破天际。

蒋听听忍了好久，才没有笑出来，她怕她笑了之后倪景澈会翻脸，会拒绝劳动，然后这十几个厅就要她一个人打扫。她努力做出平常的样子：“走吧，先去1号厅，那边刚散场。”

“我这样真的没问题？”

“我穿的跟你一样啊，有什么问题。”蒋听听递了个口罩给倪景澈：“戴上这个，反正也没人知道你是谁，就别计较帅不帅啦。快点打扫完快点回家。”倪景澈闷闷不乐地推着保洁车跟在蒋听听后面，收拾满地的爆米花、可乐杯。

收拾了十个厅之后，还剩最后一个厅，那个厅的电影还有半小时才能放映完，所以他们俩坐在隔壁的放映厅等着。蒋听听四仰八叉地躺在第一排的座椅上，乱蹬着两条腿：“好无聊啊，好无聊。”

“叫32姐和马小白来这打麻将？”

蒋听听来劲了：“好啊好啊。”

倪景澈白她一眼：“然后那保安再用聚众赌博的罪威胁咱们再做一天保洁。”

“那我们干吗啊？就这样傻等吗？”

倪景澈不理她，淡定地说：“我睡会儿，电影散场了你叫我。”

蒋听听拿出手机，对着睡觉的倪景澈就是一阵“咔嚓”。

倪景澈猛地睁眼：“照片给我删了！”

“你陪我玩，我就删！”

“这么大的地方就我们两个人，有什么可玩的，安安静静睡个觉不好吗？”

“我们玩猜拳啊。”蒋听听特别的精神抖擞，“石头剪刀布，赢的人打输的人手一下。”

倪景澈超级无语：“你都多大了，玩这些小学生的游戏，无不无聊啊！”

“你要是不陪我玩，等你睡着我就把照片发给32姐和马小白。”穿着保洁服的倪景澈实在太滑稽了，她一早就想和姐妹们分享了。

“行行行，陪你玩。”倪景澈反正也睡不成了，不想失丑于人前，打算破罐子破摔。

第一局蒋听听出布，倪景澈出剪刀，倪景澈赢了，他毫不留情地狠狠拍了蒋听听一下，“啪嗒”一声，在空旷的放映厅里格外响亮。

“哎哟！”蒋听听疼得龇牙咧嘴，“你玩真的啊，你懂不懂什么叫怜香惜玉啊？”

“你懂不懂什么叫游戏精神啊？”

蒋听听斗志被激发，恶狠狠地说：“再来再来！”

第二局依旧是倪景澈的剪刀赢了蒋听听的布，蒋听听闭着眼睛伸出手，又挨了响亮的“啪嗒”一下。她疼得哇哇叫，把手缩回来吹了吹，又继续，结果还是输了。

蒋听听连挨了六下，左右手都变得红通通之后，终于转运了，用拳头赢了倪景澈的剪刀。

她翻身奴隶做主人，嘚瑟地甩着手臂：“倪大爷你大爷的，老娘让你尝尝我旋风无敌黯然销魂掌的厉害！”

报仇雪恨的进程刚到一半，蒋听听的手还在空中，灯突然灭了，整个放映厅陷入了一片黑暗，她的手已经刹不住车往下劈去，触及倪景澈手指的瞬间却被他一把反握。他的手掌很是宽大，轻轻松松就包裹住了她的手。

倪景澈的温度随着两手连接处传了过来，蒋听听感觉到自己的体温瞬间飙高，想把手抽出来，却被倪景澈紧紧握住。

什么……个……情况……奇妙的是，她很喜欢这种感觉，像是生命有了新的热度，心口某一处正在打开，很想跟着这种感觉继续走下去，看看打开之后的新世界会是什么样子。而让她想要打开的新世界，追本溯源，却由倪景澈引导和主宰。蒋听听突然惊觉，她……该不会真的喜欢上倪大爷了吧？

不可能！不可能！！不可能！！！她摇着头，逼迫自己的声音尽量淡定：“你握我手干吗？”

“因为我想睡一会儿。”原来是怕自己捣乱影响他睡觉，蒋听听心里的失望铺天席地，突然灯就亮了，一个工作人员探头进来抱歉地说：“不好意思啊，我不知道这个厅还有人。”

倪景澈的手立刻松开了，蒋听听觉得她的心已经不仅仅沉入谷底，简直快要嵌进地壳里了。她发现，她好像，真的，已经无法控制自己的情绪了。

很快隔壁放映厅也散场了，他们打扫好之后，把工具什么的放回清洁房，换了衣服给保安队长打电话，保安队长很快便把身份证给他们送了回来。回家的车上，蒋听听一直没有说话，她觉得很沮丧，她回想着和倪景澈从认识到现在的点点滴滴，很想分析出自己什么时候开始喜欢倪大爷，又是为什么喜欢倪大爷。可是脑袋很乱，什么都想不出来。她偷偷地看倪景澈，倪景澈只是闭着眼，一副很疲倦的样子，脖子上的勒痕已经肿了起来。

“要不要擦点药？”

倪景澈睁开眼看她，蒋听听指了指他的脖子，他伸手摸了摸，眉头微微皱了一下，嘴上却说：“没事，不用了。”

“我家有医药箱，等会儿你先去我家。”

“真不用擦药，过两天就好了。”

倪景澈是真的只想睡觉，不想再折腾了。蒋听听固执地说：“你是为了帮我才受伤，我不能不管你。”倪景澈以为她在内疚，想要减轻她的心理负担，便说：“马小白也是我朋友，有什么帮不帮的。”没想到蒋听听却突然发火了：“爱擦不擦，你死了也不关我的事。”

倪景澈觉得莫名其妙，想要问她怎么了，正好到家了，蒋听听拉开车门气冲冲地走了出去，越走越快，只留给他一个越来越小的背影。

蒋听听边走边哭，她以为倪景澈跑去关电闸、积极找马小蔚是为了帮她，结果是她自作多情，他根本就是为了帮马小白。蒋听听啊蒋听听，你就是个蠢货。回去好好睡一觉，把这些乱七八糟的感觉通通扔掉，明天早上起来，变回那个没心没肺的熊孩子。

倪景澈回到家，马小白的电话就打了过来："你爸到家了吗？"

"我收到他短信了，他到家了。"

"都怪我不好，害你没能送叔叔回家。"

"没事儿，咱俩什么关系，说这话多没意思。我要睡了，挂了。"

马小白晚上去出租房那里处理完事情后，就被倪景澈喊过去送他爸爸，倪爸爸每次来A市体检都是马小白负责接送。结果马小白刚把他爸爸从医院接出来，就接到了蒋听听说马小蔚失踪了的电话。

倪景澈本来不以为意，后来听到蒋听听第二个电话明显带着哭腔的声音重复着"怎么办"，就突然鬼使神差地对马小白说："我帮你去找马小蔚。"

"那叔叔呢？"

"我叫辆车，让我姑姑在离岛接他。"

不等马小白拒绝，倪景澈就火速叫了辆出租车，然后跟他爸说有很重要的事情要做，他爸表示理解，就这样，倪景澈跟着马小白去了蒋听听公司楼下。

很久很久没有人能让他如此在意，在意到紧张，紧张到反常。他想，也许是他做监护人做上瘾了。仅此而已吧。

第九章

试着勇敢

从马小蔚失踪事件之后，蒋听听就开始刻意躲着倪景澈。嗅觉敏锐的32姐很快又发现了异常。吃饭的时候，32姐揪着蒋听听问："你跟你家倪大爷吵架了？"

"没有啊。"

蒋听听三缄其口，32姐便脑洞大开："该不会是马小白和倪景澈同时追你，你现在不知道选谁好，所以索性两个都不理吧？"蒋听听无语地朝她翻了个白眼："还能更离谱点吗？"

"马小白如果不是要追你，怎么会天天来接送侄女，他闲得慌啊？"

"你脑子是不是坏掉了？"蒋听听用筷子狠狠敲了一下32姐的头，"前几天你说我和倪景澈勾勾搭搭有暧昧，今天你又说马小白在追我，在你眼里我就那么朝三暮四吗！"

32姐疼得龇牙咧嘴，摸了摸头："不过说真的，马小白和倪景澈两人都还挺不错，硬件达标，性格也都挺好的。"

"倪景澈的性格算好？"

"虽说傲娇了些，但也不失为一个正直、善良、忠贞、爱国、侠肝义胆的好青年。"

"越说越不靠谱。"

32姐语重心长，一副"你怎么就不理解我的苦心"的表情："我是说真的，眼看就要六一了，到了六月今年可就过去了一半了，你自己好好想想，就你这磨磨唧唧的速度，什么时候才能找到男朋友，什么时候才能结婚，这么好的近水楼台，你都不踮起脚捞一下月亮，你就真是无可救药了。"

蒋听听夹了一块鱼肉，故意低下头，细细地挑刺：“反正我对他俩没感觉，你也别乱说话，回头闹得尴尬，连朋友都做不成。”

“真的……没感觉吗？”

蒋听听的筷子停了一停，但还是很坚定地说：“说了没感觉就是没感觉，你再废话，我把这些鱼刺全扎你脸上！”有感觉又能怎么样？倪景澈根本就是拿她当小朋友。

“那你接下来打算怎么办啊？你现在又不跟我去相亲，又不上相亲网站，你总不能指望哪天天上掉一个男人给你吧？”

“本来缘分就是天注定嘛。”

“你跟你家大爷真没事？”

蒋听听点了点头，表示没事。

“那公司的六一联欢会，你把他和马小白叫上吧，我们四个人合唱个《让我们荡起双桨》。”

蒋听听还没张口拒绝，32姐就指着她威胁道：“如果你敢说不，就说明你心里有鬼。”蒋听听只好把拒绝的话生生吞了下去。

“有了马小白和倪景澈那两张秒杀全公司雄性动物的脸，投票第一的节目一定是我们，那两张公主号游轮的旅行券，老娘志在必得。”

蒋听听敷衍地跟着32姐举了举手：“必得。”心里愁的却是怎么跟倪景澈说节目的事，她已经很久没有和倪景澈说话了。

回到家，蒋听听站在602门口，举起手又放下，重复了N遍，终于还是没有勇气，拖着脚步上了天台。天台上还有他们上次打牌没吃完的零食，她坐在椅子上，随便拆了袋薯片，食之无味地嚼了起来。

她想起过生日那晚，倪景澈举着两个打火机给她唱生日歌，哄她冰激凌就是蛋糕，不自觉就笑了出来。倪景澈对她真的很好，好到早已超越一般朋友，可是她在他的心里，恐怕只是一个没有长大的孩子吧。倪景澈会喜欢什么样的女生呢？应该是听话的、温婉的，笑起来会让全世界都变得柔软的那种吧……

可是她呢？粗暴、固执、野蛮、不会笑、不会撒娇，只会撒泼打闹。倪景澈瞎了眼也不会看上她吧。呵呵，世上本无事，庸人自扰之。

蒋听听想把杂念全都清空，于是躺在了长椅上，出神地看着天空，忽然眼前就出现了倪景澈的脸。

“走开！”她以为这是她的幻觉，伸手去挥，却结结实实一巴掌打在倪景澈的脸上。倪景澈莫名其妙挨了一巴掌，怒火难消，当时就把她从椅子上踢了下去，居高临下地说：“蒋听听，你真是三天不打上房揭瓦，反了天了你。”蒋听听从地上爬起来，揉了揉屁股：“我又不是故意的。”

“也就是你无意识的时候就想打我？”倪景澈气结，“我到底怎么招惹你了？这几天你看见我就跑，一不小心在天台撞见你，见我就打！”

蒋听听结结巴巴地找了个理由：“谁让你那天在电影院打我打得那么狠！”

“就那点事你记恨到现在？”

“此仇不报非君子！”

倪景澈好笑地伸出手去："我让你打回来，行了吧？"

"我偏不，我力气没你大，皮没你厚，我打你，我更疼，不划算。"

倪景澈伸手摸了摸蒋听听的脑袋："哟，这小脑袋瓜子什么时候开的窍，变得这么聪明，我怎么不知道？"

"你好烦啊！"蒋听听嫌弃地打开他的手，"想让我原谅你也可以，你陪我在我们公司六一联欢会上表演节目。"

"行，就当是陪我们家熊孩子过节了。"蒋听听瞪眼，没想到倪大爷这么容易就答应了，她以为她要磨很久呢，这货今天心情怎么这么好？这面带桃花如沐春风的样子……该不会是有女朋友了吧？

蒋听听摇摇头，告诫自己不许胡思乱想，倪大爷就算有女朋友也跟自己没有关系，反正她只要跟他维持一个大爷和熊孩子的关系就够了。

倪景澈被搞定之后，马小白更是没有丝毫难度地被拉入了表演队伍，四人便趁着最后的一周铆足了劲儿在倪景澈家里练歌。唱得声嘶力竭之后，马小白突然说："你们觉不觉得我们光唱歌太单调了？"蒋听听问："那你想怎么弄？"

"可以边唱边跳啊。"32姐瞪他一眼，"能不能别给我增加难度，光背歌词就已经够考验我这老年人的记忆力了，你还要让我记舞蹈动作，不如杀了我吧。"

"你们不是想得第一吗，我这可是为了你们着想，只唱歌舞台会空，不好看。"32姐想到奖品，即刻屈服："那就试试吧，别整太复杂的动作。”

半小时之后，马小白就设计出了一套舞蹈动作，其实也很简单，基本就是随着歌词摆动、走动、转动，偶尔有几个跳跃性的动作也是马小白和倪景澈的动作，但是男女舞伴之间接触倒真不少——牵手、转圈、拥抱、贴面……

马小白先拽着32姐演示了一遍，然后让倪景澈和蒋听听也跟上。当倪景澈朝她伸出手之后，蒋听听真真正正开始后悔了，早知道就不该答应32姐准备这个荒谬的节目。可是这个时候退出只能显示她心中有鬼，再困难也只有硬着头皮上了，就当是为艺术献身好了。

蒋听听眼一闭心一横，就抓住了倪景澈的手。明明是《让我们荡起双桨》的背景音乐，蒋听听的心里却在唱另一首歌：“旋转、跳跃，我闭着眼……”

跟倪景澈如此亲密接触，对于她真是一种折磨，每次倪景澈一碰到她的身体，她感觉整个人都动不了，倪景澈也应该感觉到了她的僵硬，所以尽量将触碰停留在最浅的阶段。一遍跳下来，蒋听听腰酸背痛，累得不行。

32姐却跳出了感觉，喜上眉梢：“我觉得跳舞这想法不错，马小白最后还能来一段solo，大大提升我们的获胜率。”蒋听听真想说，你那么想要邮轮券，不如我给你买好了。想了想，还是没有开口，虚脱地靠在沙发上。

倪景澈却说：“要不跳舞还是算了吧，Nono没这方面的天赋，你们刚刚没看到她有多僵硬，上台肯定减分。”

“谁说我不行！”蒋听听就是受不得激将法，立刻嗷嗷叫：“明明是你自己不会跳，还赖我！要不换舞伴吧？马小白，我跟你跳。”

马小白一直以来就想撮合倪景澈和蒋听听，这么好的机会当然不会错过，他果断摇摇头：“你跳得太烂了，我才不要。”

倪景澈幸灾乐祸：“Nono，听话，咱们好好唱歌。”

“我偏不！我就要跳舞！”蒋听听说完，恨不得咬掉自己的舌头。这是第几次被自己坑了？她怎么就是学不乖呢？

马小白和32姐轮流走过来，拍了拍她的肩膀：“Nono，好样的，加油，我们支持你。”倪景澈倚靠在沙发上，用挑衅的眼神看着蒋听听：“要不要继续？”

“继续就继续！”蒋听听把脑海中关于倪景澈所有最丑恶的一面全都调动起来，循环播放。倪景澈看到她眼睛中毫不掩饰的憎恶和仇恨，很是受伤：“我说，我是在帮你好不好，你不要搞得这么苦大仇深的样子。”蒋听听瞪他：“要你管！”

事实证明熟能生巧这个成语真是一点儿也没说错，尽管蒋听听对于这个舞蹈没有付出一点点的感情，但是练了几十次之后，动作已经自然多了，基本可以顺利完成。

六一儿童节前一天，32姐突然想起来表演服装还没有准备，便拉着大家一起去买，因为预算只有两百块，所以32姐提议一起去著名的“动物园服装批发市场”。蒋听听本来不想去，赖在沙发上不肯起来：“批发市场的衣服还需要试吗？你随便买买就行了。”

“那怎么行，我们是team，当然要一起去了。”32姐一脚踩在蒋听听的腿上："再说了，你天天在家这么宅着，怎么找男朋友？腿再美再长有啥用？"

"少给我灌迷魂汤，我有自知之明。"蒋听听哼了一声，"反正我不出去。"她才不要跟倪景澈一起去逛街。

马小白朝倪景澈努努嘴，意思是你快管管你们家熊孩子，还要浪费多少时间啊。倪景澈冷冷地瞥了他一眼，他打了个哆嗦，转向蒋听听撒娇："Nono，一起嘛一起嘛，人家还没有去过'动批'呢。"

蒋听听坚定地回答："不去。"倪景澈懒懒地开口："其实我也不太想去，我就在家陪Nono吧。"

"谁要你陪！"蒋听听立刻改变了主意，"32姐，我跟你们去'动批'。"

"倪景澈不去我也不去。"马小白想起下午还有一场球赛，巴不得留下来。

"team！team！team！"32姐愤怒了，像个被识破的传销组织头目一样一掌拍在茶几上，双眼冒火："谁敢不去，开除天麻会会员资格！"马小白被吓了一跳，心有余悸地问："什么叫天麻会？"32姐雄赳赳气昂昂："天台麻将会！"

天麻会对于蒋听听来说那是小金库，每玩一次就能赚半个月生活费，开除会员等于断她财路，她当然不干；倪景澈刚刚尝到麻将的乐趣，作为新入门选手，手瘾时时刻刻都在，当然也不想被踢出局。所以他俩一听，全都乖乖投降，跟上了组织的步伐。马小白作为倪景澈资深跟屁虫，也跟上了队伍。

倪景澈和马小白都是第一次来“动批”，看见论堆卖的衣物通通瞠目结舌，不同的是，倪景澈一脸不耐烦和嫌弃，马小白则是一脸的兴奋。

“哇，人间天堂啊。”马小白满手拎着大大小小的塑胶袋：“T恤十五元两件，帽子十元一顶，早知道这地方这么好，一年能省多少钱啊。”

32姐作为带队导游，有这么捧场的队员简直自豪：“走，我带你去六层，那边外贸区，质优价更廉。”马小白跟32姐击了个掌，瞬间就消失在熙熙攘攘的人群中。

蒋听听左右一看，只剩下倪景澈一个人，这一刻，她只想逃……她拔腿就跑，却跟一个扛着超级大包装袋的摊主撞了个正着，她不由自主地往后倒去，跟在身后的倪景澈轻轻一扶，她就站住了。

那个摊主捡起包装袋扛在肩上，不高兴地说：“长没长眼睛啊！”然后扒开他们往前走。倪景澈搂住蒋听听的腰，一齐往后仰，躲过了包装袋的攻击。蒋听听整张脸红得跟金枪鱼刺身一样。倪景澈看她一眼：“是不是人太多，挤得不舒服了？”

“你松开我！”

“你最近怎么回事？怎么这么容易奓毛？”

“要你管！”

“你还真是熊孩子啊！”倪景澈的耐心消失得一干二净，“你爱干吗干吗去，爷不伺候了。”他转身就走，蒋听听看他身影消失在出口处，不知道自己心里是高兴还是失落，只觉得空气越发稀薄，她快要喘不过气来。

她从另一个出口出了批发市场，漫无目的地跟着人群走，停下来的时候才发现自己到了动物园。因为第二天就是儿童节，所以带小朋友来玩的家长挺多的，动物园也准备了各种动物表演，蒋听听鬼使神差，就跟着这些小孩子一起走了进去。

在海狮馆看着表演，她又想起在离岛的时候，倪景澈带她去海洋馆，她没有钱，总是拽着他的衣角要这要那，他心情好就给钱，心情不好就不理她。其实说起来，她在他们的关系中真的好像一个熊孩子，只考虑自己的感受，不去理会他的感觉，理所当然地在他面前撒泼打混，理所当然地接受他所有的关心和宠溺，然后，理所当然地依赖上了他……

是他的宽容让她的依赖有了安身之所。可是倪景澈对他的宽容，究竟是因为什么？是责任，是同情，还是仅仅因为无聊？他对她，有没有一点点的喜欢呢？

海狮表演结束，小朋友们纷纷起身去赶下一场表演。蒋听听呆呆地坐在位置上想心事，直到整个场馆的人几乎散尽，她才站了起来，却发现隔壁那一区相同的位置也有人站了起来，竟然是倪景澈。

这就是缘分吗？倪景澈看见蒋听听便笑了，说她是熊孩子她还真是，哪儿熊孩子多她往哪儿扎。倪景澈的笑让蒋听听内心最后一道防线瞬间崩塌。

从前看言情小说，总有类似“他一笑，她整个世界都亮了”这样的句子。她从来都不信，可是现在，她信了，倪大爷的笑容让她觉得她很可笑，为什么她明明喜欢，却要装作不喜欢？为什么她明明喜欢，却不敢说出来？

蒋听听做了个决定，她要向倪大爷表白，让倪大爷亲手来终结她的纠结吧，让倪大爷帮她从患得患失中彻底解脱吧。倪景澈走近蒋听听，发现她脸色比刚刚好了很多，便笑话她："孩子的脸，六月的天气啊。"

"倪大爷，明天联欢会结束后，如果我们能拿第一，你能不能答应我一个愿望？"

"什么愿望？"

"明天我再告诉你。"

"好吧。"倪景澈猜想蒋听听也说不出什么惊世骇俗的愿望，便答应了。

蒋听听又说："明晚我请你吃饭。"

"行，我订个包间，把32姐和马小白都叫上。"

"不，就我们俩。"倪景澈疑惑地看着蒋听听，忽而豁然开朗，"你是想给32姐和马小白制造机会啊？"

蒋听听黑线，安慰自己，只要倪大爷答应了就好，至于他怎么想并不重要。

他们一起回到家，马小白和32姐早就回来了，把统一服装海魂衫丢给他们，让他们去换，又最后一次排练了一遍舞。

这一回大家都感觉出来蒋听听和之前不一样，肢体柔软了许多，眼神动作也情绪丰富了起来，像是有了灵魂。这让32姐十分满意。

第二天，32姐以为稳操胜券，却没想到，两个说好的外援谁都没有按时出席。她给马小白打电话，马小白说马小蔚生病了，他要送她去医院，她给倪景澈打电话，倪景澈没有接。

原来一直斗志昂扬的32姐这个时候也不得不放弃拿第一的想法：“男人果真靠不住啊，我们随便唱个歌算了。”蒋听听却眼神坚定：“我偏不！我要拿第一，我一定要拿第一。”

“就我们俩？怎么可能！”

“我们改节目，我小时候学过杂技。”32姐瞠目结舌：“杂技？就你？我怎么从来没有听说过？”

杂技是蒋听听为了跟李欣女士作对学会的另一门绝技，小时候她特别爱看杂技团的表演，想学，她妈非不让，觉得自家条件犯不着让孩子吃苦受罪去学跑江湖的手艺，为了培养蒋听听的高雅气质，成天押着她去学芭蕾，她就偷偷跟着一个杂技团跑了。

现在想想，她小时候胆子真大，比现在大不知道多少倍。如果是七岁的她，现在恐怕早就揪着倪景澈的衣领唱那首《你到底爱不爱我》了。

说学过，其实也就学了三天，她妈就带着警察风风火火地赶过去，把她领了回去。她就刚学会顶碗和劈叉而已。后来实在拗不过她妈，又去学了几个月的芭蕾，劈叉的童子功倒是留下了。

想唬公司这帮人，这几招应该也够了。于是两人分头行动，32姐去买碗，蒋听听在后台练习劈叉。已经很多年没劈，蒋听听很艰难才找回感觉，勉勉强强可以劈下去。

到了正式表演的时候，她才发现顶碗劈叉难度简直是单独劈叉的十倍，她努力地保持平衡，努力地想要成功，连一旁的32姐看上去都不忍心，小声让她放弃，可她偏不，她尽力保持着微笑的面容，一点一点地完成了劈叉，满堂喝彩。

她伸开双臂，身子往前倾，突然就听到了“噼里啪啦”的声音，头上的碗全都掉到了地上。刚刚喝彩的那些人全都笑了。蒋听听却红了眼眶——她那么拼，还是输了。她瘫坐在地上号啕大哭，把32姐吓了一跳，连忙过来安慰她：“没事没事，不就两张游轮船票嘛，姐姐请你去。”

蒋听听还是哭，歇斯底里，把公司领导都惊动了，找行政商量给她发了个安慰奖，奖品是一个泰迪熊，32姐拉着她，她抱着那只熊，一起谢幕。

打车回家的路上，她靠在32姐的肩膀上，抽噎不止。32姐握着她的手：“你到底怎么了？是因为倪大爷他们没有来吗？”

蒋听听摇了摇头。她伤心是因为她已经没有了许愿的机会，她伤心是因为表白计划变故多得仿佛老天都不看好一样。难道真的就这样算了吗？回到家，她昏昏沉沉地去洗了澡，听见门铃响。

打开门，是倪景澈。倪景澈有些愧疚：“32姐说你不太对劲，你没吃晚餐吧，我买了比萨，一起吃。”蒋听听手扶着门，没有要放倪景澈进来的意思：“我没事。”她现在无法面对倪景澈，她怕她会控制不住自己的情绪，随时都会跟他说喜欢他，而她敏感地觉得，现在并不是一个好时机。

倪景澈用力推她的门，强行挤了进去，把外卖拿出来放在茶几上。蒋听听无奈，只好走过去，拿着一块比萨，慢慢地嚼了起来。

没过一会儿，马小白也来了，他拿着手机笑得前仰后翻地递给倪景澈："没想到你们家Nono还会杂技，全能型人才啊。"

蒋听听想去抢手机，倪景澈已经拿到手，明显的身高差异让她无法从他手中抢过来。倪景澈看着视频里蒋听听一脸坚定往下劈叉的样子，忽然就涌起了更多的内疚。如果不是他和马小白突然缺席，她本不用把自己为难成这个样子。

蒋听听冷冷地看着他："很滑稽是不是？像个小丑是不是？想笑就笑吧，不用憋着。"倪景澈却说："你想要什么愿望？我答应你。"

"我不需要你的同情。"

"不是同情，是道歉礼物。"

马小白凑过来："我下午也缺席了，我也送你一份道歉礼物，你想要什么？不过我是真没想到倪倪也去不成啊，不然我怎么也要想法设法去救场。"蒋听听却看也不看他。

马小白有些受伤，转过去问倪景澈："你下午去哪了？怎么连我也不说一声。"倪景澈眼神有些躲闪："就是碰见一个老朋友，聊了一会儿，手机没电，然后就忘了。"

"哪个朋友？你朋友我都认识啊，怎么不叫上我？"

倪景澈生硬地转移话题，"马小白，你怎么这么八卦！滚一边儿去，没见我正在哄我们家Nono嘛，你打什么岔。"

"好好好，你们都嫌弃我，我走还不成嘛。"马小白噘着嘴退场。倪景澈讨好地看着蒋听听："Nono，今天错过的，明天我都补给你，晚上我请你吃饭。"

“好吧。”算是失而复得吧，虽然没有得到第一名，但还是得到了许愿的资格，蒋听听的心里重新燃起了希望。心情一好，食欲便大增，她拿着一块鸡翅塞进嘴里，开心地吃了起来。倪景澈在一旁给她递纸巾，递可乐，服侍周到。

“听说你在领导面前大哭大闹，还拿了个奖品，奖品在哪？”蒋听听一听这话，想起下午自己做的那些雷人事，囧得不行，开口正要解释，一块鸡骨头便滑进了喉咙，她立刻捏住了自己的喉咙，眼睛通红地咳嗽起来。

“卡到了？”倪景澈忙拍她的背，可是并没有什么用。他只好坐在沙发上，把蒋听听脸朝下横放在自己的膝盖上，然后用力地捶打她的背部，直到蒋听听“呕”了一声。

看到那块鸡骨头掉到了地板上，倪景澈才松了一口气，可是看见蒋听听的脸色更红了，不解：“怎么？还有一块？来，我们继续。”

“不用不用，我好了。”蒋听听赶紧从倪景澈膝盖上爬起来，又羞又恼，“很晚了，我要睡觉了，你快回你家去。”

边说边把倪景澈从她家野蛮地推了出去，靠在自家门后捂着脸跺脚。刚刚倪景澈帮她拍骨头的时候，她的胸部正好压住了他的膝盖，重度击打那么多下，倪景澈居然毫无察觉，难道她的胸真的那么小吗？

蒋听听拉开睡衣朝里面看了看，撇了撇嘴，去衣橱里翻出了最厚的bra，明日一战，一定要从里到外的武装……

第二天蒋听听一脸阳光地去上班，把在工位等着给她送慰问早餐的32姐吓了一跳："昨晚那个哭哭啼啼的委屈小媳妇呢？"蒋听听傲娇地"哼"了一声，夺过32姐手上的玉米啃了起来。32姐摇摇头："你们家倪大爷说得一点都没错，你就是个没长大的熊孩子。晚上有场相亲会，你去不去？"

"不去，晚上倪大爷请我吃饭。"说话的时候，蒋听听吃玉米的动作都慢了下来，脸上也浮现出一抹可疑的嫣红。

"怪不得打扮得这么漂亮。"32姐啧啧，"果然解铃还须系铃人啊，倪大爷就是你的特效药，你因为人家一会儿哭一会儿笑，还不肯承认喜欢他。"蒋听听脸更红了，放下玉米推32姐走："你不用工作，也不要打扰我工作，再见。"

一整天她都心不在焉，不停看表，等着下班。六点一到，她就收拾东西奔向了和倪景澈约好的餐厅，结果她太积极，倪景澈还没到。等了大概半小时，倪景澈终于来了，他抬手看表，疑惑地说："我没记错时间吧，我们约的是七点吧？"

"嗯，我下班了在公司也没什么事，就提前来了。"

"点菜吧。"蒋听听早已看了好几遍菜单，倪景澈话刚落音，她已经招手让服务员过来，噼里啪啦点了几个菜，然后把服务员打发走了。

倪景澈叹道："你这速度……等我这顿饭很久了吧？"

"那当然，谁让你昨天临时爽约。"

"你到底有什么愿望？就因为没拿到第一伤心成那样，会不会让我倾家荡产啊？"

"倪大爷，你现在有女朋友吗？"

“没有啊。”

“有喜欢的人吗？”

“问这个做什么？”倪景澈不知道为什么，竟然有点紧张。

“你回答我。”

倪景澈静静地看着蒋听听，她的急切和紧张已经出卖了她，他大概明白她要做什么，于是口是心非地回答：“算是有吧。”

蒋听听呆住了，她没有料到，整天和她朝夕相处的倪景澈竟然已经有了喜欢的人，他明明是一个千年干尸级的大宅男，他哪有时间出去认识别的女人？他是在骗她吗？难道他已经看出她的意图了？

蒋听听的脑袋以光速运转着，突然头顶上方响起一个声音：“倪景澈，好巧啊。”她抬眼看去，是一个跟倪景澈差不多年纪的女人，个高腿长，面容精致，利落短发，看上去很有气场。

倪景澈像是遇到救星一样，起身介绍：“这位是慕凡慕小姐，这位是……”慕凡伸出手打断他：“如果我没有猜错的话，这就是你昨天跟我提起的蒋听听吧。”蒋听听的心像一块撞到了暗礁的浮冰，瞬间碎成了许多片，往不同的方向漂去，拉都拉不回来。

原来倪景澈昨天是跟这个女人在一起，原来就是因为她，他错过了他们的联欢会，原来，他喜欢的是这样干练的女人。蒋听听勉强露出一个笑脸：“我是蒋听听，你好。”

“很高兴认识你，我那边还有朋友，改天我们再约。”慕凡冲蒋听听笑着摆手，转身离开。蒋听听垂下了头，脸都快埋进水杯里去，大约是在哭泣吧。

倪景澈看蒋听听的反应，越发肯定了自己的猜测，可他并不愿意蒋听听问出那个问题。他喜欢蒋听听，可这种喜欢他自己也说不清到底是哪种类型，他只知道他愿意宠着蒋听听、护着蒋听听，也不想和她分开，可是他不愿意成为她的另一半。

服务员开始上菜，倪景澈觉得这样下去，跟蒋听听表白了没两样，都会变成陌路，便打算终结这种尴尬，开口说："慕小姐是很有名的心理医生和情感专家……"果然是自己无法比肩的人呢，蒋听听暗暗嘲笑自己，努力做出平常的样子，伸出筷子夹菜。

倪景澈真是大大地松了一口气："她那边优质男资源很多，我已经拜托她多为你留意。"倪景澈本来想表达世界上好男人很多，让蒋听听放眼去观望整个森林的意思，可是听在蒋听听的耳朵里，却像是为了摆脱她。

"我的事情不用你操心。"蒋听听尽力让自己的声音维持平稳，"我的愿望就是，希望你早日追到慕凡。"死了心，断了魂，从此变成路人吧。能做到吗？蒋听听不知道，她只知道她现在每吃一口，胃里就难受一分，吃得越多，越想吐。大概是因为她第一次被人拒绝，所以才会这样肝肠寸断吧，一定不是因为对方是倪景澈，一定不是！

第十章

一个月为期

表白未出口就失败，蒋听听心如死灰，对什么都提不起兴趣，于是请了年假。然而，并没有什么想去的地方，便昏天暗日地宅在家里，除了刷微博就是追剧，彻底将自己淹没在各种八卦信息里，不想回到现实。

32姐听说之后，冲到她家把她一顿胖揍，戳着她的额头说："你怎么这么轻易就认输了！这不是我认识的蒋听听！"

"我还能怎么样？我哪儿都比不上她。"蒋听听抱着她大哭得来的泰迪熊，垂影自怜。

"倪大爷亲口说那是他女朋友了吗？"

"没有倒是没有……可能是想给我留点自尊吧……"

"她叫什么名字？"

"慕凡，是个心理专家。"

32姐在手机上一通摁，然后抬头狠狠白了蒋听听一眼："你自己看！"

蒋听听接过手机，发现慕凡的资料里竟然显示已婚，倪大爷在误导她！她气得要疯，扔了手机，冲到倪景澈家门前，拼命地敲门。

倪景澈看见她，十分错愕："你不是出差了吗？"他一手拦住门，不想让蒋听听进来的样子。蒋听听正要质问倪景澈，倪景澈电话正好响了，他便回身进屋去接电话，关门之前蒋听听已经蹿了进来，他没有办法，只好任由她进来。

蒋听听往客厅走了几步，却发现客厅里赫然坐着慕凡，她愣住了，有些不知所措。

慕凡却已经看见了她："蒋听听，过来聊聊。"已经碰面，不打招呼好像自己心里有鬼似的，蒋听听努力坦荡荡地走回去，“你好。”

慕凡亲切地说：“我和倪景澈多年朋友，六一那天下午在医院碰见，他拜托我帮你做一个心理引导，你什么时候有时间？”蒋听听看向厨房的倪景澈：“医院？六一？”

“他父亲病情出现恶化，做了手术，你不知道？”蒋听听摇了摇头：“所以那天他不是特意去见你？”

“当然不是。”慕凡从蒋听听的表情里看出了一些端倪，“你该不会是误会我和倪景澈有什么吧？”蒋听听干笑，转移话题：“他父亲现在怎么样？手术顺利吗？”

“手术很成功，快出院了。”倪景澈打完电话，回到客厅，看见蒋听听和慕凡相谈甚欢的样子，有了一种不祥的预感。慕凡看他回来，起身告别：“我医院还有事，就先走了。”倪景澈送慕凡走，回来就看到蒋听听红着眼睛紧盯着他：“为什么要骗我？”

“Nono……”

“你是不是知道我打算跟你表白，所以故意拿慕凡当挡箭牌。”

“我们不合适。”

“你怎么知道不合适？没有试过怎么知道不合适？难道这些日子你对我的好都只是做慈善？难道你对我就没有一点点的好感？”

倪景澈有些为难，叹了口气：“Nono，我很难跟你解释，我对你的感情属于哪一种，但我清楚地知道，我并不想跟你更进一步，我们保持这样的关系，就够了。”

蒋听听站在那里，想起32姐醍醐灌顶的金句：“永远不要主动跟男生表白，真正爱你的男人不会等你说出口。”

明知不该问，可还是问了，明知该到此为止，可还是无法转身。蒋听听破釜沉舟，如同视死如归的勇士，眼光如炬：“那么，我可以追你吗？”

倪景澈无奈地望着她：“蒋听听，你确定我不是你的救命稻草？”救命稻草？蒋听听像是没有听明白，迷茫地看着倪景澈。倪景澈叹了口气：“蒋听听，爱情和依赖不一样，你自己先分清楚再说吧。”

“我分得很清楚！”

“听话，不要闹了。”倪景澈一时大意，竟然忘了避开蒋听听的条件反射区。

蒋听听果然跳脚：“我偏不！你越不让我追你，我就偏要追你！倪景澈！我蒋听听说喜欢，那就是喜欢，你就算躲到墙缝里，我也要把你抠出来变成我的男人！”倪景澈被蒋听听突然爆发的气场镇住，任由她说完摔门而去。

蒋听听回到自己房间，所有的勇气像是被抽空，大脑一片空白。她喜欢倪景澈，她知道，可她不知道，她竟然会这么喜欢。倪景澈说她对他是依赖，她不否认，在她最痛苦的时光，是他一步一步鼓励她重新站起来，是他一步一步领着她朝着更好的方向前进，是他让她摆脱挥之不去的阴影，是他让她觉得自己还是个值得被爱的人……

可是，依赖不属于爱吗？如果不是因为对他有好感，她又怎么会容忍他在她的世界步步为营，深入腹地？

可为什么倪景澈就是不能认同这一点？她一时冲动，说要追倪景澈，可是要怎么个追法，她却是一点头绪都没有。蒋听听觉得自己需要援军，便给马小白打了个电话，马小白一听她跟倪景澈表白，八卦之魂熊熊燃烧，只用了二十分钟就到了她家。

“Nono，你真的跟倪倪表白了？”蒋听听耸了耸肩，点头，一副“是又怎么样，老娘无所畏惧”的洒脱样子。马小白喜极而泣，倪景澈的第二春终于要来了。

他拍拍蒋听听的肩膀：“你不要气馁，以我对他的了解，他肯定是喜欢你的。”倪景澈不是多管闲事的人，他对蒋听听的关心早就已经超越了普通朋友。

“他现在喜欢不喜欢我不重要，反正迟早他都是我的。”

马小白“啪啪”鼓掌，眼露崇拜：“我就喜欢你这霸气的样子。”

“那你会支持我吗？”

“当然！”为了支持蒋听听，马小白将倪景澈所有的喜好一一道来，其中不乏怪癖若干，比如心情不好的时候会数咖啡豆，比如喝白酒就会变女声，比如每年生日哪儿都不去，必须要在家睡够二十四小时……

蒋听听听着听着，不知为何，心里反而越发没有了底，马小白一直在避重就轻。她揪着马小白问：“最重要的问题，他的情史。”马小白在空中比画得上天下地的手指突然僵住，然后垂了下来：“这个……不能说……没法说……”

“为什么？”

马小白安静了片刻，然后叹了口气：“总之你别问了，不是什么愉快的往事。”

“他是因为在感情里受过伤才拒绝我？”

“你可以这么理解。”

蒋听听点了点头，突然又觉得有了希望。她有时间，她可以等，等倪景澈相信她，等他感受到她的认真和执着。

马小白知道了的事，32姐自然也就知道了，所以第二天一上班，32姐就来找蒋听听，恨铁不成钢地说：“我不是跟你说过，不要先表白吗？”

“不是你让我不要认输的吗？”

“是啊，可我没让你主动表白。”

“可是现代女性应该主动一点。”蒋听听装模作样，从微信里翻出一篇公众号红文，“你看，谢娜是主动追张杰的，他们现在不是很幸福吗？”

32姐嗤之以鼻：“你有谢娜那么强大的内心吗？”蒋听听拍着胸脯保证：“我有。”

32姐狠狠地翻了个白眼：“好言难劝要死的鬼，你以后哭的时候，不要来找我。”

“别说我了，你怎么样？”

32姐眼神忽然飘了飘，声音特别小：“最近有人跟我求婚。”

蒋听听睁大眼睛凑过去问：“谁？我认识吗？”

32姐摇了摇头：“你不认识。他是我小学同学，人很老实，但你也知道，老实其实是个中性词，既可以是优点，也可以是缺点……他这个人，很无趣，又是个公务员，特别死板……一想到要跟这样的人过一辈子，就觉得了无生趣。”

“那你拒绝了吗？”

“没有。”32姐苦笑，“他条件不错，能力很强，和他在一起，或许此生可保丰足。”

“所以你想要答应？”

32姐摇了摇头：“我过不了自己这关，尽管我一再跟自己强调：你早就过了相信有情饮水饱的年纪，他很适合你，时间久了你自然就会喜欢上他，有经济基础何愁培养不出感情？都说没有物质的爱情是一盘散沙，可见物质才是最重要的。”

“你没必要给自己这么大压力，我们其实并不老啊，慢慢等，总会等到你想要共度一生的人。”

“你不必劝我，我都明白。”32姐自嘲地笑笑，“算了，不说我了，既然你已经表白，姐们儿我还是会支持你的，倪景澈这个人不错，主动一点也不吃亏。如果是马小白……”32姐抖了抖身上的鸡皮疙瘩，“就算了。”

蒋听听却说：“可我觉得你和马小白蛮般配。”

“你可饶了我吧。”32姐夸张地摆手，避之不及地跑了。

蒋听听快下班的时候给倪景澈发了条微信：你在家吗？

倪景澈很快回了条：不在。

蒋听听立刻打开App，关掉了他家的Wi-Fi，很快倪景澈就发了微信过来：你到底想干吗？

蒋听听厚颜无耻地回：我想见你。

很久很久没有回应，蒋听听想象了一下倪景澈气得跳脚的样子，忽然觉得很解气。

“不不原则”是对的，如果你顺从别人对你的期望，那么开心的是别人，不开心的是你，但是如果你逆反，那么开心的便是你了。

蒋听听在回家的地铁上接到了倪景澈的回应，他说：我们需要好好谈一谈。

倪景澈这一天其实并不好过，他质疑蒋听听分不清依赖和喜欢，其实他自己也分不清，他不知道从什么时候开始，会在意她的心情，喜欢看到她笑，希望她所有的事情都能如愿以偿。

为了她，他改变了很多自己的原则，也因为她，他释放了很多负面的情绪。

可这是爱情吗？如果是，那他宁愿退避三舍。如果不是，他愿意甘之如饴。

倪景澈在天台等了一会儿，蒋听听便出现了。她提着一大袋子东西，热腾腾地说：“我点了外卖火锅，我们一起来吃吧。”边吃边说也好，倪景澈帮忙把东西摆满了桌子，一边调蘸酱一边说：“听听，其实我们合不来，我连香菜都不吃。”

“那又怎样？”

“我跟贺向东也一点都不像。”

“那又怎样？”

“我这个人没有工作，脾气还很古怪。”

“那又怎样？”

“如果你只是怕去做景静知的伴娘，我可以答应你，我帮你和景静知说。”

“我现在对贺向东已经没感觉了，我愿意去做她的伴娘。”

倪景澈深深吸了一口气，问道：“你到底想怎样？”

蒋听听放下筷子：“倪景澈，这个世界很大，有很多事情我们都没做过，难道因为没有做过，就连尝试都不去尝试了吗？我也没有追过人，但我觉得，我应该试一试，香菜真的不好吃吗？你真的不喜欢我吗？不试试你真的就能确定吗？”

倪景澈语塞，曾几何时，他也觉得不管结果如何，过程最重要，人生就是要勇敢，不断尝试，哪怕失败撞墙，但只要够努力，墙也能够被撞倒。

可是他没有料到，撞倒墙之后的世界却那么苍凉，他很后悔，他宁愿自己从来没有勇敢过，他宁愿自己从来没有幸福过，人生有了期待，却又被碾压期待，这种滋味真的太难受。

又听到蒋听听说：“一个月，你给我一个月的时间，如果你还是不愿意接受我，我保证不会纠缠你。”

他沉默，算是答应了这个条件。又或者他内心其实隐隐期待，期待蒋听听能将他的隐虑担忧全都一一破除，期待蒋听听能将他的人生重新带回光明。蒋听听那天晚上喝了很多酒，却没有醉，因为内心有了明确的目标，所以理智无比坚定。

第二天她去了一趟宠物医院，白傻子已经不认识她了，她隔着玻璃对白傻子说：“我会让你知道，我有多认真。”

她在宠物医院一连待了好几个晚上，跟着医生一点点学习怎么照顾白傻子，怎么喂水、喂饭、清洗身体、和它玩耍，了解它的喜好和禁忌……最后连医生都夸她有天分，这么短的时间就能上手。

其实哪有什么天分，不过是够努力，她除了在医院跟医生学习，更在网上看了不少教程。一周之后，白傻子和她已经难舍难分，医生便建议她带回去养，她立马办了手续，兴冲冲地带着白傻子回家了。敲开倪景澈的门，把白傻子举到他眼前。

“惊喜不惊喜？意不意外？”倪景澈吓了一跳，直往后退：“你怎么把它带回来了？”

“尝试。”蒋听听说完这两个字，又说：“你不是一直害怕养不好它，所以拒它于千里之外吗？我就是想告诉你，你能养好。”

“不可能。”

“试试看咯。”蒋听听不管不顾地把白傻子装回笼子里，又把笼子放到倪景澈的客厅，“反正我有你家的钥匙，如果你不愿意，我每天会过来照顾它，如果你愿意，就看看我给你发的邮件。”

“什么邮件？”

蒋听听没有回答，径直转身，走回了自己家。

倪景澈打开邮箱，看见蒋听听发来的邮件，打开一看，还是个PPT，图文并茂，交代了白傻子每天的习惯、饮食分量……

那一张张照片，都是在宠物医院拍的，每张蒋听听衣服的颜色都不一样，所以她应该在医院待了不短的一段时间，就为了学会这套秘籍。

倪景澈忽然有些感动，他被蛊惑了，他想试试看了……白傻子也好，蒋听听也好，他都想试试看了……

蒋听听洗完澡，擦着头发刷朋友圈，就看见倪景澈发了白傻子的照片，嘴角便慢慢翘了起来……她点了个赞，很快倪景澈就给她发了条微信：周末有时间吗？我带你去个地方。

蒋听听说好，握着手机笑得一晚上都没睡着。第二天中饭时间，32姐就发现她不对劲，黑着眼圈还暗笑不停。

“你跟你家倪大爷发展迅速？”

“你怎么知道？”

32姐白她一眼：“你都写在脸上了，还问我怎么知道！”

蒋听听美滋滋地吃了块比萨，得意地说：“他约我明天出去。”

“那挺好的啊，不枉你每天去宠物医院弄得全身臭烘烘的。”32姐哀叹：“唉，我的春天什么时候才会来啊？要是连你都嫁出去了，明年逗利是，我该多么凄凉啊。”

蒋听听脸红红的，“我哪有那么快……”

“哼哼，口是心非。”32姐提议，“既然你明天要去约会，晚上我们去逛街吧。”

“好啊好啊。”蒋听听也正有此意。

周五的下午总是特别忙乱，蒋听听这边好不容易把工作周报写完，32姐那边却说会还没开完。蒋听听便坐在工位上看综艺，周围的同事陆陆续续都下班了，整个办公区特别安静，等她一集热门综艺看完，才猛然发现天已经全黑了。

她给32姐发消息，问她会议开完没，32姐没有回复。蒋听听便打算去32姐的部门看看，路过空中回廊的时候，却看见32姐在一楼大堂，她对面站着一个陌生男人，两人似乎在激烈争吵。

蒋听听连忙坐电梯下楼，越走越近，也听清了俩人在吵什么。

“袁萱，我为了你千里迢迢来A市，放弃所有重新开始，你现在跟我说我们不合适？”

这个长相敦厚的男人应该是32姐的小学同学了。

32姐满脸的无辜：“叶鸿，我什么时候要求你来A市？”

“是你说你不接受异地恋，你也不想离开A市，你说想在A市生活，你难道不是暗示我来A市找你？”

32姐有些无语：“如果我做了什么让你误会的事，我向你道歉，但是我们真的不合适。”看见蒋听听走过来，她像是看到了救星，几步上前抓紧了她的手：“我们走吧。”

那男人却恶狠狠地冲了过来：“袁萱，我不会就这么放过你，你跟我走。”他抓住32姐的胳膊，将她拖了过去，蒋听听傻眼，连忙一边喊保安，一边追了上去。

“你放开她！”蒋听听冲上前，想把32姐拉回自己身后，却被那男人大力一挥，她穿着高跟鞋，身体转了几个圈，顿时失去平衡，往后一仰，倒在了大堂正中的喷泉池里，四脚朝天，右腿正好磕在了喷泉池沿上，鲜红的血液霎时从她细白的小腿处流了出来，水面迅速被染红。

32姐吓得大声尖叫，保安也终于出现了，那男人一看形势不对，便放开32姐迅速跑了。

“Nono，你还好吧，没事吧？”32姐冲到喷泉池里，把蒋听听扶了起来。

蒋听听摇了摇头，有些担心地问：“没事，你怎么招惹了这么个人？”

“我也不知道他这么偏激。”32姐着急地说：“先别说这个了，我送你去医院。”

蒋听听低头看了看，右小腿侧面大约拉了一个五厘米的横口子，狭长但不深，她摁了摁，满不在乎地说：“小伤口，贴个创可贴就成。”可是想走路的时候，却发现右腿一用力就钻心地疼。

看她一脸难色，32姐便说：“一定是骨折了，我们还是去医院吧，不许说不，否则绝交。”

蒋听听看她内疚得快要哭出来，只好答应了，生平第一次坐着呼啸而至的救护车，场面颇为壮观地去了急救中心。

医生给她伤口做了处理之后便说：“没什么大问题，撕裂伤口不深，也没有骨折，只是扭伤了脚踝，不用住院，我开点药，你们在家自己可以处理，多休息休息就没事了。”32姐这才放下心来，亲自送了蒋听听回去。

倪景澈听见对门有动静，打开门，正要跟蒋听听商量第二天出发的时间，就看见她拄着个拐，腿上缠着纱布，金鸡独立地站在门口，便皱了眉：“她怎么了？”蒋听听看他去问32姐而不直接问她，就老大不高兴，别过脸去不看他。32姐自责地说：“她被我朋友推倒了，摔了一跤。”倪景澈眉头皱得更深：“把她扶到我家来。”

32姐意外至极，又惊又喜，连忙从善如流地把还在闹别扭的蒋听听推到了倪景澈家里，然后立刻甩袖飞奔而出。蒋听听十分无语，坐在倪景澈家的沙发上生闷气，什么情况啊，她是个活生生的人啊，为什么问都不问就被转卖了。

忽然听见窸窸窣窣的声音，扭头一看，白傻子“咻咻咻”地从沙发那头跑了过来，一头扎进她的怀里，快乐地打起了滚。倪景澈干咳了一声："我不会照顾它，所以，你负责照顾它，我勉强负责照顾你。"蒋听听"哼"地扭过脸去："我才不需要你照顾。"

倪景澈忍不住笑了："你还不是问都没问就把白傻子送到了我家，所以我把你弄到我家来，也不用先问你吧。"蒋听听瞪大眼睛，他怎么会知道她在想什么？倪景澈傲娇地说："你大爷永远是你大爷，就你那点小斤两，就别作妖了。"

蒋听听吐了吐舌头，心底荡起小小的甜蜜，倪大爷终于不再躲着她，也不再苦口婆心苦大仇深地给她纠正爱情观，她的希望又多了几分。"那么倪大爷，明天你打算带我去哪儿玩？"

"你都伤成这个样子了，还是安心在家歇着吧，等你好了，我再带你去。"蒋听听十分好奇："是游乐园吗？"那可是情侣圣地！倪景澈不置可否，却将她眼中的期待记在了心里。

蒋听听请了病假，在家养伤，但又觉得愧对部门其他同事，便申请将工作都带回家来做，每天过得倒也充实。32姐和马小白每晚都会过来，慰问伤员，顺便给他们两个做饭。有一天晚上，32姐迟到了很久，蒋听听便给她打电话，才知道原来她被叶鸿跟踪了，她不想让他打扰他们，便在小区门口与他周旋，有保安在，那男人不敢放肆，但也不肯轻易离开。

蒋听听便让马小白下去帮32姐解围，几分钟之后，马小白便领着32姐回来了。

"他走了没？要不要报警？"

"算了。"32姐有些疲惫，摆了摆手，"本来我也有错，如果不是我说话不清不楚，留了太多余地，他也不会满心希望地过来。"

“那现在怎么办？”

马小白不以为然地说：“Nono，有我在，你还怕搞不定？我以后会每天去接萱萱下班，你放心吧。”

倪景澈和蒋听听对视一眼，马小白竟然喊32姐萱萱？有些古怪。32姐看他俩暧昧不明的眼神，马上解释说：“哎，你们别误会，马小白是要冒充我男朋友，直到我那同学放弃纠缠。”

蒋听听不走心地点头，“嗯嗯，假冒的，我知道了。”眼神却更加意味深长。因为叶鸿一搅和，已经来不及做晚饭，于是大家决定出去吃火锅，反正蒋听听出院的时候已经在医院租了个轮椅，出入倒也方便，只是老式小区没有电梯，怎么下楼成了问题。下楼不比上楼，拄个拐实在太危险。

出门的时候，马小白便给倪景澈使眼色，让他去抱蒋听听，倪景澈只当没有看见。马小白只好和32姐一左一右，像三明治一样把伤员夹在中间，一点一点慢慢地挪到了楼下。

吃完火锅，倪景澈去埋单的空隙，马小白喜形于色地对蒋听听说：“你真是我的大救星，倪倪终于开始还债了！”想一想，之前有马小白在的时候，倪景澈很少埋单，便得意地说：“莫非是我高尚的品德让他自惭形秽，从而感化了他？”马小白猛点头，真诚许愿：“Nono，真希望你的腿永远不要好！”

“你给我去死！”两人吵吵闹闹，完全没有注意到同桌的32姐一副心不在焉的样子。回家之后，蒋听听就去给白傻子喂食，见她蹲下很不方便，倪景澈便把白傻子捉到了餐桌上，蒋听听坐在椅子上，举着一片干干净净的白菜叶子，白傻子立刻就蹿了过去，窸窸窣窣地啃了起来。

倪景澈有时候很羡慕这些小动物，它们的世界很小也很简单，吃饱睡足便是快乐的一生，可是身为人类，却不得不经历种种肮脏。

“你帮忙拿一下，我去下卫生间。”倪景澈还没反应过来，蒋听听已经把白菜塞到了他手上，一跳一跳地去了卫生间。

回过头来，就看见白傻子愣在那里，看向他的目光十分陌生又胆怯，虽然在这里住了这么久，和倪景澈如此近距离接触还是第一次。

倪景澈便咧开嘴角，努力让自己显得温柔可亲，温声细语说：“快吃吧，我不会害你的。”白傻子试探着去咬了一口，见倪景澈还是笑笑模样，便又吃了几口，就在倪景澈以为和它已经有默契的时候，白傻子却突然扯过菜叶，呲溜跳下了桌，逃回了自己的笼子里。

倪景澈顿时僵住，白傻子的防备心还真是重啊。蒋听听从卫生间出来，看见这幅场景，便幸灾乐祸地说：“叫你平时多陪它玩玩嘛。”

陪伴真的能产生爱吗？

倪景澈看向蒋听听的眼神多了一分困惑，蒋听听对他的感情是否也是如此？

“听听。”

“嗯？”倪景澈很少这样认真地喊她，蒋听听觉得气氛莫名紧张。

“你会陪我多久？”

第十一章

从过去到现在

蒋听听眼望前方，灵魂却似被抽离，她呆呆地看着倪景澈，他问这样的话是什么意思？是变相的表白吗？他希望她一直陪着他？

她还没来得及回答，肚子又“咕噜咕噜”响起来，她捂住肚子，反身冲向卫生间。等她出来的时候，倪景澈已经不在。整个屋子空空荡荡，像是刚刚发生的一切都只是梦。

蒋听听有些失落，给32姐打电话，可她的电话一直没有人接。便抱着白傻子拍了张自拍，发到了朋友圈，配的文字是：我会陪你到世界的终结。

很快贺向东便回了一条：恐怕你们都活不到世界的终结。她看见贺向东的昵称便浑身不舒服，干脆把这条朋友圈给删了。

刚删几秒，贺向东的电话便打了过来，她不想接，就把手机放在茶几上任由它响铃结束，过了会儿，电话又响了，这次是景静知。她接起来，便听景静知在那头哇哇大叫：“蒋偏不，你真的变了！”

“此话怎讲？”

“谈恋爱真的会改变一个人，你刚刚竟然会发那么恶心的朋友圈！不过我蛮开心的，一定是你遇到了你很喜欢的人，否则你不会这么矫情。我正给你回复呢，还没回复完就不小心点了发送，再想重新回复就发现你删了朋友圈，干吗啊？”

“你回复我什么了？我没看见啊。”

“我说恐怕你们都活不到世界的终结，所以一定要好好珍惜当下啊。”蒋听听恍然大悟，景静知一定是拿着贺向东的手机在玩，所以就用他的号回复了。怪不得会说出那样破坏气氛的话。她的语调便轻松了许多："我跟你一样，也是不小心点了删除。"

"小不不，我真想现在就飞到A市去和你把酒八卦，可惜明天我和贺向东要去看房子。"

"你不用管我啦，好好筹备婚礼吧。"蒋听听现在心里一点异样都没有，可是肠胃却有异样，她捂住了肚子，急匆匆地说："不跟你说了，我还有事，拜拜。"她挂了电话，又冲向卫生间。吃完火锅回来已经拉了三次了，她的肠胃什么时候变得这么脆弱了？

等她第七次从卫生间出来，已经虚脱无力，扶着墙回房趴在床上，就昏昏沉沉睡了过去。醒来已是天明，她感觉终于活了过来，肚子饿得打鼓，便打算订个外卖。走出房间，却发现倪景澈在餐厅吃早餐。

她立马扑了过去，桌上摆的清粥小菜，看起来十分寡淡，便嘴欠地说："倪大爷，你昨天是不是也拉肚子了？所以才吃这么素？"倪景澈没好气地说："是啊。"

"所以你昨晚没回来，是因为我霸占了卫生间，你只能出去另找？"倪景澈气到想笑："是是是，你说得都对。"他昨晚出去只是给她买药，谁想到附近的药店都没有止泻药，他只好打车去远一点的药店，路上车又抛锚了，他折腾到十一点才回来。回来的时候蒋听听已经睡了，所以他也就没有叫醒她，早上一大早就出去给她买早餐，她倒好，居然觉得跟她同病相怜？

蒋听听一边喝粥一边吐槽："昨天那家火锅店真的不行。"忽然握着汤匙抬头看倪景澈，"倪大爷，昨晚你问我的问题我现在可以回答你。"

“我问什么问题了？”倪景澈撕下一片花卷，慢条斯理地放进嘴里。

“你问我能陪你到什么时候。”

“你病糊涂了吧。”倪景澈神色淡淡，“我怎么会问这种的问题。”

“明明是……”

倪景澈站起身：“我吃饱了，今天我有事，要在书房待一天，不是生死攸关的大事都不要打扰我。”他迅速地离开餐厅，蒋听听气得想扔筷子。搞什么嘛，明明是他先撩的啊，撩完了不承认算怎么回事。

晚上马小白和32姐一块儿过来了，因为已经听说了蒋听听拉肚子，所以晚上说要给她熬些莲子猪肚汤喝。蒋听听靠在厨房门边，看着这两人一个洗锅一个挑莲子，配合默契，越发觉得两人般配极了。

32姐一回头，看见她一脸看崽子谈恋爱的姨母笑，就知道她在想什么了，正要说话，马小白喊她去帮忙切姜，32姐便凶狠地瞪了蒋听听一眼，然后去冰箱拿姜。蒋听听悻悻地离开了厨房。

快吃饭的时候，马小白钻进书房去喊倪景澈，结果两人神神秘秘在书房待了半小时才出来。蒋听听饿得坐在餐桌边敲筷子：“快开饭，快开饭。”倒还是像从前一样熊，倪景澈摁住她的筷子：“不准这样没家教。”蒋听听奇怪地看着他，脑海里有段记忆突然被激活，她举着筷子指着倪景澈：“你你你……”

倪景澈低头看看自己：“我怎么了？”

“你去年除夕是不是在B市。”

倪景澈还没有回答，马小白已经迫不及待给了答案：“是啊是啊，你怎么知道？”

“我碰见过他。”蒋听听回忆起认错人的那晚，顿时觉得好尴尬。

马小白点点头：“对哦，你老家就在B市。”蒋听听好奇地问倪景澈：“你去B市做什么？”他慢悠悠地喝着汤，眼皮都不抬：“跟你有关系吗？”

蒋听听询问的眼神朝着马小白扫过来，马小白立马说：“我只知道他去过，但是我不知道他去干什么。”倪景澈不愿意回答，便意味着他不愿意让她再走得离他近一点，蒋听听便有些泄气：“倪大爷，有什么事情不能大大方方说出来呢，你又不是吸毒贩毒作奸犯科，用得着这么神秘吗？”倪景澈看她低头有些委屈的样子，心里叹了口气，便说：“等你腿好了，我就告诉你。”

“真的？”蒋听听立刻又元气满满。倪景澈点了点头，给她夹了一块排骨，“快吃饭吧。”蒋听听有了这个承诺，治愈功能仿佛也被刺激加强，医生本说要休养一个月，可她二十天的时候就已经可以行走自如，就很嘚瑟地在大家面前转圈。马小白说：“Nono，你现在有种刑满释放的气场。”

“呸，会不会说点好听的。”蒋听听活蹦乱跳得有点累了，停下来坐到沙发上，气喘吁吁。32姐给她递了杯水，顺便问她：“你还有十天病假，要回公司上班吗？”蒋听听歪着头看倪景澈：“倪大爷，你说呢？”他说过等她伤好了要带她去个地方的。

倪景澈这几天似乎没有休息好，眼底下青色一片，有些疲倦地说："这几天我比较忙，你先做你自己的事，等我有时间了再安排。"蒋听听只求倪景澈不反悔，迟一点是不怕的，听到这个答案，就雀跃地拉了32姐去逛街。

她们走了之后，马小白凑到倪景澈身边八卦地问："你要带小Nono去哪儿？定情吗？"本以为倪景澈肯定要骂他多管闲事，可没想到倪景澈竟然"嗯"了一声。马小白愣住了，情绪一瞬间千变万化——震惊、难以置信、释然、喜悦……最终喜极而泣，拉住了倪景澈的手，双眼泪意朦胧："看见你这样，我真是太高兴了。"

这两年倪景澈真的太苦，他肯接受蒋听听，便是说明他对过去已经释怀，打算重新开始，作为他最好的朋友和最坚定的合作伙伴，马小白发自内心的高兴。

"神经病。"倪景澈回他一记白眼，"能不能正常点？"

"行行行，我来就是打算跟你说正事。"马小白挠了挠头，把一份文件放到倪景澈的书桌上，"你知道，咱们公司账上那点钱，因为那场官司已经所剩无几，我这也是没办法，才找了虹漫合作。虹漫的总编章匀是我的后辈，也曾经是你的粉丝，他说相信你的人品，但市场反应他不敢预估。所以，他建议你先用马甲在网上连载，他会负责运营。"

倪景澈淡淡地说："好。"

"你不介意？"怎么说倪景澈也曾经是漫画界的大触，出版的漫画常年霸占排行榜首位，代表作《末日召唤师》哪怕在漫画之国日本也颇具人气，如今让他抛弃自己从前所有的荣誉，从零开始，其实是种侮辱。

“我只希望有人喜欢我的作品。”马小白心态便随着倪景澈放平了些许，点点头说：“曲线救国倒也不失为一个好办法。等连载出了人气，就没有人再能质疑和诋毁你。”

“谢谢你。”

马小白听到这三个字，震惊地抬头看，就看见倪景澈脸上写着发自肺腑的感谢：“马小白，从我出道到现在，你为我做的所有，我都记在心里。”

“切！是不是男人！这么肉麻干什么！”马小白眼眶莫名有些湿润，连忙话锋一转，“不过，你这新作虽说主角是个兔子，但怎么设定这么像蒋听听？”

“像吗？我不觉得。”倪景澈被戳破了小心思，立刻变得傲娇起来，“好了好了，你走吧，别耽误我干活。”

马小白不服气地辩解：“明明就很像嘛，都是这么倔强，都喜欢说我偏不，而且还叫tino……”话还没说完，已经被倪景澈推出了房间。站在倪景澈的门外，马小白看着手上那些原稿，内心汹涌澎湃——漫画界，他和倪景澈又回来了！

倪景澈的漫画天分在大学就已经初见端倪，马小白偷偷拿了他的作品去投稿参赛，初出茅庐就拿了全国大学生漫画大赛一等奖。倪景澈却对商业化没什么兴趣，马小白就变成了他的助理兼经纪人。后来两人便一起开了公司，因为倪景澈的漫画大受欢迎，所以公司也蒸蒸日上，只是没想到，最后会栽在那个女人手里。

从此之后，倪景澈便一蹶不振，他在倪景澈身边一直等，一直等，终于等到了卷土重来的这天！这一次，再也没有什么能将他们打倒！

第二天下午，马小白去虹漫开会，这场会要落实很多合作的细节，所以格外冗长，天黑了他都没发觉。忽然手机响了起来，是蒋听听打来的，他便去走廊接电话。

蒋听听声音十分焦急：“你知道萱姐家在哪儿吗？”自从马小白改口之后，蒋听听便跟着改口了，因为32姐已经很久没去相亲。

“发生什么事了？”

“我听人事部的同事说，今天有个萱姐的表哥去打听她的住址，她们没给。下班的时候就见这个表哥鬼鬼祟祟跟在萱姐后面，萱姐手机落在公司没带，所以她们给我打了电话，但我现在还在公司，我怕来不及会出事。”

“我知道了，我马上过去。”马小白回到会议室，跟虹漫的人再约了会议时间，就开车往袁萱家去了。

蒋听听从公司打车过去的时候，就看见袁萱家里一片狼藉，书架、花架全都倒在地上，横七竖八，满地都是摔破的花盆、折断的花枝，还有沾上污浊的书。袁萱坐在沙发上，目光呆滞。蒋听听问她：“马小白呢？”

她摇摇头，喃喃地说：“是我错了，听听，其实听话并没有什么不好。我妈早就跟我说过，我不应该这样吊着叶鸿，可我偏偏不听。我总以为，他也跟我一样，只是把我当备胎，我没有料到，在他心里我是唯一可以结婚的对象，他在老家当公务员，年纪轻轻已经升任了科长，前途本该大好。他跟我求婚，说家里什么都准备好了，就缺一个新娘，在他求婚那一刻，我才知道，我没有办法跟一个我不爱的人共度余生，哪怕他符合我所有的标准。我也不甘心，不甘心一辈子留在老家，将一段将就的婚姻贯穿终生，我就说想要结婚就来A市，我以为他会知难而退，可是为了我，他竟然放弃了他的前途……听听，我是不是很坏？他一直缠着我，并没有想要伤害我的意思，他只是想知道为什么。我却不敢见他，因为面对他我会惶恐、会羞耻、会无地自容，他对爱情如生命，我却无耻地利用他……”

蒋听听不知道该怎么安慰她，便说：“他砸了你的家，你们也算扯平了。”

“不是的。”袁萱的嘴唇前所未有的苍白，“这些东西是我自己砸的，马小白刚刚来过，他什么都听见了……听听，我什么都没有了……”果然，袁萱和马小白已经开始了，所以马小白才会那么紧张袁萱。他虽然看上去嬉皮笑脸，但其实对感情很认真，他不可能接受袁萱这种养备胎的行为，以他的个性，从今往后，他和袁萱的可能性近乎为零。

窗外月明皎洁，却叫屋内的人心里更冷。蒋听听虽然觉得袁萱这件事做得不地道，但也没有立场去责怪她，感情的事，当事人都说不清楚，何况一个外人。

因为这件事一打岔，蒋听听出去玩的心思全都没了，她要时时关注袁萱的情绪，把所有的时间都拿来陪她。

过了几天，袁萱突然一下班就不见了，电话一直不通。蒋听听焦急地在她家等了很久，等到了和马小白双双归来的她，两人还牵着手。

蒋听听十分错愕，马小白走了之后，袁萱不等蒋听听审问，就娇羞甜蜜地说："今天叶鸿回老家，我去车站送他，马小白以为我要跟着他走，所以追了过去……"

而在同一时刻，马小白也在跟倪景澈汇报："我的人生第一次出现这种控制不住自己的状况，我明知道她是我最讨厌的那种女人，可我还是很怕失去她，所以我跟自己说，给她一次机会，就当是给自己一次机会。去了车站，看到她对叶鸿说对不起，看到叶鸿微笑着拍她肩膀说其实他不是输不起，只是想知道输在哪里，看到他们挥手道别，看到她哭得在月台上抱住自己，我也觉得很难过，情不自禁就走了过去……"

说到最后，他感慨："也许所谓爱情，就是明知山有虎，偏向虎山行。"倪景澈给了两个字的评价："酸！臭！"

可还是觉得马小白说得对，所谓爱情，就是出现那么一个人，会颠覆你之前所有的假设，突破你所设人际关系的所有屏障，横冲直撞，百无禁忌。就像他对蒋听听一样，明明害怕受伤害，却受了她的蛊惑，忍不住想要试一试。

想到蒋听听，内心突然涌起一股哀怨，最近为了陪双失的袁萱，她已经好久没有回来了。正在想她，就听见门外有脚步声，然后是钥匙开锁的声音。倪景澈端着水杯突然就瞬移到了门口，打开门，气势汹汹地说："你还知道回来！"

已经将近十二点，蒋听听很困很困，所以有点茫然地"啊"了一声。倪景澈不高兴地说："这周末，如果你不把时间给我空出来，以后也都不用空出来了！哼！”他甩门进屋，蒋听听才回过味来——倪大爷这是在闹脾气？因为这几天她忽略了他，所以在闹脾气？

她连忙敲倪景澈的门，等他一开门，就小指勾住了他放在门把手上的小指，十分愉快地说：“这周末，不见不散！爽约的是小狗！”倪景澈微凉的小指忽然一热，蒋听听松开的时候心里竟然一空。看她愉快地迈着大步回到对面的房间，倪景澈嘴角不禁溢出一丝笑容。

周六早上五点半，蒋听听便整装待发地敲开了倪景澈的门。倪景澈睡眼惺忪，看到她大包小包在脚边堆成一堆，瞬间被惊醒。“我们只是去两天，你怎么搞得跟搬家似的？”

蒋听听掰着手指数：“一包零食，一包饮料，一包急救用品，还有一包衣服。”这是她和倪大爷第一次单独旅行，所以希望万无一失。倪景澈瞠目结舌：“急救用品？一包？我们又不是去山上打小怪兽。”

“去游乐园嘛，有备无患。”

“我没说去游乐园啊。”见蒋听听即时失落，倪景澈忙说：“下周带你去游乐园，这周去我的工作室。”

“你的工作室？”

“嗯，不过我很久没回去了，不知道那里会不会已经成了老鼠和蟑螂的窝。”

“在哪儿？”

“离岛。”

又是离岛。蒋听听心里涌起难以言说的感觉，上次去离岛是因为贺向东，上次去的时候跟倪大爷还势同水火，这一次……希望能心想事成。

一上车，昨晚因为兴奋而失眠的蒋听听就睡着了，等醒来的时候，就发现车子已经停在了海边的悬崖上。天气甚好，远远眺望，海面一片湛蓝，闪着星星点点璀璨的浪花。

蒋听听扭头看向另一边，就看见了一栋简朴的别墅，橙色外墙，尖尖的屋顶，周围绿树青草环绕，仿佛远离人世烟火的童话世界。

“好像《悬崖上的金鱼姬》里面那个房子啊。”

“我也觉得像，所以才买下来了。”

倪景澈从口袋里拿出钥匙，站在门前，伫立许久，擦了擦手心的汗，才打开了门。里面并不像他想象中那样破落，大约是马小白一直有派人打扫这里吧，干干净净，如同他和沈若颜住在这里时一模一样，只是玄关花瓶里沈若颜最喜欢的芍药被换成了大捧的向日葵。

蒋听听越过倪景澈，径直走了进去。穿过玄关，入目便是宽阔无垠的海面，一眼无际，绚烂壮阔。整整一面落地玻璃，像画框将上天赏赐的美景捧到了屋内人的眼前。她觉得从前住过的那些海景酒店都low爆了。

整个大厅空空荡荡，左边是直达天花板的书架，上面摆满了各种各样的书，其中漫画书居多。右边靠近玻璃窗的方向是一组灰色休闲沙发，靠近门的方向是一块巨大的白板，上面用磁铁压了很多张漫画手稿。而玻璃窗的居中位置，是一个巨大的工作台，工作台上除了电脑之外，还有一块手绘板。

蒋听听猛然回头看着倪景澈："你是画漫画的？"倪景澈点了点头："或许你听说过吾空。"

"听过啊，当然听过，我还看过他的漫画呢，只不过我不喜欢热血漫，所以不是他的粉丝，后来听说他因为抄袭退出漫画界了……"蒋听听双手托腮，不可思议地说："难道你就是吾空？啊啊啊啊啊……"蒋听听的尖叫声响彻云霄，这种神转折……相当于打游戏的时候碰见的队友是周董啊！三分钟后，她声音沙哑地收了声，仰天躺在了大沙发里。

"我真是有眼无珠，竟然以为你和马小白都是无业游民！"

"你不觉得我抄袭是漫画界的败类吗？"

"我没觉得一定是你抄袭，因为当时舆论特别奇怪，无论是业界专业人士还是网上围观群众，全部都异口同声批判你，我就觉得这事有些古怪。众口一词的未必就是真相。"

果然是蒋偏不，全世界都说对的事她绝对要质疑。倪景澈给她拿了盒冰激凌，算是对熊孩子的奖赏，然后在她身边坐了下来。

"我第一次来这里，是《末日召唤师》完结之后。那时候我很累，而且灵感枯竭，所以马小白特意找朋友借了别墅让我度假。我一来这里就很喜欢，第二天，我在这里遇到了沈若颜，她说她在山下看见这个别墅，感觉很像《悬崖上的金鱼姬》，所以就跑上来了，想参观参观。她很喜欢笑，她笑的时候身后的云朵似乎也在笑，我像是着了魔，无法拒绝她。她参观完了之后说想在这里住一晚，我又答应了，那一晚我们聊了很多很多，我们有太多相似的兴趣和经历，我以为这是上天恩赐的缘分。后来她说自己是吾空的粉丝，我看她那么喜欢我，就告诉了她我的身份。她高兴坏了，说想做我的助理，她想见证我下一本书的诞生。于是我们在这里住了三个月，她每天都陪着我，无微不至地照顾我，我们每天都很开心，我觉得自己很幸福，终于我构思出新作的大纲，我很兴奋地和她讨论……”

倪景澈复述那段往事，语调淡然，可心里依旧在嘲笑自己傻，是啊，他怎么就没有发现她的企图呢。她总是撒娇说作为一个迷妹想早点知道故事进展，于是他便把他所想到的一切都跟她讲，他画的每一帧都第一时间给她看。

《灵魂典当使》终于开始连载，毫无意外再次爆红。连载到第三个月的时候，突然有人在网上曝他抄袭另一位漫画师夜曳，他和马小白刚开始并不以为意，因为他人气高，被碰瓷是常有的事，后来事情越闹越大，他收到了法院的传票。

那场官司旷日持久，他一败涂地，因为对方的连载时间比他早三个月，所有关键剧情和人物设定百分之八十相似，他不相信这世上有这么巧的事，于是让马小白约了夜曳见面，结果赴约的却是双双对对的夜曳和沈若颜。

谜底昭然若揭。沈若颜跟他说对不起，她说夜曳努力了很多年，只是缺少一个机会，她想帮他创造这个机会，就算让她下地狱也可以。

倪景澈刹那心如死灰，对面那个女孩让他觉得很陌生，不笑的沈若颜让他觉得很陌生。后来沈若颜在法庭上给了他最后的致命一击。他被钉在耻辱架上，被迫承认不曾犯过的错。

后来他再也无法画出一张画，只要拿起画笔，就会想起沈若颜，想起愚蠢的自己，想起他曾沦为别人爱情的棋子，他无法面对那样的过去，更无法面对那样的自己。他想，这辈子可能已经完了。从那以后，他便已经做好打算可能要浑浑噩噩过完下半辈子。

可也许是时来运转，他又遇见了蒋听听，她像个横冲直撞的小兔子一样，将他沉静如水的世界搅了个天翻地覆，也让他有了重新创作的冲动。

第十二章

错在不认输

蒋听听静静听完倪景澈和沈若颜之间的事，忽然就明白了倪大爷为什么会逃避爱情，也明白了他为什么会问她能陪他多久。倪大爷就像是被人抛弃的白傻子，就算遇到新的主人，就算新主人很喜欢它，也会战战兢兢，惶恐不安。

她很认真地发誓："倪大爷，人和人是不一样的，我不会背叛你，绝对不会，否则这辈子都吃海鲜过敏，吃烧烤胃疼，吃冰激凌拉肚子！"这个誓可真是"恶毒"得很，倪景澈的心情明亮起来，摸了摸她的小脑袋说："肚子饿不饿？"

蒋听听想去抓倪景澈的手，可他却迅速地抽离。她有些失落，但转瞬又充满斗志，倪大爷只是需要时间，她可以等，也不怕等。便扬起脸故意哀怨地说："早就饿了。"

"那还不去做饭？"

"我带了很多卤味！还有沙拉和三明治！都是我新学的！我去拿！"本以为去游乐园可能会有野餐，所以她昨晚在家忙了一宿。

倪景澈帮她拎包走进厨房，就看见厨房所有的用具全都焕然一新，大概是马小白故意帮他"辞旧迎新"吧。

两人吃完饭，又补了个午觉，蒋听听醒来的时候，太阳快下山了。从房间走出来，看见倪大爷在工作台前伏案写写画画，便凑了过去。

"你在画什么呢？"

倪景澈却条件反射一样把手绘板扣了过去："没什么啊。"蒋听听心想，大约是他经历过沈若颜的事，所以创作的时候不希望再有人围观，便找了个借口往院子里去了。倪景澈却不是那个意思，他只是希望等再次证明自己的实力之后，再让蒋听听看这部作品。

这栋别墅的院子里的花草树木常有人打理，所以显得精致。蒋听听坐在草地上，啃着自己卤的鸡爪，看着夕阳斜下，别提多惬意了。

“你这时候吃零食，等下还要不要吃晚饭了？”

听见倪景澈的声音，蒋听听回头招呼他也坐下来：“我看过了，冰箱里没有其他食材，晚上也吃这些呀，早吃晚吃都一样。”

“我本来预约了市内的海鲜自助，但我想，你可能吃不下了，我去取消掉。”

“别别别！”蒋听听拉住作势要走的倪景澈，把鸡爪丢一边，期待不已，“我们什么时候走？”

“现在就走。”

“那我马上就去换衣服！”

虽说是第二次来离岛，但蒋听听其实还是第一次来市区，市区比海边热闹不少，是所有海滨城市应有的样子，到处都是海鲜市场和海鲜餐馆，空气里都是海风的腥味和海鲜的香味。

吃完饭，倪景澈带着蒋听听去逛夜市。蒋听听看到有一个给小孩玩的那种钓鱼的摊子，便兴高采烈地跑了过去。

一个充气圆池周围坐满了一圈学龄前儿童，个个都拿着五颜六色的鱼钩，聚精会神地“钓”着池子里的玩具鱼。蒋听听很好奇是怎么玩的，虽然很想参与，但碍于成年人的尊严，只好恋恋不舍地离开了。

在奶茶店门口等奶茶的时候，倪景澈说要离开一下，蒋听听以为他只是去找洗手间，没想到他竟然去了十几分钟，她一杯奶茶下肚，他才回来。

蒋听听在夜市买了泳衣、游泳圈，打算第二天下海。她住在二楼倪景澈的隔壁，房间里的窗户同样是整面的落地窗。她特意没有关窗帘，第二天一早就被阳光唤醒。起床迅速洗漱，就迫不及待地顺着别墅前面陡峭的楼梯，往沙滩去了。

这里是真真正正的私家海滩，水清沙白，人迹罕至，蒋听听虽然不会游泳，但套着用绳子拴在岸边大石头上的游泳圈，还是玩得不亦乐乎。

等到倪景澈过来的时候，蒋听听已经在海里浪了两个小时。

他穿着睡衣，站在台阶上，看她抱着游泳圈在海里扑腾，然后欢快地朝他跑过来，便把浴巾丢给她，笑着问："怎么不叫我一起来？"

"我又不是小孩，难道还需要监护人看管不成？"

"那你玩够了没？"

"够了够了。"

"回去吃饭，吃完饭我们就得回去了，马小白找我有事。"倪景澈转身上楼梯。

"啊？"蒋听听恋恋不舍地回望了一眼海滩，连忙跟上，"那我以后还能来吗？"

"能，想来随时都可以。"

听到这个回答，蒋听听便满足了，只要倪大爷不躲着她，她就有来日方长的机会。

入夏渐深，暑假是辅导学校的旺季，今年公司还开了美国游学夏令营的新项目，蒋听听负责招生，所以她变得格外繁忙，经常四处出差。倪景澈忙着新漫画的连载，常常黑白颠倒地赶稿，所以两人碰面的机会很少。

一直到八月初，蒋听听才忙完了游学夏令营的事，送学生和老师上了飞机，自己回到家里，第一件事就是补了一天一夜的觉。醒来之后肚子好饿，但因为太长时间不在家，所以冰箱里什么吃的都没有，便去找倪景澈，倪景澈开门让她进去，就又回了书房。

蒋听听找了盒泡面，吃完之后就去抱白傻子，白傻子却往后缩了缩，她把白傻子抱到自己腿上，抓着它两只前爪，凑近了它。

“是我啊，白傻子。”

白傻子愣愣地看着她，她也不管，一通乱揉，然后抱紧了它。

“告诉我，这段时间这屋子里有女人来过没？倪大爷有没有按时吃饭，乖乖睡觉？”

这问题显然超过了白傻子的智商范围，它翻了翻白眼，努力挣脱了她，跳下沙发，熟门熟路地钻进了倪景澈的书房。

蒋听听透过书房的门缝，看到倪景澈在画稿，想进去，又怕他会敏感，便站在了门口。

白傻子一个箭步跃上了倪景澈的大腿，倪景澈左手熟练地摸了摸它的头，右手还在写写画画，听见外面没动静，便随口说：“你姐走了？”

这次轮到蒋听听翻白眼，姐？她竟然是白傻子的姐？这是什么个辈分？

她转身，气鼓鼓地回了家。

等到她洗完澡，窝在沙发上看电影的时候，门铃忽然响了。她打开门，倪景澈就站在门前，捧着一个iPad，淡淡笑道：“有兴趣看看近期排行榜第一的漫画吗？”

蒋听听抓过iPad，看见漫画名叫《请叫我兔小不》，简介这样写着：“你好，我是千变万化的兔小不，请问你需要替身吗？”

“你为什么要叫乜白？你以前不是叫吾空的吗？”

“你知道的，我之前那个笔名已是污点。”

蒋听听便赶紧岔开话题：“没想到你竟然会画这种萌系漫画。”从前他的主人公多是勇敢的冒险少年，最擅披荆斩棘勇往直前，现在的主角是只爱闯祸的兔子，工作是做别人的替身，但总会搞砸，搞砸过程是搞笑，补救过程是治愈。

“总画一种风格也会累。”他就是想证明，他不是画风局限的画手，他的创作力和想象力阔垠无边，根本无须抄袭。

蒋听听看了一晚，笑了一晚，这只兔子其实个性蛮像她，都是勇于和世界作对、撞了南墙也不回头的倔强女孩，这只兔子每次搞砸的时候，都有一只大熊帮她补救，这只大熊，就和倪大爷一模一样，嘴硬心软，傲娇腹黑。

倪景澈对她说：“这部漫画受欢迎程度超出了我和编辑的预料，编辑说，下周会开一个签约出版发布会，届时会公布我的真实身份。”他微微皱眉，不知道到时候又会掀起什么样的波澜。虹漫那边派了私家侦探，跟踪了沈若颜和夜曳很久，据说已有眉目，还会在发布会上重新对两年前的抄袭案提出上诉。

蒋听听伸出拳头，内心满满都是喜悦与期待，“恭喜你。”倪景澈与她碰了碰拳头：“到时候你陪我去发布会，好不好？”

“当然，那是必须的。”

到了发布会那天，马小白一大早就带人来了倪景澈家，替他做造型，又跟他对发布会的流程。马小白第五次跟倪景澈对稿的时候，倪景澈累得不想说话了，便说：“你看起来比我还紧张。”

“两年了，两年了啊朋友！我们终于要洗刷掉冤屈，终于可以拿回我们失去的东西，成败在此一举，当然紧张。”看马小白这么有信心，倪景澈好奇地问：“虹漫那边到底掌握了什么证据？”

马小白低下头，掩饰掉自己的心虚：“我不知道，反正他们挺有把握。”如果让倪景澈知道，洗白是以将沈若颜踩入地狱的方式，他一定不会同意。倪景澈便不以为意，很快蒋听听也过来了，三人便一起出发，前往发布会现场。

这家发布会被虹漫安排在A市最豪华的酒店内，邀约了几十家媒体，只要和文娱相关的媒体今天全都在列，因为大家都很好奇，到底为什么虹漫会替这个名不见经传的新人摆这么大的架势。除了媒体，还邀请了一些《请叫我兔小不》的粉丝，所以整个会场人山人海。

到了酒店之后，倪景澈和马小白就被带去了休息室，而蒋听听拿了张粉丝入场证直接去发布会现场。离发布会还剩最后二十分钟，会场里人多得让她喘不过气，她便打算出去转转。

站在酒店的回廊上，可见二楼的宴会厅正在办喜宴，门口有很大一张新郎新娘的画报，俊男美女，二人都非常养眼。

蒋听听心里暗搓搓地脑补了一下，如果她和倪大爷结婚的话，会拍什么样风格的婚纱照，想着想着，就红了脸。如果真的有那么一天，就太好了。她听到会场内主持人拿起了话筒，忙跑了回去。

倪景澈因为之前一直行事低调，没有曝光过自己的照片，所以当他走入会场的时候，记者们都一脸茫然。窃窃私语的评价也全都是："这个新人长得很帅啊，虹漫这是想把他培养成偶像派画手吧？""这个长相，在幕后确实太浪费了，就这种独一无二的书卷气，随便参加点什么节目都能吸粉无数。""怪不得虹漫要捧他了，又帅又有才华，不捧太可惜。"

……

签约仪式开始，大屏幕上直播签字画面，当倪景澈在笔名处签下"吾空"的时候，全场沸腾了。

"天哪，怎么回事怎么回事，怎么会是吾大？"

"哇，早知道他长得这么帅，之前我就不黑他了。"

"你们怎么回事？还新闻人呢，还有没有专业素养了，他抄袭那可是板上钉钉的实锤，你们竟然因为他长得好看就忘了这事！"

……

主持人拿着话筒说："请大家安静一下。吾大已经两年没有推出新作品，他这次尝试了不一样的画风，所以我们帮他取了新的笔名。但是现在我们觉得，是时候让大家知道吾大的真正实力了，在零人气的基础上，吾大依靠扎实的画工，清新的画风，趣味盎然的故事，让千万粉丝爱上了这对兔子和大熊的CP，这足以说明，吾大以前所有的成就都是靠他自己的能力，而不是有些人污蔑的依靠抄袭。我们也已经代表吾大向法院提交了上诉书，申请重新审理吾大和夜曳的抄袭案。”

有记者问道：“请问你们是有新证据了吗？”

“是的。”

“能具体谈谈吗？”

“这个涉及案情，我们不方便透露，但是请大家发布会结束之后去二楼的宴会厅看一看，就会什么都明白了。”

二楼？二楼宴会厅不是在办喜宴吗？那能看出来什么？

蒋听听好奇心骤起，哪还能等到发布会结束，她刚站起来，就发现无数人和她一样站了起来，争先恐后地往二楼跑去。

台上的倪景澈不明状况，有些粉丝上来要签名合照，所以他走不开，只好用询问的眼神问马小白，马小白却一直躲避他的眼神。

厅内几乎一半的人已经到了二楼，就看见那张画报上写着：新郎：叶琛，新娘：沈若颜，新婚志喜。

叶琛这个名字很陌生，但照片却一眼就被人认了出来，正是夜曳。夜曳和吾空的风格不同，他喜欢与粉丝直播互动。新娘的名字似乎也很熟悉，很快有人想起来，她出现在两年前的诉讼案里，作为倪景澈的助理，做了很多不利于倪景澈的证供。

难道说，倪景澈的抄袭事件是这两人联合起来的诬陷？他们两个其实早就认识，故意做了一个套，让倪景澈跳了下去？

以夜曳的性格，如果他结婚，绝对会通知媒体大肆宣扬，怎么可能会悄无声息呢？除非他想掩盖什么，他不想让人知道他和沈若颜认识。

门口闹哄哄，一下子积聚了几百人，在大厅里招待客人的夜曳走了出来，看见媒体的长枪短炮就觉得大事不妙。

果不其然，一见到他，无数的话筒都伸了过来。

“吾大复出，并且说要上诉，请问你有什么看法？”

“请问夜大与沈若颜小姐什么时候认识的？”

“能不能请沈若颜小姐出来？我有几个问题想问她。”

……

吾空这个名字在他耳边不断重复，夜曳脑袋像要炸掉，便说：“不好意思，我的婚礼规模比较小，恕不能接待各位，请大家见谅。”

他让保安把人全都赶走，然后关上了宴会厅的门，急急忙忙跑到新娘休息室。

沈若颜正在戴头纱，看见他过来，讶异地问：“婚礼马上就要开始了，你过来干什么？”

“倪景澈，倪景澈复出了。”

沈若颜的表情一僵，愧疚的神色浮现出来：“他复出……跟我们有什么关系？”潜意识里，其实她一直在期待着他的复出，她不想因为她的自私无耻害他一生。

夜曳盯着她，仿佛是想将她吃掉：“都怪你，非要办婚礼，这下好了，他们都知道我和你的关系了。”

沈若颜心寒，冷冷地说：“我怎么知道我们这么低调，还是被撞见了。”

“这绝对不是偶然，我看倪景澈那边一定是有备而来。”夜曳翻了翻手机，懊恼地说：“果然，他已经提出上诉。”

沈若颜看着镜子里穿着婚纱的自己，突然觉得这白色并不是代表纯洁，而是葬礼。

她和夜曳的感情，大概也就到此为止了吧。

夜曳是她从小喜欢的人，他比她大五岁，长得好看，又会画画，她从小就仰望他。她遇到倪景澈是意外，夜曳知道之后求她，要她一定要弄到倪景澈的构思，他说他不想一辈子做一个籍籍无名的画手，他想成功，他想变成万众瞩目的漫画家，他说如果她帮他，他就和她结婚。他发了很毒的誓，她便被蛊惑了，于是违背自己的良心，刻意迎合倪景澈，让他喜欢上了自己。

夜曳成功了，可他并不喜欢她，她早就发觉，想要离开，可夜曳害怕她会回到倪景澈身边，不肯放她走，他说他一定要兑现自己的承诺，于是便有了这桩婚姻。想要一个浪漫的婚礼是她唯一的诉求，可如今，好像这唯一的诉求已经变得罪不可赦。

见她沉默不语，夜曳忽然换了副嘴脸，温柔地说：“好啦，今天是我们的好日子，就不要想这些烦心的事了，快点准备下，等会儿婚礼就要开始了。”既然都已经被记者拍到他和沈若颜的婚纱照，这场婚礼就必须进行下去，否则会被人当作做贼心虚。

沈若颜配合地点头，但心里知道，他不是真心，只是一场戏而已。

倪景澈回家的路上，一言不发。马小白从后视镜里看到他面无表情的样子，心里忐忑不已，一直给坐在倪景澈身边的蒋听听使眼色，让她缓和气氛。可蒋听听也不知道该说什么。

车子开到倪景澈楼下，马小白心虚地说：“今天很晚了，我就不上去了。”倪景澈“嗯”了一声，然后和蒋听听一起下车。一前一后上楼梯，两个人都是满怀心思。忽然倪景澈回头，蒋听听没有注意到，刚好撞到了他胸前。

她摸了摸鼻子，有些委屈地说：“你要撞死我吗？”

“很疼吗？”疼的不是鼻子，而是心。倪景澈这样的反常，让她明白，在他的心里沈若颜有多重要。尽管她那样狠厉地伤害过他，可他还是想护着她。她别过脸，在眼泪快要流出来之前越过倪景澈，飞速跑回了家。

倪景澈再也没有主动联系她，她所有的消息都来自马小白，马小白说倪景澈骂他了，马小白说虽然被骂也绝对不后悔，马小白说官司快开庭了……

这场官司很快排期上庭，虹漫刻意申请了公开审讯。他们提出的新证据是当年沈若颜和夜曳频繁的通话记录和邮件往来，其中有几封甚至是倪景澈的原稿。

舆论又开始一边倒，一时之间所有人都在批判夜曳，同情吾空，微博上发起的话题#我们欠吾大一个对不起#占据话题榜第一长达三十六个小时。马小白觉得扬眉吐气极了，走路头都抬得特别高。

官司胜诉之后，马小白准备了一场庆功宴，但是倪景澈没有来。日料店偌大的包间，只有蒋听听、马小白和袁萱三个人。

蒋听听一杯接一杯地喝着清酒，把另外两人都吓着了，袁萱把她酒杯夺了过来：“虽然度数低，但也是酒啊，你又不会喝酒，别瞎胡闹。”

“一点酒味都没有，也能算酒？”

马小白拎着壶闻了闻：“这还没有酒味？Nono你是不是嗅觉失灵了？”

袁萱白了马小白一眼：“借酒浇愁的时候是闻不到味的，话说倪大爷是不是有病啊，至于为了个吃里爬外的前女友跟全世界为敌吗？”

“唉，他这个人……”马小白也弄不懂倪景澈是怎么想的，如果不是因为和虹漫签了约，他大概是绝对不同意提交那些证据的，整个庭审过程他也都没有参加。

蒋听听苦涩地问：“他是不是很爱沈若颜？”

“曾经是吧。”马小白在袁萱的猛瞪下，连忙改口：“但现在肯定不爱了，我想他大概就是善良，不想让沈若颜被攻击吧。”

那不就是爱吗？因为爱，所以不想她受伤害。蒋听听心如刀绞，后来怎么回家的都不记得了。第二天醒来，就看到新闻，沈若颜跳楼了，抢救无效，已经死亡。

她看了看手机，有几十通来自倪景澈的未接电话，赶紧回了过去，听到的是倪景澈无力而沙哑的声音。

“听听，我想我不应该答应你去尝试，不应该给你希望，我们之间，就算了吧。”蒋听听握着手机，眼泪不由自主地流了下来。倪景澈还在兀自说着：“如果我不尝试重新开始，就不会重新创作，如果我没有重新创作，虹漫就不会把前尘旧事翻出来，如果虹漫没有把前尘旧事翻出来，若颜现在应该在幸福快乐地度蜜月，都是我的错……"

"是你的错？怎么会是你的错？你不要忘了，是她先背叛你，是她先伤害你，她现在所有的下场都是咎由自取。"蒋听听努力让声音显得镇定，她不想现在就输，但终究还是变得歇斯底里："为什么你要爱这样一个不值得去爱的女人，为什么你宁可要她，也不要我？为什么……"

倪景澈沉默许久，晦涩地说："对不起。"便挂了电话。蒋听听再打电话过去，已是关机。她气急了，便问马小白倪景澈在哪儿。

马小白说："我也不知道，他不见了，而且编辑说，他昨天就该交的更新也没有交，我现在比你还着急……"蒋听听知道，一切都完了。

她听见门口有窸窸窣窣的动静，打开门，就看见了白傻子的笼子，它用单纯无知的眼神看着她，好像不明白自己怎么就被抛弃了。

倪景澈刚刚一定回来过！蒋听听立马就朝楼下追了过去，倪景澈的车刚发动，她容不得思考，冲过去伸开双臂挡在了车前面。

倪景澈猛踩刹车，惊魂未定地将车停了下来，就看见蒋听听已经气势汹汹地坐到了副驾上。她质问他："你到底要懦弱到什么时候？"倪景澈满眼是通红的血丝，避开她的眼神，不想回答。

"我不相信你对我没有感觉，我不相信这么久以来全都是我的错觉，你对沈若颜是爱也好，是同情也罢，那都是过去的事，你不能因为过去的事就逃避现在的事，或者你想要逃避也可以，我给你时间，我愿意等，只要你给我机会等……"蒋听听说到后来，气势渐弱，甚至快要哭出来，她知道，她现在的姿态一定很难看，可哪怕就算是求，她也要求一个机会。

倪景澈摇了摇头："我不值得你为我这样。如果你非要一个了断，我可以现在就告诉你，想让我接受你，除非若颜复活。"说完他便下车，拦了辆出租车迅速离开。

蒋听听坐在车里，眼泪似倾盆大雨。过了很久，她想起来白傻子还在楼上，便擦干眼泪回了家，给嗷嗷待哺的白傻子喂了食。像行尸走肉一般去上班，到了公司才发现是周末，于是又像游魂一般走进了附近的商场，逛了一会儿就到了影城，她随便买了张票走进去，就想起来上次他们一起被罚打扫那晚，如果那个时候，她能预知未来就好了，那么她就可以让沈若颜不要跳楼，如果沈若颜不死，倪景澈一定不会像现在这样自责，也许她和倪大爷已经顺理成章在一起，也许现在看电影的就是两个人……

也许，都是也许。现实没有也许，她要面对的，就是无法逆转的惨痛。可她不会放弃，她是蒋偏不，蒋偏不从不认输！她从电影院出来之后，仿佛捡回了三魂六魄，恢复成了正常人，让匆匆赶到的袁萱放心了不少。

"Nono，你和倪景澈都需要时间好好冷静一下，让他一个人躲一躲吧。"

"我知道。"袁萱抱了抱她，两人一起去吃饭，逛宠物用品店给白傻子买食物和玩具，一直玩到天黑才回家。

时间就这样匆匆又缓慢地过着，蒋听听和白傻子相依为命，她每天都跟白傻子絮絮叨叨说很多的话，因为她相信，白傻子是灵物，是她和倪景澈之间的连接，她所有想说的话，只要说给白傻子听，就一定能传达到倪景澈的耳朵里。

倪景澈依旧毫无消息，《请叫我兔小不》已经停更很久。蒋听听觉得可惜，便开始写兔小不的同人文，像是一种寄托和信仰，只要这个故事不结束，她和倪大爷就不会结束。

很快秋去冬来，第一场雪下下来的时候，蒋听听正在出差，等她回到家，就发现白傻子不见了。她心慌不已，到处喊着“白傻子”，找遍了整个家，才发现白傻子在阳台角落的花盆里，静静地躺着，身上盖满了白雪。

蒋听听脑袋里“轰”的一声，她以为两天的短期出差，白傻子自己在家不会出事，就没有将它送去寄养。可是她走之前竟然忘了关阳台的门，白傻子钻出来玩儿，被花枝绊住，无法挣脱，又碰上了下雪降温……

她突然之间觉得倪景澈说得都对，他们都不应该尝试。她不应该把白傻子从宠物医院接回来，如果她不接回来，白傻子就不会死。都是她的错，是她非要去喜欢倪景澈，他都拒绝她了，她还要倔强地冲上前。害死了白傻子，害死了沈若颜，还害得倪景澈跌入更痛苦的深渊，是她太固执太自我太任性，一切都怪她。

第十三章

意料之外的真相

当袁萱和马小白发现蒋听听不见了的时候，她已经回到了B市老家。袁萱问她为什么突然辞职，蒋听听说她太累了，想要休息一段时间。袁萱以为她是被倪景澈伤到，便没有多说，毕竟感情的困境，只有自己才能找到出路，她回到家里有家人照顾也好。

马小白却没能这么淡定，他很懊恼，也很自责，他觉得事情闹到这个样子，他要负很大责任。说到底，还是倪景澈更了解沈若颜，他确实应该早一点跟倪景澈商量上诉的方案，就不会闹成现在这副无法挽回的局面。袁萱安慰他："很多事情都是命中注定，你和倪景澈都没有错，没必要怪自己。"

"也不知道倪倪现在到底在哪儿。"马小白已经不企图在漫画界再度大展拳脚，他现在只希望大家都能好好的，开心地过好每一天。

"我查过了，下个月沈若颜的生祭，我猜想，他应该会回A市。"马小白看着窗外白雪皑皑的世界，叹气，"希望他真的会回来。"

B市位于南方，没有A市那么冷，蒋听听回家之后，每天都待在家里。李欣女士原本以为她是放年假，到第七天的时候终于觉得不对劲，跑去她的卧室，把耳机从她耳朵上拿下来，虎视眈眈地看着她。

"蒋听听，你是不是又在耍什么幺蛾子？"蒋听听嘻嘻一笑："妈，你真了解我。"李欣女士被她笑得毛骨悚然："你到底干什么了？"

"我辞职了，我以后要扎根B市，建设家乡。"蒋听听说的半真半假，李欣女士没有当真，白她一眼："你赶紧给我滚回A市去，就算想不干，也不能这时候辞职啊，马上就要发年终奖了，你是不是傻？"

"可我已经辞职了。"

"真辞了？"

"真的。"

李欣女士摸了摸蒋听听的额头，忽然就面目慈善起来："行，那就在家玩到过年吧，你也好久没在家陪我置办年货了。"她假装不在意地走了出去，然后迅速钻到书房，和蒋爸爸叨咕起来。

蒋听听知道平静是暂时的，待会二老恐怕就要一起来"关心"她的反常，便赶紧换了衣服，逃难一样出了门。

来到大街上，才发现无处可去。景静知的婚礼已经筹备到了最后阶段，她不想去打扰她，更不想和贺向东见面。除了景静知，别的同学几乎都还在工作地上班，她在B市没有可约的人。

想了想，便打算去母校逛逛，多见见充满活力的少男少女们，或许心情能不这么沉重。蒋听听的高中离她家有两站地，她反正有的是时间，便没有坐车，踢踏踢踏地走到了学校。进了校园，就发现又多了好几栋新楼，她绕到最老的那栋教学楼后，坐在小花园里，盯着顶楼最左侧那间教室发呆。

高中三年，她都在那间教室度过，在那里碰见景静知，断断打打地变成了好朋友，又和贺向东从那里开始，人生从此走向不明不白的不归路。

如今这栋楼，已经变成了实验楼，不做教室使用，这个破旧狭小的小花园便更加人迹罕至。她静静地坐在那里，渐渐放空了自己，什么都不去想，只是听着歌，慢慢地随着音乐哼着。忽然有人叫她的名字："蒋偏不。"她回过神，就看见贺向东已伫立在她眼前。

"你怎么在这儿？"贺向东嗤道："这问题应该我问你，你不是在A市谈着幸福的恋爱，就快要结婚了吗？"蒋听听心似被箭射中，不想和他多说话，站起身准备离开。

贺向东的话越发刺耳："蒋偏不，你怎么沦落成这样子了？你不是最了不起吗，你不是不需要任何人吗，你不是觉得没有你闯不过去的难关吗，你也会一副小媳妇样哀哀戚戚？"

"你有立场跟我说这样的话吗？"蒋听听冷笑，"贺向东，你又是什么好人？"

"我不是什么好人，但至少比你坦荡。"

"嗯，随你怎么说，我跟你之间，说什么都是多余，请你以后不要对我的事指手画脚。我也向你保证，会尽量不跟你，还有景静知同框。这样你能满意了吗？"贺向东正要说话，手机响了起来，蒋听听便乘机大步走远。

心里却还是堵了一口气。为什么贺向东还是不放过她，他现在很幸福不是吗？如果他想看她的惨状来出当年被她拒绝的怨气，他也已经看到了，不是吗？难道是觉得她还不够惨，非要让她溃不成军跪地求饶才肯罢休？

蒋听听往南校门走，路过老师办公楼的时候，碰见了高中的班主任，他笑着跟她打了招呼，寒暄了几句，又问："你见到贺向东了吗？”蒋听听没有回答，看向自己的脚尖。

“他回来当英语老师了，要不你跟我去办公室等一会儿，他很快就会下课。”

“不麻烦了，我还有事，就先走了，改天我再回来看您。”

当年蒋听听和贺向东也算是轰轰烈烈，如今没了下文，班主任以为她是怕尴尬，便没有勉强。蒋听听一想到贺向东在母校当老师，就觉得此地不宜久留，匆匆从学校出来，找了家咖啡厅，仔细想想，又觉得哪里不对劲。

景家在B市家大业大，可谓一手遮天，景静知是独生女，她留在B市也是为了以后继承家业，她们家怎么能容忍她未来的老公去高中教书？贺家虽然破产，但人脉底子都在，就算贺向东不想靠景家，以他自己的能力，想东山再起应该也不算难事，贺向东又没有教书育人的理想，怎么会好好地跑去当老师？

她正在琢磨这件事，手机响了起来，是景静知。

“小不不，你回来了怎么不告诉我？”

“我也是刚回来……”一定是贺向东告诉的景静知。景静知兴奋地说：“你回来得正好，我们的新房子装修好了，你陪我去逛街买一些软装饰。”

贺向东还在学校，逛街便是只有景静知和她两个人，蒋听听欣然应允，两人约了商场见面。

见到景静知那一刻，蒋听听吓了一跳：“你怎么瘦了这么多！”只不过半年不见，景静知的脸变得只有巴掌大小，下巴尖得可以戳死人。

“你是不知道，结婚是个麻烦事，要操心的事儿太多了……”景静知滔滔不绝地倒起了苦水，把婚礼筹备流程一样一样地讲给蒋听听听。

“你家又不缺钱，为什么不多请几个人帮忙？”

“有些事还是亲力亲为比较好，又不是所有人都像你一样懂我的心思。”景静知无比期待地说：“我希望我的婚礼全都是我梦想中的样子。”

蒋听听点了点头。景静知抓着她的胳膊，连续发问：“你呢？你怎么样？你男朋友呢？他跟你一起回来了没有？该不会是回家见父母吧？……”蒋听听装作受不了的样子：“你也太八卦了。”

“所以到底怎么样了？”

“就那样。”蒋听听平淡地说道：“我一个人回来的，过几天就回A市。”不知道从什么时候起，她已经不习惯向景静知倾诉心事，说到底，贺向东的存在始终是她们之间无法迈过的坎儿。景静知便扯着她进了家具店：“这家的地毯好像还不错，我们进去逛逛。”

整整一天，蒋听听都陪着景静知在逛街，一直逛到六点钟，景静知说请蒋听听去新房那里看看，蒋听听摇了摇头。

“不了，我妈等我回去吃饭呢。”其实只是不想见到贺向东。

“那明天我们再约。”

“好。”

蒋听听回家的路上有些郁闷，看来老家也待不成了，她不想每天都跟景静知在一起，那样的话碰到贺向东的概率太高。回到家里，她爸正在厨房烟熏火燎地炸丸子，见到她回来很惊喜，又小心翼翼地问："吃饭没？"

"没吃。"

"那太好了，丸子刚炸出来最好吃。我单位组织了旅游，我和你妈要去三亚玩几天，所以给你做点丸子，留着你在家吃。"

李欣女士听到声音，也从卧室走了出来，看她垂头丧气的样子便说："行啦，失业嘛，多大个事儿，别看你爸你妈平时扣扣索索好像很穷，养你还是不成问题的。"

"妈……"蒋听听眼眶顿时就湿润了。她觉得很愧疚，她都这么大了，还处理不好自己的事，让爸爸妈妈跟着担心。

李欣女士瞪她："老娘不吃煽情那一套，去拿碗筷！准备吃饭！"蒋爸的单位其实并没有组织旅游，是蒋爸觉得蒋听听现在情绪低落，他们在家她反而不自在，所以故意说跟她妈一起出去旅游，给蒋听听留点空间。

蒋爸跟蒋妈说："她不愿意跟我们说就不要勉强，她现在已经大了，不再是个小孩子，我相信她知道自己在干什么，也会处理自己的情绪，如果她需要我们，自然会跟我们讲。"

蒋听听晚上照旧失眠，一直到天亮才睡着，景静知给她打了好几个电话都没有人接，她睡得迷迷糊糊，就被门铃声吵醒了。

起床开门看见景静知，就有些蒙。景静知直接冲了进来："你爸你妈不在家？"

"去三亚玩了。"

"那正好，贺向东这周末带孩子去省城参加英语竞赛，我也挺无聊的，要不我们去乡下种地吧。”

蒋听听嫌弃地看着她：“你好歹也是B市多少人艳羡的土豪名媛，种地是个什么说法？”

“我都去过好多回了，我亲自种了一块地，种了好多菜，你不知道，看着自己亲手种的菜一点一点长大，那满足感简直了！”

蒋听听真不知道说什么好，被景静知拉着坐车去了离市区五十公里的乡下，下车之后就发现这里根本没有经过开发，连马路都还是砂石铺的，往前看是一片广阔的土地，还有几个蔬菜大棚，再往前看是座小山，山上似乎种满了果树。

很快就有人过来招呼她们，把她们带到了景静知承包的地里。景静知给蒋听听指点她“打下的江山”。

“这个小番茄，一个月前种的，等花落了就能结果了。”

“玉米我本来不打算种，可是想着你爱吃，就种了几棵。”

“对了，还有草莓，我种的草莓绝对不会输给我家农场的！”

景静知豪情万丈地带着蒋听听视察完江山，又带她去住的地方。

“我爸买了这块地，本来打算盖个别墅度假村，可是跟当地政府没谈好，就算了，我就接手了，打算搞梦想农场，让城里人过来租地，平时可以托管，也可以自己来打理，出产全归租地地主。这里山好水好空气好，我在这里住了三个月，连鼻炎都不犯了。”

“什么？你在这里住了三个月？那你的婚礼筹备？”

景静知僵了一瞬，马上又说：“来回跑啊，所以我才瘦得这么厉害啊，我现在可是事业、爱情一把抓的女人！”

走进清雅复古的小竹屋，蒋听听便说："你这地儿真挺不错的，我能在这儿住几天吗？"

"当然能！"

于是景静知回市里之后，蒋听听留了下来。这里很闭塞，连手机信号都时有时无，人烟袅袅，只有周末的时候，会偶尔来几个城里人种种自己的地。她感觉自己的心也沉了下来，很安稳很踏实。过去的事情很少再想起，日子就这样平淡地过了一周。

又是周末，她帮着工作人员去招待客人，正在帮一个七八岁的小妹妹挖红薯的时候，听见有人喊她。

"蒋听听。"

她知道是谁，手上的小铲子停了片刻，不想回头，便更加用力地刨土。

贺向东却直接将她拎了起来，一直把她拽出了大棚，朝着入口走过去。

"你放手！"蒋听听气急了，使劲去抠他的手，这可是景静知的地盘，她可不想风言风语传到景静知的耳朵里，引起什么不必要的误会。

贺向东却发了狠，力气无比大，像是一块钢铁，任凭她怎么拳打脚踢都岿然不动，只顾着朝入口前进。终于走到了车边，他把蒋听听塞进后座，然后迅速坐上驾驶座，锁上了车门。

蒋听听揉着发红的手腕，气得声音都变冷："贺向东，你到底想怎么样？"

贺向东不理她，驱车离开了景静知的梦想农场，直到开到一个蒋听听不认识的湖边，他才停了下来。

蒋听听拉开车门下车，拿出手机，却发现这里竟然没有信号。

“蒋听听，你想逃避到什么时候？”

“什么逃避？”

“你回来根本就不是度什么假，你回来是因为你被人甩了。”

蒋听听瞪大眼睛，嘴硬到底：“你少在这发疯，我的事情你了解多少？”

“上周末，我去了A市，我找到了你的朋友，你的事情，我已经全部都知道了。”

“上周末？你不是去省城了吗？景静知说你带学生去参加比赛。”

贺向东冷笑：“景静知竟然还在骗你。”

“她骗我？她为什么要骗我？”

“我跟她已经分手三个月了。你发兔子朋友圈那天，我发现她偷拿了我的手机试探你，我很生气，后来我们大吵了一架，我才知道，原来一直以来她都在骗我，哦，不对，不仅骗我，也骗你。”

蒋听听倒吸一口气：“你什么意思？”

“事实上，我跟景静知是从除夕之夜才开始的，用求婚来试探你的主意是她出的。她在我身边很久，我并不傻，知道她对我的感觉，但我对你，依然难以放下。当然，当时我对你放不下的是恨意，我不明白你为什么能那么狠心，我去美国之后联系你，你却从未回复我，你的绝情让我开始怀疑你究竟有没有真的爱过我。于是景静知主动提出，让我利用她来刺激你，如果你对我有情，她成全我们，如果你对我无义，我便可以说当初是利用你接近她，这样，既可以保全我的自尊，更可以摧毁你的自尊。你对于我是一个梦魇，反反复复，我也想尽快解脱，于是就答应了她。后来，我们就都按照景静知的剧本在过这一年。”

“你骗我，一定是你在骗我。”蒋听听猛摇头，“贺向东，同样的招数你竟然还想用两次？上次你说你接近我是为了追景静知，现在你又告诉我跟景静知在一起是为了报复我？如果你不是在骗我，你就是精分，这怎么可能！”

“是，没错，这一年我都是精分。我的理智告诉我，你，蒋听听，是个没心没肺不懂爱的白眼狼，而景静知对我那样好，我应该好好珍惜她，我们才是天造地设的一对。可我每次想到你，内心却还是充满着不甘，景静知也看得出我的挣扎，所以她总是跟我说，如果我后悔了，她愿意成全我和你。每次她这样说的时候，我都会很内疚，你不知道，我人生最难熬的那段日子是景静知陪我度过，她看过我所有狼狈不堪的样子，却从没有嫌弃我。我觉得我不该三心二意让她伤心，所以我真的决定要放弃你，忘记你。但她不放心，总是利用我的名义偷偷试探你。我一生气，就设了密码。后来，你发兔子那条朋友圈，我发现她还是拿我的微信号回复了，而我的手机在我手里，追问之下，她才告诉我，原来她知道我的密码，她有一个破解密码的软件，可以破解任意一个QQ或者微信的密码。”

“我跟她吵了很久，我说你已经有你自己的生活，我们没有必要打扰你。她却觉得我越躲着你，就越证明我心里有鬼。我们因此冷战了很久，这也不是我们第一次冷战，景静知说我不爱她，否则不可能能忍住一周不联系她。我很累很累，就说希望我们冷静一下，她便又说要成全我们，不知道为什么，那天我的情绪特别激动，我就说我想要跟谁在一起就跟谁在一起，不需要谁来成全。”

贺向东现在还记得当时景静知听到这句话时的表情。她像是一个变脸演员，面具在脸上意外粉碎，来不及换脸，也来不及掩饰掉真正的情绪，全都现于人前。她脸上写满了丑恶的嫉妒和张狂的恨意，与她平时总是委曲求全的温婉模样截然不同。贺向东有些恍惚，不知道是他给的刺激太大，还是她本来就是这样的人。不过很快，他就确定了，答案是后者。

景静知冷冷地笑，威胁的意思很明显：“贺向东，你想跟我分手那就分，但是蒋听听已经有男朋友，她不会再跟你在一起，你不要后悔。”

“我们之间的问题，不只是蒋听听。”贺向东自己都没想到自己会用“不只是”而不是用“不是”这个词。

景静知当场爆炸：“我就知道，你还是对蒋听听念念不忘。她都不知好歹地跟你分手了，你还在美国不停地问她为什么，你在生死之际还给她打电话，贺向东，你怎么这么贱！”

贺向东眼皮一跳，忽然觉得有些真相呼之欲出：“蒋听听都不知道我给她发过消息，你怎么知道的？你怎么知道我给她打过电话？”景静知语塞，脸上被戳穿的表情却出卖了她。

贺向东心寒不已：“你有破解密码的软件……我懂了……景静知，你和蒋听听认识十几年，她把你当作最好的朋友，你这样做对得起她吗？”景静知沉默片刻，抬起头，一脸的正义凛然：“是她先不要你的，我只不过为了我的幸福在努力，有什么不对吗？”

贺向东突然大笑，笑到不能停下来。三年了，三年过去了，他一直对蒋听听的无情耿耿于怀，没想到却是一场天大的误会。景静知是什么样的人啊，天之骄女，从小要什么有什么，追她的男孩子车载斗量，贺向东从未想过她会喜欢他，所以对她的配合一直充满着感激之情。结果，结果竟然会这么滑稽。

他笑着对景静知说：“我们就这样分开吧，别让我开始讨厌你。”贺向东很决绝地与景静知退婚，然后与景家做了切割，景家投资的所有项目，贺向东全部交还给了景家人，然后回到母校去当了老师。他知道蒋听听现在已经有男朋友，他也不想去打扰蒋听听的幸福，他只想安安静静过自己的生活，谁承想，竟然又在一中遇到了蒋听听。

他其实在远处看了她很久，蒋听听像是失了魂，脸上没有表情，眼神也空空荡荡。他走过去，试探了几句，就知道她不开心。所以周末就去了一趟A市，去了她曾经的公司，找到了跟她关系很好的同事。袁萱并不愿意信任他，不想跟他过多地聊起蒋听听，他就无耻地跟踪袁萱，碰到有人在采访马小白，才知道倪景澈原来就是有名的漫画家，才知道原来短短几个月发生了这么多事。

他迫不及待地回到B市，想找蒋听听，可她竟然像是失踪了一般，杳无音信。他在她家楼下等了好几天，她们家的灯光都没有亮起，后来他等到了旅游归来的蒋爸蒋妈，才知道她去了景静知的那个梦幻农场。

蒋听听静静地听完，嘴角勾起一抹嘲笑："贺向东，你凭什么认为，在你和景静知之间，我会更相信你？"他竟然把她最好的朋友描述成了一个不择手段的"绿茶婊"，简直可恨。

"蒋听听，我用我的生命跟你起誓，今天我跟你说的话全部都是真的。"贺向东忽然脱掉外套，将上衣掀了起来："我在美国出过一次车祸，我以为我必死无疑，所以给你打电话，你一直没有接。后来我给你留了言，那三个字也是我以为我在世上留下的最后三个字，我说我爱你，哪怕我之前无数次怨恨你决绝，怨恨你倔强，怨恨你不肯为我妥协，可是直到我将死之时，我才明白，我是真的爱你。"

他的心脏下方有一道长达二十厘米的伤疤，丑陋狰狞，蒋听听被吓到，呆呆地看着他。贺向东抓着她的手，放到那条伤疤上："用心去感受，你就会知道我有没有骗你。"蒋听听却像触电一样缩回了手，低下了头，她心里隐约明白，可又不愿意承认。是啊，怎么可以承认呢，那是约定如果一辈子单身就彼此为伴的最好的朋友啊。这段友情是她的信仰，她的依赖，她以为的牢不可摧，她如何愿意承认，她被她最重视的人骗了。

贺向东又说："好，就当不是景静知从中作梗，我现在已经跟她分手，你能再给我一次机会吗？"蒋听听摇头："不可能了，有些事情过去了就不可能了。"

"我知道一时之间让你接受很难，没关系，我可以等。现在，如果你想回农庄，我送你回去，你想回家，我也送你回去。我有耐心，也有诚意，去弥补那些我们错过的遗憾。"

他说他有耐心，他说他可以等。蒋听听仿佛看到了在倪景澈面前卑微的自己，同样一遍一遍重复这些话，同样满怀期待不求回报的付出，可结果。她掩面，很久很久，才从手心里抬起泪痕未干的脸。

“送我去景家。”车子开到景家别墅前，贺向东说：“我陪你一起进去？”

“不用。你先回去吧。”蒋听听下车，摁了门铃，很快就有人把她迎了进去。她是景家的常客，景家上上下下都知道她和景静知的关系，所以她在景家向来通行无阻。

她被带到了景静知的房间。景静知一看蒋听听的表情，就明白了。她像是被人抽走灵魂的行尸走肉，眼里唯一的光全都是疑惑。

“你是来质问我的？”

蒋听听有气无力地摇头：“不。我只是想问为什么。”

“如果我现在还说我一直把你当作唯一最好的好朋友，你还信我吗？”

“我信。所以才想要个理由。”

景静知低下头，浅浅笑了，侧颜美得无可挑剔，蒋听听真不明白，她这么美，哪里像有一点心机城府的样子？

“蒋听听，我们能成为好朋友就是因为气味相投，所以我喜欢上贺向东也不是什么奇怪的事，对吧。”

蒋听听无言以对。确实，她们俩喜欢同一种颜色，同一个明星，爱看同一类型的电影，像是异父异母的双胞胎，心有灵犀默契十足。

“我也不知道我为什么要那么做，我只知道，我看着他追了你三年，又看着你跟他交往了四年，我也想要一个那样的男朋友，对我无微不至呵护体贴，无论我多任性他都笑笑地看着我，为我考虑我们的将来，我很喜欢一段话，我一生渴望被人收藏好，妥善安放，细心保存。免我惊，免我苦，免我四下流离，免我无枝可依。我觉得贺向东就是那个人，谁跟他在一起，谁的一生就会充满笃定的幸福。

“听听，其实你有没有想过，你们根本就不适合，你从未为他改变过自己的原则，这是爱吗？你不过就是习惯了而已。你从未为这段感情付出分毫，都是贺向东一意付出，这样的爱情又怎么可能长久？对贺向东又怎么公平？

“所以你们分手的时候，我很开心，虽然我知道开心不对，但我控制不了，我总是偷偷上你的QQ，删掉他给你的留言，又在你手机里设置了呼叫转移，只要是美国长途都会转接到我的手机上，我甚至用你闺蜜的身份刻意接近她，若有似无地暗示他你过得很开心，已经把他忘了，暗示他当年你跟他在一起只是为了赌气……我很痛恨这样的我自己，但我停不下来……我那个时候在英国，我想办转学去美国，可是我还没有办好，他就出车祸了，他没有通知我，他只是给你打了电话，他在虚弱昏迷之际跟你说他不想恨你了，因为他还是爱你。在那一刻，我真的知道，我应该把一切都说出来，让你们两个能坦诚相对。我去了美国，在医院见到刚刚做完手术的他，忽然又改变了主意，我想，只要我一直不让你们碰面，他一定会爱上我。

“我这个想法很幼稚，因为你们两个迟早会碰面，我的谎言迟早会被戳穿，但那时候我顾不得那么多，我陪在他身边，陪他一点点康复，陪他念完书，他对我很感激，处处迁就我，但我知道，那只是感激，不是喜欢。

“我想，大概你是我和他之间必须要解开的结，所以我策划了除夕求婚，我对他说，如果你对他还有一点点感情，就不会无动于衷，如果你无动于衷，只能证明从头到尾你都没有喜欢过他。

“人的感情真的很复杂，求婚之后，我迟迟不肯归还他的戒指，他也像想通了一样，跟我表白，说想忘掉过去，重新开始。我以为我真的得到他了。可是……听听，我用失去你的代价去换一段我想要的感情，最后变成鸡飞蛋打，这就是上天对我的惩罚吧。但我不后悔，因为如果你和贺向东真的结婚，我也没有办法以祝福的心态旁观你的幸福，我会嫉妒，我的嫉妒迟早会伤害你，我是个坏女人，以后离我这个坏女人远一点。”

景静知说完，就看见蒋听听微微摇了摇头，转身离开，一步一步，步伐沉重得像是戴了镣铐，脚步声一声一声叩击在她的心上，让她忍不住捂着心脏蹲了下来。

人总是要为自己做的错事埋单，爱情友情全都灰飞烟灭，这个代价实在太痛，太痛……这三个月她几乎没有吃什么东西，所以才会暴瘦如柴。有人在咖啡厅看到蒋听听，她就忙打电话去找她，生怕她碰到贺向东，怕贺向东告诉她一切，她害怕失去蒋听听，可她也明明知道，在她切断贺向东和蒋听听联系的那一刻，她就已经失去了蒋听听……

蒋听听从景家出来，像游魂一样顺着路走了很久很久。高中嬉闹玩耍的时光历历在目，贺向东也曾很嫉妒她们俩之间的基情，很委屈地说过：“我猜想如果我和景静知一起掉进河里，你一定先救她。”

她理所当然地说：“那必须的！”

可竟然，可竟然……

她记得她和贺向东分手之后，景静知便去学校找她，陪了她很久，当时她觉得景静知就是她唯一的依靠，除了爸妈之外这个世界上对她最好的人，可没想到，她竟然是去防着她和贺向东联系。人生苦涩，她在这一刻又有了更痛彻心扉的了解。

B市今年冬天的第一场雪终于下了下来。大雪掩盖掉蒋听听的足迹，也将她推入寒冷的深渊。蒋听听回家收拾了行李，就跟爸妈说她找到新工作要回A市，蒋爸蒋妈看她与从前别无二致的开朗，便放心地送她到了机场。可是她没有回A市。

第一个发现她失联的是贺向东，他连夜赶到了A市，找到了袁萱，袁萱发动了所有认识她的人去找，全都杳无音信。过了几天，便是沈若颜的生祭，袁萱一早便和马小白去墓园蹲点等倪景澈。

这一天来了不少人拜祭，都是沈若颜的亲人和朋友，和她有感情相关的两个男人，却一个都没来。一直到黄昏时分，倪景澈的身影才出现在了墓园，他着一身黑衣，墨镜遮面，满面胡茬，手捧一束芍药，踏雪而行，在雪地里留下一串沉重的脚印，身形佝偻得像个老人。

马小白看见了他，迅速跑到他的跟前，倪景澈却抢在他开口之前说："有什么事等我拜祭完她再说。"袁萱便拉着马小白退到了一边。倪景澈看着墓碑上沈若颜的照片，心如刀绞。

那天，是案子宣判的头一天，沈若颜约了他见面，坐在他对面两个小时，却一言不发。等他去了趟洗手间，回来的时候就看见沈若颜的座位空了，紧接着，对面的玻璃窗外突然有个物体直直地坠了下去。

他意识到那可能是个人，便冲到了窗边，就看见沈若颜淡紫色的大衣已被鲜血染成红色。服务生站在他旁边瑟瑟发抖地说："刚刚你不在，有个粉丝过来，大骂了她一顿，然后又泼了她一杯水，她一直在说她错了，她会还你，但谁能想到她会是用这种方式还……"他暗自后悔，早知道，他应该过去劝一下。

倪景澈按在玻璃窗上的手渐渐蜷了起来，然后猛地用力，砸向了玻璃。服务生又吓了一跳，连忙拉住他的手："先生，你不要激动。"很快警察就来了，整个咖啡厅的人都被带回去做笔录，倪景澈不记得自己说了什么，他只知道他很后悔，很后悔。他想，也许不是沈若颜在害他，而是他害了沈若颜，如果沈若颜从未认识过他，也许她的一生会顺遂无波，最起码不会不得善终。

于是，他就和蒋听听说了那些话，他要跟她切断所有关联，让蒋听听死心。他想，也许他该认命，他身边的人几乎都没有好下场，他又何苦再连累一个。看见蒋听听他总会想起沈若颜，他也无法若无其事假装什么都没有发生，与蒋听听继续像从前一样嘻嘻哈哈地开心过每一天。

后来，他便四处游荡，每个地方都不会停留太久，漫无目的，心情才算好了一些。他从沈若颜墓前起身，戴上墨镜，走到路上，马小白便拉紧了他。

“你跟我回去，你不能再耍小孩子脾气了，你看看你都成什么样子了！大不了以后我什么都听你的，就算你不想画漫画，你也不要再折磨自己。”

“我知道自己在干什么。”天色渐暗，倪景澈身上散发出来的气场如暗夜一般颓废，马小白心疼不已，还要试图劝说。

袁萱却骂道：“倪景澈，你还是不是个男人了！谈了场失败的恋爱就把爱情当毒药，不敢接受新的感情，事业被人陷害跌入谷底，刚有点起色又半途而废，你懦弱！你简直世间第一懦弱！沈若颜的死确实是一个悲剧，但悲剧已经发生了，你还能怎么办？浑浑噩噩过一辈子她就能活过来吗？你不争气！你教出来的熊孩子也学你不争气！你都不知道蒋听听……”

她故意收了声，静静地看着倪景澈。倪景澈听到蒋听听的名字，原本平静的面容终于起了一丝波澜：“她怎么了？”

“没怎么，就算怎么了，也不需要你管，你继续去你的洞里躲起来吧，蒋听听不需要你，这个世界也不需要你！”袁萱拉了马小白就走，马小白不肯，袁萱小声耳语：“放心吧，他会过来找我们。”

倪景澈果不其然追了上来，袁萱拐弯之后特意留在原地等，但等了很久倪景澈都没有出现，她再探头回去看，整个墓园哪还有一个人影。马小白懊恼地说：“这下完了，又要联系不上他了。”

“不应该啊，他明明还是很关心蒋听听，我不信他能忍住不去打听蒋听听的消息。”

“算了，我们先回家，看他能不能想通吧。”

倪景澈刚开始确实打算去追马小白，下了台阶要拐弯的时候，却看见了夜曳，夜曳的旁边还有一个女孩，他感觉有问题，便站到了路边一棵苍天松树后面。夜曳和那个女孩走到这里便停下了，因为再往上一百米就是沈若颜的墓。

“穗穗，你在这里等我。”

那个叫穗穗的女孩很刁蛮地挽紧了夜曳的手：“我不，我就要跟你在一起，一分一秒不分离！”

“以后我都是你的了，不在乎这几分钟，你松开，好不好？”

“不好！你是个骗子！我要抓紧你！”穗穗噘嘴道：“从前你还答应我会跟那个女人分手，跟我结婚呢，结果呢？要不是她死了，我们到现在都不能在一起！”

“穗穗！”夜曳有些愠怒，“若颜毕竟是我的妻子，请你对她尊重点。而且她毕竟是因我们而死，如果不是你任性，给她看了那些照片，她也不会跳楼。”

“我怎么知道她心理那么脆弱，我只是想让她跟你离婚嘛。”

“幸好那天她答应我去找吾空求情，她跳楼之前，又正好被吾空的粉丝攻击过，才没有人调查到我们身上来。要是让人知道，我不仅设计吾空，还在婚内出轨，我这辈子真的就再也翻不了身了！”穗穗看他真生气了，便乖乖地松开了手：“那好吧，你去吧。”

第十四章

直到永远

倪景澈在树后，怒气从心底喷发出来，他冲了出去，对着夜曳当面就是一拳。夜曳没有防备这突如其来的攻击，被一拳掀翻在地，倪景澈跨坐到他身上，对着他的脸，一拳，一拳，一拳……不停地挥下去……他知道这个人是人渣，但是没有料到他竟然渣到了这种地步！

沈若颜为了他违背了自己做人的原则，昧着良心去陷害信任她的人，可他竟然厚颜无耻地享受着她带给他的名利，找了个小三……这种人，就该去死！死的为什么不是他！死的为什么是沈若颜！

怪不得沈若颜那天一句话都没说！因为她知道自己不应该找他求情！但是因为爱着这个男人，所以勉强自己，找到了他，坐在他的对面愧疚得抬不起头来，一直挣扎、纠结、犹豫，她为了他抛弃了自己的所有自尊，这个男人竟然在外面跟别的女人乱来！

穗穗在旁边吓得大喊，正准备下山的马小白和袁萱听到声音，连忙跑了回来。等他们赶到的时候，夜曳已经躺在地上，满脸是血，奄奄一息。

马小白赶紧抱住倪景澈，把他拖到一旁："别打了，别打了，再打要出人命了！"倪景澈试图掰开马小白的手，眼睛通红，发了疯一样还要冲过去。袁萱说："倪景澈！你要打，我不拦着你，但是你打死他，你一样要死，难道你真的不在乎蒋听听怎么样了吗？"

倪景澈凶狠的表情出现了一丝缓和，神智仿佛恢复过来。袁萱又对穗穗说："要报警吗？"穗穗趴在夜曳的身上哭，听见夜曳虚弱的声音说："不要报警。"她也知道，要是事情闹大，他们就算完了，便拼命摇头。

“那我们就走了。”袁萱开车，马小白和倪景澈坐在后座，从刚刚的情形，大家也大概猜到是怎么一回事，倪景澈又把自己听到的事情跟他们说了。

马小白气得拍腿：“沈若颜挑男人的眼光怎么这么差！”倪景澈闭上了眼睛，为沈若颜感到心疼。

“唉，你也别伤心了，还是帮着我们一起找找小Nono吧。”倪景澈盯着马小白，关切地问：“Nono到底怎么了？”

“一言难尽。”马小白把蒋听听这几个月经历的事一一说给倪景澈听，然后说：“这段时间她经受的打击实在太多了，现在不知道躲到哪儿去了，我们都很担心她。”倪景澈心里忽然有一种强烈的预感，她会在那里。于是便对马小白说：“送我去高铁站。”

“你知道她在哪儿？”

“我先去看看，如果在的话，我再通知你们。”

袁萱觉得由倪景澈去找蒋听听更好，便朝想要一起去的马小白使了个眼色，然后说：“行，就按你说的办。”

A市离离岛很近，高铁只需要四十分钟，倪景澈到离岛的时候刚刚八点半，他打了辆车直奔悬崖别墅。别墅里没有人，但是门口多了一个大纸箱，纸箱里有游泳圈、泳衣泳帽，全都是蒋听听的风格。

她果然来了这里。只是他没有告诉她，这栋别墅在他名下，所以并不对外出租。怪不得前几天有个中介给他打电话问能不能短租。

倪景澈开门进去，打开灯，就发现花园的草坪上有一个帐篷。这丫头难道偷偷溜进来搭了个帐篷？倪景澈走到帐篷旁边，朝里看了一眼，里面并没有人。忽然听见背后有东西滚落到地上的声音，倪景澈一回头，就看见一个娇小的人影飞快地蹿了出去。

他连忙追了上去，蒋听听却已经没有了影子。下山弯曲的公路上没有人影，所以蒋听听一定是藏起来了。灯光不够明亮，倪景澈找了一圈都没找见，又心急，便对着影影绰绰的树影草丛喊道："蒋听听！我知道是你！你给我出来！"

半晌没有回应。他故意又喊："蒋听听！你千万别出来！你要是出来你就是个尿货！"根据蒋听听偏不的应激反应，她一定会昂着头蹿出来，说"我偏不"。可是这次万无一失的招数却失灵了，蒋听听没有出来。空气安静如斯。

倪景澈更急了，便站到了悬崖边，威胁道："蒋听听！你再不出来，我就从这里跳下去！"玫瑰花的枝丫仿佛颤动了一下，倪景澈三步并作两步跑过去，把在花丛里蜷缩着的蒋听听拎了出来。她被玫瑰花的刺扎了一脸，就像他们刚认识时她被仙人掌扎的那次一样。倪景澈又好笑又心疼："你是不是傻？哪儿不好躲，非要躲在刺里！"蒋听听像是犯错的小孩一样，低着头。

"好了，先回屋来处理伤口。"

"我害死了白傻子。我觉得你说的对，尝试未必就会有好结果。"倪景澈愣了一下："白傻子？死了？"

"都怪我，下雪天没有关阳台门……"她说着说着，渐渐啜泣起来，"我真是个祸害，不仅害了白傻子，还害了你，害了沈若颜。你怪我是对的，你不接受我是对的，我没脸见你，我的人生很失败，我连白傻子都照顾不好，还信誓旦旦可以陪你一辈子。”

倪景澈握着棉签，把她的脸抬起来，给她的伤口消毒，幸好这次扎得不深，所以应该会很快复原。直到全部处理完之后，他才直视蒋听听，认真地说：“听听，不要因为别人的错误来惩罚自己。这也是我今天刚刚才明白的道理。沈若颜的死让我明白，人应该为自己而活，做自己喜欢做的事，做自己认为正确的事，不要总把别人的期望当作是自己人生的目标，那样活着才算值得。”

“什么意思？”

“沈若颜自杀不是因为被粉丝攻击，也不是因为网络暴力，而是因为夜曳对她不忠。”倪景澈叹了口长长的气，“其实我很佩服她，为了爱情可以付出到这个程度，只可惜所托非人，夜曳并不是真的喜欢她，他只是一直在利用她，错的明明是夜曳，可她却惩罚了自己。她其实早就做好了迎接真相来临身败名裂的准备，她并不在乎这些，她在乎的从始至终只有夜曳。如果我继续颓废，就跟她一样愚蠢，对自己残忍，对犯错的人宽容。”蒋听听迷茫地看着倪景澈，沈若颜竟然是因为这件事自杀？可是……

“你很爱她对不对？在你的心里，没有人可以取代她对不对？”

倪景澈好笑地摸摸她的头：“谁跟你说我很爱她？”

“你重遇她之后变得很反常。”她还在爱着贺向东的时候，遇见贺向东便会失了分寸，所以她猜测，倪景澈一定还爱着沈若颜。

“我和她，曾经有过很美的一段时光，志趣相投，默契相连，在这栋房子里，我创作，她负责照顾我的生活。我不爱吃水果，她每天给我准备各种各样的水果切盘，我讨厌草莓有籽，她就一颗一颗帮我抠下来，我嫌弃橘子粘手，她就剥好了一片一片喂给我吃，我曾以为她一定很爱我，才会愿意这么迁就我，迁就到近乎卑躬屈膝。所以我暗暗发誓，将来我一定要对她更好，可结果……她只是把我当作一个灵感库在喂，只有伺候好我的胃，我的大脑才肯乖乖工作，她是抱着这样的想法无微不至地照顾我……知道这个事实的时候，我就已经不爱她了，但我不甘心，我样样都比夜曳强，我那么爱她，为什么她还要背叛我选择夜曳？除夕我碰见你那天晚上，其实我就是想去质问她，我在她家楼下站了一晚上，最终决定放弃。因为我不想让自己太难堪。”

“在遇见你之前，我对她只有无奈的恨，渐渐又对自己产生了怀疑；但遇到你之后，我的心态渐渐放开了，我不再执着地恨她，也开始试着打开心扉，重新融入这个世界。对她，我只有同情，因为我知道，夜曳一定不会真的爱她，因为如果真的很爱一个人，就不会逼着她去做肮脏的勾当，不会让她的人生留下污点。你明白吗？”

“好像……有点……明白……”蒋听听心底有些小喜悦，像被春风拂过的野草，迫不及待成群结队地破土而出。

“那么，你就不要因为景静知的事让自己难过了。错的是她，不是你。”

“我知道，可……”

“十几年的感情突然变质，失望在所难免，我能理解你。但人生总是要往前走，再过几年，你回头再看，也许会觉得这件事没有你想象中那么严重。景静知不是背叛你，她只是在爱情面前自私了一些，虽然她做的不对，但如果没有她，也许我就遇不到你。这样想一想，你会不会好受点？”

蒋听听皱着眉，觉得他说的有道理，可又觉得哪儿不对劲。她不知道怎么反驳他，因为一反驳，就会将他之前所有的话都推翻，她觉得他关于沈若颜那件事分析得很正确，所以她选择了被说服，重重点了点头：“你说的对，我们都没有做错事，我们都不应该逃避，不应该放弃自己的人生。”

倪景澈还是第一次见她这副乖巧懂事的样子，心里莫名喜欢，便摸了摸她的头发，交代道：“你在这里等我，我有东西给你。”见蒋听听乖乖点头，倪景澈才去了储藏间，神神秘秘拖着一个袋子出来，然后对好奇的蒋听听说：“闭上眼睛，等好了我会叫你。”蒋听听很听话地闭上了眼。

倪景澈拖着袋子去了花园，过了几分钟之后，站在花园里叫蒋听听出来。蒋听听睁眼便看到了上次来离岛的时候在夜市看到的那个钓鱼池，一模一样。她很意外：“这个怎么会在这里？”

“上次看你很想玩，所以找老板买了下来，可是上次走得急，就没来得及给你充气让你玩。”蒋听听歪着头看他：“倪大爷，你是不是喜欢我？”倪景澈捂住她的嘴：“我没有听见。你记住，表白这件事，应该由男生来做。”

蒋听听全身温度骤然升高，心脏“扑通扑通”快从胸膛里跳出来，为了掩饰，装模作样拿了个钓竿去钓鱼，才发现原来这种鱼线上绑了个吸铁石，鱼嘴深处也有，鱼被水流带动在池子里游来游去，只有吸铁石碰到磁铁，才能钓到鱼。她心情愉快，很快就玩入了迷，这几个月来的阴霾一扫而光。

终于钓到了一条，她取下来，正要再放回水里，倪景澈说："你捏捏鱼肚子。"她捏了捏，里面硬邦邦，她好奇地倒了倒，竟然倒出了一只耳环。蒋听听惊喜地问："另一只呢？"倪景澈望着被旋涡搅得四处蹿的鱼："你猜？"蒋听听便带着期待，更加专心地钓鱼去了。

半小时就钓上来五条，里面只有一个有东西，最后失了耐心，便干脆将所有的鱼用小网子捞了起来，一个一个地往出倒。最后共收获星星流苏耳环一对，八心八钻项链一条，兔子发卡一个。

倪景澈望着她兴高采烈的模样，笑着说："上次太仓促，没时间买礼物，不过我想着，如果每条鱼里面都有礼物，那会少了很多惊喜和趣味，这样一半一半的概率正正好。"他应该就是在她买奶茶的时候去准备了这些吧，确实时间很赶，能买到这些已经不容易。

"我去看看好不好看。"蒋听听难得的娇羞脸，拿着这些东西往屋里跑。倪景澈便给袁萱发了个报平安的消息，随着她进了屋。蒋听听戴着项链、耳环和发卡飞快地跑到他面前，献宝一样地旋转，连连问道："好看吗？"

每样首饰单独看都好看的，但蒋听听这么一大杂烩，就显得有些滑稽，兔子发卡太卡哇伊，星星流苏耳环太淑女，八心八钻又太闪耀，是一套完全不适合的搭配。思考再三，倪景澈还是违心地说："好看。"

蒋听听快乐得要飞起来，兴奋地说："明天我要去逛街，明晚你钓鱼！"她迫不及待想要让倪大爷的身上也有她送的礼物，迫不及待想让倪大爷跟她一样像现在这么开心。倪景澈当然说好，然后两人一起去收帐篷，各自回房睡觉。

第二天一早，蒋听听没等倪景澈起床，就叫了辆车去了市里，在各个商场、超市、精品店逛得不亦乐乎。回到家，却发现屋里多了两个人。

尽管有些讨厌马小白和袁萱有些没眼色地赶过来破坏她和倪大爷的二人约会，但知道他们也是关心她，所以她还是很愉快地飞扑到袁萱的旁边打招呼。

"嘿，好久不见！"袁萱抓住她的手就是一个翻转，疼得蒋听听嗷嗷直叫好汉饶命。

"痛？你给我记住这种痛！下次你还跟我玩失联这招，我让你比现在痛一万倍！"

蒋听听十分委屈："倪景澈失联的时间比我还久，你们怎么不揍他！"袁萱揪着她的小辫子："因为人家是家长，而你是熊孩子啊。"

"我才不是！"

倪景澈听到她说这句话，便知道以前倔强的蒋听听又回来了，满意地笑了笑。

门铃忽然响了起来，他走过去开门，门口站着的人让他的笑容一瞬间消失。贺向东礼貌地微笑道："请问蒋听听在这里吗？"他是一路跟踪袁萱和马小白过来的。倪景澈觉得自己不能失了风度，所以尽管很不想让他进门，但还是如实相告："在。"他和贺向东一起走进客厅，一瞬间空气都凝固了。

袁萱一口果冻卡在喉咙，差点没把她噎死，马小白连忙拖着她去了卫生间。蒋听听还保持着掀开果冻盒盖的姿势："他怎么来了？"她问的是倪景澈，而不是直接问他，亲疏关系显而易见。贺向东勉强笑道："我担心你，看到你没事，我就放心了。"

"贺向东，我……"

贺向东突然转向倪景澈，"今天回B市的高铁票都已经卖完了，我可不可以在你家住一晚？"

倪景澈看向蒋听听，见她没有反对的意思，便同意了。贺向东微微松了口气，他知道他现在的样子很丑陋，像是一个死缠烂打的变态，可他还是想为自己再做一次努力。

袁萱和马小白从卫生间出来，发现贺向东已经坐下来，气氛尴尬到了极致，便借口有事，逃之夭夭。

倪景澈作为主人，既然答应了招待贺向东，晚餐自然也要带他一起去吃，吃过饭，他便故意说："听听，你陪贺先生先回去，我去买点东西。"

如果不给贺向东一个单独和蒋听听说话的机会，他永远不会死心，他可不想贺向东在自己家一直赖下去。蒋听听便和贺向东一起打车回家。下车之后，贺向东便近乎祈求地说："听听，我们可不可以聊一聊？"

"我也想跟你聊一聊。"两人拿了啤酒，走到花园里坐下。

"听听，我们之间……难道真的回不去了吗？是不是我来得太晚？你已经和倪景澈在一起了？”

“不是，我和他的关系并没有再进一步。”蒋听听还在等倪大爷作为男人“主动的表白”。

“贺向东，我从未想过我、你还有景静知之间会发生这么多曲折的事，我爱过你，很深很深。我一直嘴硬，不肯向你表达，但在我的心里，我一直很后悔，你离开后的三年，我无时无刻不在想，如果当初我能不那么倔强，答应跟你一起走，该多好啊。后来你回来了，一回来就向景静知求婚，我有多心痛，你不会了解，我因为这个刺激，自暴自弃了很久，甚至打算同意一个gay形婚的提议，只想快点结婚，可以不用做景静知的伴娘。那半年，我的人生没有颜色，只有无尽的压迫感。是倪景澈，是他一步一步将我带出了绝望的深渊，告诉我不应该稀里糊涂地把婚姻当作救命稻草，仓促而成的婚姻不会是良配，我值得更好的人来爱我。”

“如果你除夕夜就告诉我，你是为了我回来，也许我会觉得我是世界上最幸福的女人，也许我们现在已经准备成婚，可毕竟没有，还是那句话，可惜没有如果。贺向东，我已经走远了，无论是你还是景静知，在你们宣布订婚的那一刻，我已经决定背向你们，我离你们很远了，我也不想再回去了。你明白吗？”

“我明白。”贺向东苦涩地说：“我只是不甘心。”如果当初他不是强要自尊，也许现在就不会失去蒋听听。她说得很对，时过境迁，很多事情回不去就是回不去，他只能接受。

“也许，我们其实并不适合彼此，就像景静知说的，我跟你性格都太刚强，你一味为我妥协，但那不是真实的你，时间久了，你也会讨厌那个处处讨好我的你，而我强势霸道，跟你在一起四年都从未有任何收敛的意思，这不是爱，这是欺凌。”

贺向东笑了，演出百分之九十相似的云淡风轻：“听听，祝你幸福。”

“谢谢，你也会幸福的。”

“行，现在我放心了，你帮我跟倪景澈说一声，我先走了，谢谢他的招待。”

“你不是说没车了？”

“这个年代，想去哪儿还会只有一条路吗？”

贺向东朝蒋听听挥手，转身离开。他顺着下山公路慢慢走着，从前的一幕一幕全都在眼前重演。

他爱上蒋听听，是因为她永远像一个小斗士，充满活力，老师让周末补课，她说偏不；老师强制摊派给灾区捐款，她说偏不；老师要求她用他的解题思路答题，她说偏不。她周末会逃课，她觉得摊派是任务，捐款应该自发，她有更好的解题思路，但是老师觉得她在挑衅。

他从小在父母的教导下，一直都乖乖地做着好孩子，大人说对的事他从来不去怀疑，所以他被迫学着大人认为对未来有益的种种，每天忙忙碌碌，却不知道自己在忙什么，只觉得很累很累，累到喘不过气来。

他一次一次看着蒋听听举手问老师“为什么”，然后和老师激烈辩论，最后被赶去教室外面罚站。

他当时坐在窗边，蒋听听有一次敲窗叫他：“给我一张纸巾。”他给她递了纸巾，老师就连他都要赶出去。蒋听听火冒三丈地替他辩解：“贺向东只是给我递了张纸巾，又没有扰乱课堂纪律，凭什么要他罚站？老师你滥用公权，我要去找校长理论！”

他没想到，老师竟然会妥协：“算了算了，蒋听听你出去，贺向东你坐下，不许再理她！”蒋听听得意地看他一眼，大剌剌走了出去。她就算天天跟老师作对，不守规矩，但她学习一点都没落下，常常考到全校前五。贺向东第一次在上课的时候分心，就是在苦苦思索，蒋听听到底是个好学生还是个坏学生？

渐渐他也开始怀疑，大人所灌输给他的是否就一定是正确。他逐渐学会说不，学会反抗家长权威，学会去争取自己喜欢的东西，他意外地发现，他的世界一点点变大，他的心境变得开阔，他对蒋听听的感情也变得微妙。

也许真的像蒋听听说的，他迁就她太久，以至于到最后都开始讨厌讨好她的自己，所以明明知道蒋听听是嘴硬不服输的性格，还是用尽手段去试探她。蒋听听怎么可能会因为这些试探屈服？

既然她现在已经有了属于她的幸福，他也应该放下了。贺向东慢慢觉得肩膀一松，走起路来步伐也轻快了许多。

倪景澈回到家里，发现只有蒋听听一个人，她坐在沙发前的地毯上愁眉不展，就问：“贺向东呢？”

“他回去了。”

“唔。”他猜想蒋听听一定跟贺向东说清楚了，所以贺向东才这么快走。

蒋听听有些郁闷地说：“倪大爷，我发现我很傻，我买的东西，大部分都不能塞到鱼肚子里。”

“你都买什么了？”蒋听听护住面前的袋子：“不能告诉你！告诉你就没有惊喜了！”

“那我闭上眼睛，你拿去放到房子的角落藏起来，我像寻宝一样去找好不好？”这个主意不错，蒋听听欣然接受。

她藏了大约半小时，倪景澈却只花了五分钟就全都找出来了。蒋听听感到十分气馁。倪景澈傲娇地说：“都跟你说过很多遍了，你大爷终究是你大爷，在我面前作任何妖都没用。”

蒋听听“哼”了一声，再数了一遍礼物的数量，眼珠一转，忽然拍掌大笑：“你还有一个没找出来！大爷也不过如此嘛！”

“不着急，我慢慢找。先打开这些看看。”倪景澈打开第一个盒子，里面是一个仙人掌的钥匙扣，第二个盒子是一枚趴趴熊的腕托，第三个盒子是一个米奇的鸭舌帽，第四个盒子是一盆向日葵……

全都十分符合蒋听听的品位，萌系且实用，就是男人用的话，会有一点点娘。倪景澈却全都甘之如饴地收入囊中：“我都很喜欢。”蒋听听故意神秘兮兮地说：“你漏掉的那个礼物才是最好的。”

“是吗？”倪景澈被蒋听听提升了期待值。

“今天太晚了，你明天再找吧，我先去睡了，晚安。”她往电脑那边瞟了一眼。

“听听，你学会游泳了吗？”

“没有。”

“那明天我教你游泳。”

“嗯。”蒋听听一听有点懊悔，早知道晚上就少吃点了，赶紧说：“行，那我先回房了。”她要突击健身，明天一定要以最完美的状态出现！

倪景澈想起蒋听听瞟电脑那一眼，便去打开电脑，《请叫我兔小不》的评论区有很多人在催更，其中被顶的最高楼的评论是安利一本同人文，回复都说好萌，但是有点伤感，结局兔小不成了规规矩矩的兔小不，大熊就离开她了。

倪景澈便顺着安利链接点开了这个文，文字浅白，情节流畅，代入感很强，越看越觉得像是蒋听听的手笔，其中有太多他们俩相处的细节，包括一起去C市度假村那次，在离岛晚上伤口发炎打点滴那次……

看着看着，倪景澈的手指忽然蠢蠢欲动，他便登录账号，去发布了一条新动态：主家有喜，《兔小不》即时恢复更新。

一瞬间，留言区就爆了。倪景澈看着越来越多祈求兔小不和大熊能有个圆满结局的帖子，默默地说：放心吧，一定会。

第二天早上，倪景澈叫蒋听听吃早餐，她就喝了杯橙汁，怎么也不肯吃三明治。

“你别闹了，游泳体力消耗很大。”蒋听听咽了咽口水：“我……我不饿。”倪景澈也不勉强她，只是随意地说：“你所说的最后一份礼物我找到了。”

“不可能！”她都还没有发送呢！兔小不同人文的稿子在她笔记本上，笔记本现在在老家，她打算拿到笔记本再发，让到处找不到最后一份礼物的倪景澈干着急。倪景澈停下刀叉，单手托腮，盯着她看："你该不会都不刷微博的吧？"

蒋听听昨晚只顾着健身，哪有时间玩手机，一听这话，赶紧把手机拿了出来，就看见兔小不恢复更新这事儿已经上热搜了。

"你写的小说还不错，比我想象中强，我还以为你只会写熊孩子小学生作文。"蒋听听扭过头闭上眼，五官扭到了一起，之前发到网上那些她都没有精修过，有些错别字她都没改，居然被倪大爷看到了这一版，她简直要无地自容了。

"你给了我很多灵感，谢谢你。"

"嗯……那什么……我先去换泳衣……"蒋听听飞奔逃走。

到了海边，倪景澈让蒋听听趴在浅水区，拖着她的脑袋，教她如何用腿脚扑水，"脚尖向下，脚掌向外翻，双腿慢慢打开，在水面画圆，圆越大越好……"然后又教她憋气吹气，循环二十组之后，倪景澈又把她带到了水齐腰深的地方。

"你别紧张，我们先练习漂浮。"他拉着蒋听听的手，让蒋听听整个人放松，手脚伸直，眼睛看水底，慢慢地，蒋听听就感觉身体浮了起来……

倪景澈像教导小孩游泳的教练一样，极度有耐心，这样折腾了一上午，就到了阳光毒辣的正午，倪景澈便说："回去吃午饭，休息休息，傍晚再来。"

蒋听听累了一上午，吃了午饭就倒在床上睡着了。而倪景澈则在海边忙忙碌碌了一下午。蒋听听再度来到海边的时候，发现旁边有一艘摩托艇。

“如果你学会游泳，等会儿我就带你兜几圈。”

“OK！”

有了摩托艇的刺激，蒋听听的学习热情空前高涨，十分配合老师的教导，在水里扑腾得比上午还卖力。终于到了实战的时刻，她却抱着救生圈不肯撒手。

“蒋听听，马上天就要黑了。”

“可是我很害怕。”

“不要怕，我在这里。从今往后，你都不需要救生圈，因为我就是你的救生圈，我不会让你有事。”

这句话像是永远的承诺，似有魔力，让蒋听听生出了无限的勇气。她不想让倪大爷失望，扔掉了救生圈，按照今天所学的动作要领划起水来。一开始游着游着还会回头看看倪景澈是否在身边，后来就越来越娴熟，也根本没有注意到倪景澈没有跟上来。

等她游到深海，有点累了，一回头发现自己离海岸线好远，这才慌了神，什么动作要领都忘了，整个人眼看就要沉下去，她吓得举手求救。很快就听见摩托艇发动的声音，几秒之后，倪景澈就到了她身边，但是不伸手拉她。

“蒋听听，你要相信自己，你可以的，手脚要放松，划水……”蒋听听在海里浮沉，刚想说话，又喝了一大口海水。“放松，划水……”

她听见倪大爷的声音，莫名感到暖心，一瞬间镇定下来，脑海里回忆倪大爷游泳时的样子，跟他的样子学着学着，就又可以游了。

她欢快地在水里喊："我就要学会游泳啦！"倪景澈几次伸手，她都不肯上摩托艇，围着摩托艇转圈游来游去。倪景澈好笑："你当你是海豚啊。"

蒋听听终于玩够了之后，抓住了倪景澈伸过来的手，一上艇就抱住了他的腰，脸贴在他的背上，感觉无比的安心和幸福。倪景澈抬头看了看天色，还有几丝光亮，便说："我们在这里飘一会儿好不好？"

"嗯。"就这样静静地跟倪大爷在一起，在广阔的海面那样偌大的世界拥有彼此，只有彼此，她愿意一直这样飘下去。天幕渐渐被夜色染成深蓝色，倪大爷满意地说："行了。"

"什么行了？"蒋听听话音刚落，就看见悬崖别墅那边蹿起很高的烟火，在巨大的夜幕下绽放成花，五颜六色的火焰掉下来，仿佛流星一般。

此起彼伏的烟火连绵不绝，整个天空像是被照亮了，绚烂至极。倪景澈抓住腰边的手，仰望着空中绽放的烟花，慢慢地说："蒋听听，我很庆幸能够遇见你，我的世界本是一片灰暗，你像烟火闯入，将我灰黑的底色染上了五彩斑斓，让我像寒夜一样的心有了温度，我喜欢你，比你喜欢我还要早，比你喜欢我还要深。你总说'偏不偏不'，其实我很担心，如果我跟你表白你会不会也条件反射说偏不，我想了很久很久，想到了这个办法，我带你来海中央，如果你说偏不，我就……嘿嘿哼哼……所以现在，蒋听听，我想郑重地问你一个问题：做我的女朋友，好不好？"

没有回应。"蒋听听，你该不会睡着了吧？"倪景澈回头想要看看，却被她捧住了脸，她直直地撞了过来，唇碰唇鼻碰鼻，毫无章法，倪景澈揽住她的腰，正要长驱直入，摩托艇却摇晃起来，他们这个别扭的坐姿让摩托艇失衡，两人一起摔下了海。

烟火漫天，黑暗的海面，他们依然很快就找到了彼此，紧紧抱在了一起，亲吻比烟花还要漫长……

（全书完）